张翠真——著

人像恋镜

唐诗中经典女性人物形象研究

陕西新华出版
陕西人民出版社

图书在版编目（CIP）数据

恋人镜像：唐诗中经典女性人物形象研究 / 张翠真著 . -- 西安：陕西人民出版社，2023.12
 ISBN 978-7-224-15216-6

Ⅰ . ①恋… Ⅱ . ①张… Ⅲ . ①唐诗－女性－人物形象－诗歌研究 Ⅳ . ① I207.227.42

中国国家版本馆 CIP 数据核字 (2023) 第 243446 号

出 品 人：赵小峰
策划编辑：姜一慧
责任编辑：黄 莺 姜一慧
整体设计：屈佩瑶

恋人镜像：唐诗中经典女性人物形象研究
LIANREN JINGXIANG: TANGSHI ZHONG JINGDIAN NÜXING RENWU XINGXIANG YANJIU

作　　者	张翠真
出版发行	陕西人民出版社
	（西安市北大街 147 号　邮编：710003）
印　　刷	广东虎彩云印刷有限公司
开　　本	787 毫米 ×1092 毫米　1/32
印　　张	8
字　　数	200 千字
版　　次	2023 年 12 月第 1 版
印　　次	2023 年 12 月第 1 次印刷
书　　号	ISBN 978-7-224-15216-6
定　　价	59.00 元

如有印装质量问题，请与本社联系调换。电话：029-87205094

自 序
PREFACE

　　情爱诗即以男女相恋为主要叙写内容的诗歌,一些学者会以爱情诗为其名称,然而一部分古代文学方向的学者认为以爱情这样一个比较现代的词汇去指代古代文学作品中表现男女相恋内容的诗歌似乎不太妥帖,而用情爱诗去指代更恰当、更具古典韵味,故本书使用情爱诗作为此类诗歌的名称。中国古代情爱诗最早的源头是《诗经》,《诗经》中的情爱诗情感真挚热烈,是此类诗中的杰作。楚辞《九歌》中有多首叙写男女情爱的诗歌,如《湘夫人》《湘君》《山鬼》等。《九歌》本来是祭祀娱神的文本,后经屈原改造变得更加瑰丽典雅,这些诗歌对唐代情爱诗的创作影响很大。魏晋南北朝时期,情爱诗的书写范式发生了很大的变化,情爱诗在叙写纯粹的爱情生活和情感体验的基础上,更多寄寓诗人对女性命运、历史事件和仕宦遭遇等方面的观点和看法。此外,情爱诗的创作出现了类型化的特征。在翻检《全唐诗》和《全唐诗补编》的过程中,笔者发现唐代情爱诗虽多为男性诗人所写,但抒情主人公却多是女性,这一时期的情爱诗是在《诗经》《楚辞》

和魏晋南北朝情爱诗的基础上发展起来的文学作品，唐代诗人在继承《诗经》《楚辞》和魏晋南北朝情爱诗文学传统之后又融入他们独创性的改造成果。

就本书所涉及的九个（组）女性人物相关的情爱诗而言，《楚辞》和魏晋南北朝情爱诗所产生的影响作用更大。巫山神女、望夫石（女）、杨贵妃、王昭君、采莲女、班婕妤和陈阿娇、织女、铜雀妓、湘妃这几个（组）女性人物中，除了杨贵妃，其他都是唐前诗人已经吟咏过的人物形象。唐代人对她们的爱情故事重新演绎，使得这些女性人物逐渐经典化。郭晨光在《中古诗人的拟诗与〈古诗十九首〉的经典化》一文中指出："《十九首》的经典化并不是封闭的过程，其经典之旅是一个建构、解构和重构的复杂循环，经典的地位是动态变化的，是各种社会文化力量较量和博弈的产物，具有积累性。……六朝文士在一代代的重读、模拟和阐释中，经典的价值被持续认同，接受群体阶层不断扩大，产生于过去的经典因'模拟'而存活于当下，不断焕发出新的生命。"[①]此言诚然，这个观点用在唐代诗人演绎以上九个（组）女性人物的爱情故事的过程中也很适用。巫山神女和楚王的故事出自宋玉《高唐赋》《神女赋》。望夫石（女）和征夫、牛郎织女的故事来自民间传说。陈阿娇和汉武帝、班婕妤和汉成帝的爱情故事源自汉朝历史，又有《长门赋》《自悼赋》的推波助澜。湘妃的爱情故事起源于《九歌·湘夫人》和张华《博物志》的融合。采莲女的形成与中国政治中心南移以及南朝文学的发展有重要关联。唯一出自唐朝的女性人物

[①] 郭晨光：《中古诗人的拟诗与〈古诗十九首〉的经典化》，《北京师范大学学报》（社会科学版），2023年第4期。

是杨贵妃，杨贵妃和唐玄宗的爱情在唐朝历史上有巨大的影响力，《新唐书》《旧唐书》都有记载，许多诗人围绕李杨爱情进行了大量诗歌创作。无论是来自现实社会的女性形象，还是来自民间传说和历史记载的女性形象，都在不断建构、解构、重构的过程中被经典化。在这个过程中既有对涉及以上女性人物的情爱诗中要素的继承和扬弃，也有唐代诗人基于自己审美风格和价值判断的新要素的增加。唐代诗人在上述情爱诗中所做的改变，正是他们在诗歌史上的独创性工作，他们为什么要做这种改变，以及这种改变的产生与当时政治经济、社会风俗、诗人心理有何内在关联，是非常值得重视的问题，也正是本书着力探讨的问题。

唐代情爱诗和《诗经》中的情爱诗对比，有三个显著特征：首先，唐代情爱诗多写女思男；而《诗经》中的情爱诗既写女思男、也写男思女，其比率基本持平。其次，唐代情爱诗多写情爱生活的悲怨体验；《诗经》中的情爱诗既写爱情生活中的悲怨体验，也写愉悦体验。再次，唐代情爱诗出现多人写同题和书写类型化的倾向；而《诗经》中的情爱诗内容差异相对较大。以上特征在叙写本书中九个（组）女性人物的爱情故事的诗歌中体现得更为明显。第三种创作特征的负面影响是同质化作品难以避免地出现，而其正面影响是加快了所叙写的爱情故事和女性人物的经典化过程。

巫山神女在唐代诗人笔下逐渐失去了神性，望夫石（女）作为贞妇的符号被固定下来，杨贵妃的爱情和唐朝兴衰形成了互文叙述，王昭君对汉成帝的思恋成为贬谪文人自我隐喻的喻体，采莲女取代了采桑女成为理想恋人的符号，班婕妤和陈阿娇常常寄寓了诗人仕宦逆境的情感体验，牛郎织女故事和现实生活中夫妻分离以及七夕风俗常被巧妙地编织在一起，铜雀妓的悲剧反映了诗人对爱情和生死阻隔的深度思考，湘妃（娥皇女英）成为执着追爱的至情女子。这九个（组）女性人物是唐代情爱诗中最具代表性的女性，诗人撰写诗歌的过程中融入了他们对爱情生活、女性命运、政治经济以及仕宦寄寓等方面的观点。因此，此类情爱诗具有多层意蕴内涵。物理学中的镜像指物品在镜面中所形成的虚拟的图像，这个图像和原有物品有相关，但不是原有物品本身。唐代情爱诗特别是以叙写历史人物、传说人物为主要内容的情爱诗，常常是在历代文人累积式创作实践的基础上形成的，诗人在对这些典型女性人物爱情故事的叙写过程中融入了自身的爱情观、女性观、政治观，还有在政治生活中的复杂情感体验。因此，以这些典型女性人物（恋人）情爱诗作为镜像，折射出当时的爱情生活乃至社会生活的各个方面，有助于读者认知情爱诗背后的多种文化意蕴和"历史现场"。

2023 年 8 月于厦门

目 录
CONTENTS

自序 / 1

第一章　唐诗巫山神女书写的新变 / 001

一、神秘诡谲到奇幻灵秀：巫山地理空间书写的新变 / 001

二、"神性"维度到"人性"维度：巫山神女精神内核的新变 / 011

三、国家政治到世俗恋情：巫山神女题材文化内涵的新变 / 018

四、巫山神女成为中国文人表述两性私情的经典符号 / 025

余论 /031

第二章　婚姻文化视野下的唐诗望夫石书写 / 034

一、《全唐诗》中的望夫石形象 / 035

二、《全唐诗》如何写望夫石 / 039

三、望夫石书写繁荣的社会原因 / 044

四、望夫石书写与唐代婚恋文化 / 048

第三章　审美理想、婚姻伦理与家国情怀 / 053
　　一、美学书写与"颜如舜华""德音孔昭"的审美理想 / 054
　　二、传奇书写与"琴瑟在御，莫不静好"的婚姻伦理 / 058
　　三、政治书写与"天下兴亡，匹夫有责"的家国情怀 / 064

第四章　婚恋文化视域下的王昭君书写 / 070
　　一、《全唐诗》中的王昭君形象 / 071
　　二、《全唐诗》如何写昭君形象 / 077
　　三、《全唐诗》中的昭君书写范式 / 083

第五章　理想恋人的唐代诗学建构 / 088
　　一、唐代诗歌理想恋人的集体构建：佳人采莲 / 089
　　二、中国古代情爱诗经典女性形象的演进：从佳人采桑到佳人采莲 / 094
　　三、采莲女经典化：唐代情爱诗对南朝乐府的继承和创新 / 104

第六章　陈阿娇、班婕妤：唐诗政治理想语境下的逆境书写 / 110
　　一、从金屋藏娇到幽闭长门：权力角逐语境下的婚姻悲剧 / 111
　　二、从请辞同辇到秋扇之叹：后宫争宠语境下的婚姻悲剧 / 118
　　三、从夫妻离心到君臣失和：政治理想语境下的逆境书写 / 122

第七章　叙事学视角下的唐诗牛郎织女书写 / 147
　　一、牛郎织女：夫妻离居的叙事符号 / 149
　　二、逞才竞艺的载体：初唐诗人笔下的牛郎织女 / 154
　　三、转抒性灵：中晚唐诗人笔下的牛郎织女 / 159

第八章　铜雀妓：唐人两性情爱关系维度下的生死阻隔书写 / 172
　　一、铜雀妓：得宠乐妓悲剧命运的象征符号 / 173
　　二、两性情爱遭遇生死阻隔：铜雀妓故事的本质 / 184
　　三、唐人书写铜雀妓故事的基本范式 / 192

第九章　湘妃：唐人夫妻关系维度下的生死恋书写 / 209
　　一、湘妃形象的演变轨迹与经典化 / 209
　　二、至情痴情：唐代诗歌中湘妃形象的核心特征 / 225
　　三、湘妃书写：唐人对湘文化和屈原精神的接受 / 227

参考文献 / 236

第一章 唐诗巫山神女书写的新变

巫山神女是中国古代文学中的一个极具神秘色彩和个性魅力的女性形象，宋玉《高唐赋》《神女赋》是巫山神女书写的源头，而唐代诗人的集体书写使巫山神女形象走向经典化。然而，学者对巫山神女的研究多集中于宋玉，对唐诗巫山神女书写的新变和诗歌史意义的关注尚且不足。具体而言，其新变主要表现在三个方面：其一，巫山地理空间由神秘诡谲到奇幻灵秀；其二，巫山神女由"神"性到"人"性的转变；其三，文化内涵由宗教祭祀到世俗恋情的转变。

一、神秘诡谲到奇幻灵秀：巫山地理空间书写的新变

巫山神女是中国古代文学中一个具有神秘色彩和个性魅力的女性形象。巫山神女故事肇始于宋玉《高唐赋》《神女赋》，并经由历代文人墨客的书写和传播成为中国文学史上最具影响力的

女性形象之一。先哲时俊多着力于发掘巫山神女题材的创作起源，梳理巫山神女故事的演变脉络，并进一步考证隐藏于巫山神女题材背后的创作心理机制，并且已经取得了丰硕的成果。然而，学界对唐诗巫山神女书写的文学史地位和影响这一问题的关注尚不充分。巫山神女形象从"神性"维度到"人性"维度演变过程之中，唐代诗人的集体创作起到了关键性作用。本书拟探讨唐诗在巫山神女形象演变和丰富的过程中所发挥的作用，以期拓宽巫山神女题材研究的视域。

巫山神女的形象发端于宋玉《高唐赋》《神女赋》，因其神秘多情的特质而为历代文人所关注、评价和改造。由于所处时代社会思潮和婚恋文化的差异，历代文人对她的评价和书写呈现出毁誉并存的复杂局面。究其原因，这种现象是巫山神女的精神内核由"神性"为主到"人性"为主过渡中，人们的评判标准在情感与礼教之间游移的结果。从历时的角度来看，众多文人创作的巫山神女都有神仙之名，但其精神内核处在神性弱化、人性强化的演变发展中。

唐代诗人的集体书写完成了巫山神女精神内核的彻底转变。巫山地理空间是巫山神女的主要活动区间，伴随着这种转变的发生，巫山地理空间也发生了极大的改变。宋玉赋中的巫山空间呈现出神秘诡谲的特点，而唐诗中的巫山空间的神秘性减少，呈现出奇幻灵秀的特点。如《高唐赋》：

巫山赫其无畴兮，道互折而曾累。登巉岩而下望兮，临大阺之稸水。遇天雨之新霁兮，观百谷之俱集。濞汹汹其无声兮，溃淡淡而并入。滂洋洋而四施兮，蓊湛湛而弗止。长风至而波起兮，若丽山之孤亩。势薄岸而相击兮，隘交引而却会。崪中怒而特高兮，若浮海而望碣石。砾磥磥而相摩兮，嶒震天之磕磕。巨石溺溺之瀿澖兮，沫潼潼而高厉；水澹澹而盘纡兮，洪波淫淫之溶㵝。奔扬踊而相击兮，云兴声之霈霈。猛兽惊而跳骇兮，妄奔走而驰迈。虎豹豺兕，失气恐喙；雕鹗鹰鹞，飞扬伏窜。股战胁息，安敢妄挚。于是水虫尽暴，乘渚之阳；鼋鼍鳣鲔，交织纵横；振鳞奋翼，蜲蜲蜿蜿。

　　《高唐赋》从山、水、怪兽等方面营造了诡谲莫测氛围的巫山空间，特别是以猛兽飞禽惊骇奔窜的情形强化神女居住环境的神圣感和震慑感。这样的环境才和巫山神女楚国神祀的身份相契合。闻一多先生在《高唐神女传说之分析》一文中说："我们可将云梦之神高唐（阳）氏女禄和宋桑林之神有娀氏简狄比了。前者住在巫山上，能为云雨，后者住在桑山上，也能为云雨。前者以先妣而兼神禖，后者亦以先妣而兼神禖。"又说："而在民间，则《周礼·媒氏》'仲春之月，令会男女'，与夫《桑中》《溱洧》所昭示的风俗，也都是祀高禖的故事。这些事实证明高禖这祀典，确乎是十足地代表着那以生殖机能为宗教的原始时代的一种礼俗。"[①]原始社会生产力水平极为低下，人们对各种自然界的现象无法给出科学解释，自然被神化成神祀，通过宗教祭祀的方式，期望风调雨顺和族群繁衍。这种思维方式，在宋玉生存的年代仍然存在。随着生产力水平的

---

① 闻一多：《神话与诗》，华东师范大学出版社，1997年，第113页。

提升和人们认识自然、征服自然能力的增强，代表着自然界神力的神祇形象的转变也是必然的结果。与宋玉相比，唐诗中的巫山空间发生了极大的变化。如沈佺期《巫山高二首》其一：

巫山峰十二，环合隐昭回。俯眺琵琶峡，平看云雨台。
古槎天外倚，瀑水日边来。何忽啼猿夜，荆王枕席开。①

唐诗中巫山空间描写以巫山十二峰为主，除此之外还有琵琶峡和云雨台。总体而言，神奇秀丽有余而诡谲神圣不足。诗人与自然景观之间的关系，由膜拜震撼变为平视鉴赏。只有"啼猿"给奇秀的环境增添了冷峻色调和幽怨氛围。又如卢照邻《巫山高》：

巫山望不极，望望下朝雾。莫辨啼猿树，徒看神女云。
惊涛乱水脉，骤雨暗峰文。沾裳即此地，况复远思君。②

此诗塑造了云雾迷蒙、惊涛拍岸、骤雨急促的巫山空间，虽然神奇秀丽但缺乏与宗教祭祀相关的神秘氛围营造。再如刘禹锡《巫山神女庙》：

巫山十二郁苍苍，片石亭亭号女郎。
晓雾乍开疑卷幔，山花欲谢似残妆。
星河好夜闻清佩，云雨归时带异香。
何事神仙九天上，人间来就楚襄王。③

---

① 〔清〕彭定求等编：《全唐诗》卷十七，中华书局，1960年，第167页。
② 〔清〕彭定求等编：《全唐诗》卷十七，中华书局，1960年，第168页。
③ 〔清〕彭定求等编：《全唐诗》卷三百六十一，中华书局，1960年，第4082页。

卢照邻诗歌中巫山十二峰郁郁葱葱、云雾弥漫、山花点缀，险峻中带有秀丽之美，和巫山神女美丽神秘多情的人物形象相得益彰。此外，孟郊《巫山曲》：

> 巴江上峡重复重，阳台碧峭十二峰。
> 荆王猎时逢暮雨，夜卧高丘梦神女。
> 轻红流烟湿艳姿，行云飞去明星稀。
> 目极魂断望不见，猿啼三声泪滴衣。①

孟郊将巫山神女和楚王的爱情故事巧妙地嵌在以巫山十二峰为标志的时空环境中。以巫山神女和巫山十二峰为主体的奇丽山水形成了一个相互说明的有机整体。究其原因，这是由巫山神女的原始身份决定的。正如一些学者所说，巫山神女反映了先民的集体无意识的积淀，她从远古走来，那万人膜拜的女神，逐渐变成了男人们梦寐以求的神女。②巫山神女的神性和她所藏身的以巫山十二峰为主体的空间环境有着血脉相连的关系。一方面，巫山十二峰的神奇山水是孕育巫山神女这个独特女神形象的物质载体；另一方面，巫山神女是巫山十二峰神奇山水的人文内核。

总之，巫山空间的自然山水更大程度地体现了"人的本质力量的对象化"。宋玉创作《高唐赋》《神女赋》的时代，宗教意识观念比较浓重，巫山空间的神秘诡谲承载着宗教文化意识的印记。桑大鹏在《论巫山神女故事形成过程中的巫术观念

---

① 〔清〕彭定求等编：《全唐诗》卷三百七十二，中华书局，1960年，第4183页。
② 王守雪：《美和情欲：梦会神女原型题旨的内核》，《殷都学刊》，1996年第3期。

演绎历程》中指出，楚王和象征山林之神和社稷之神的巫山神女的交合可以达到使楚国人口繁盛、谷物丰收的功利目的，进而否定"淫奔，浪漫之说"①论断的合理性。这种说法很有见地。葛兆光在《中国思想史》中说："战国时代大多数人还是生活在一个充满了神秘气氛的世界，思想家的理智思考毕竟是少数人的事业，对于大多数人来说，他们需要一些直接的、有效的，至少可以抚慰心灵增强自信的知识与技术，因此，战国时代有那么多神秘的观念和那么多神奇的方术。他们相信面前的天地人鬼组合的宇宙是一个和谐的整体，它有明确的中心和模糊的边缘，各个部分彼此对称和整齐，一切都依照着阴阳、四季、五行等基本要素组合，天地人鬼都有一种神秘的观念也是必然的对应关系，把握这种对应关系就可以解释整个宇宙，并得到更好的生存与生活。"②由此可知，宋玉所处的时代，人们对神灵、山川河岳的认知具有强烈的神秘色彩。楚王祭祀巫山女神，楚王和巫山女神遇合具有神圣的内涵。魏祥在分析《九歌》中人神之恋时说："人与神的相遇是心灵的相遇，而非有形的身体的相遇，脱离人身体的神人形象，是人的自我精神的一种自觉探求与独立发展。……由此生发出世俗与神圣两种基本的空间格局——世俗世界与神圣世界"，"世俗世界与神圣世界以将之叠合，即神人在情感上达至一体。这种'情感'不是世俗中普通人之情感，而是至纯、至真之情。情感的至纯使神人相遇，

---

① 桑大鹏：《论巫山神女故事形成过程中的巫术观念演绎历程》，《理论月刊》，2002年第12期。
② 葛兆光：《中国思想史》第一卷，复旦大学出版社，2001年，第126页。

即神人相感通。"①这种观点颇有见地，同样地，楚王和巫山神女的相遇和情感也代表世俗世界和神圣世界的叠合，和日常生活中的男女爱情有显著区别。汤勤福在《仪式背后的政治诉求：以中镇霍山镇岳化为例》一文中指出："从仪式与政治关系考量，最初的祭山仪式并不含有政治内涵。原始人类出于对山川崇拜而进行祭祀时，祭祀的目的只是祈求趋利避害，不存在政治目的。随着政治统治机器的出现，这种祭祀仪式被政治集团所行用，那么仪式就包含着政治内涵，代表统治集团的意志，仪式就会成为政治操作的附庸；当然，由于代表某一政权祭祀，那么该政权就会规范其仪式，肯定会与原始山岳崇拜祭祀仪式有差异。"②因此，楚王参与祭祀，而且祭祀仪式如此庄严隆重，背后所蕴含的政治内涵是不言自明的。山岳祭祀常与政治集团开疆拓土有关联，蕴含着国家政权对统治合法性的需求。楚王对巫山和巫山神女的祭祀在某种程度上说，是在宣示国家的政治权力。

唐代诗人创造的巫山空间和宋玉的差异在于，人们对自然山水的敬畏感逐渐让渡于沉浸式的审美观照。葛兆光在《中国思想史》第二卷《七世纪至十九世纪中国的知识、思想与信仰》第一编第一节"盛世的平庸：八世纪上半叶的知识与思想状况"中指出："宇宙天地作为国家与社会秩序的合理性的终极依据的失效，它对当时秩序的混乱已经失去了批评能力。本来'天

---

① 魏祥：《楚国神话思维研究》，中南大学博士论文，2022年，第102页。
② 汤勤福：《仪式背后的政治诉求：以中镇霍山镇岳化为例》，《南开学报（哲学社会科学版）》，2023年第2期。

不变，道亦不变'的思想自汉代被提出以来，中国的国家与社会秩序一直高枕无忧地依托着那个井然有序的宇宙，拥有无可置疑的合法性与合理性。在古代中国，人们本来就有一种自然的追求与相信秩序和层次的趋向，他们把宇宙天地的运转秩序与空间层次当作一种合理性暗示和象征，支持着对于社会权利与阶层的合法性。……可是，事实上这种秩序却在不断地被破坏着：从武则天时代以来，太平公主、中宗韦皇后、上官婉儿、长宁公主、安乐公主都曾经积极干预政治，甚至连一些宫女都曾经介入了政治事件……特别是那个社会中权力重心与阶层结构的变化，更对传统秩序提出挑战，质疑着传统的宇宙天地作为终极依据的意味。"① 由此可知，社会的巨大变化使得旧有的宇宙观和礼法观念的根基被摧毁了，因此唐代诗人对巫山的认知和理解与战国时代的宋玉有很大的差别。巫山和巫山神女蕴含的那种神秘的力量和权力象征意味逐渐弱化。这也是唐代诗人将巫山神女看作美丽神秘女性来讴歌和评赏的思想根源。

《周易·系辞下》："古者包牺氏之王天下，仰则观象于天，俯则观法于地，观鸟兽之文，与地之宜，近取诸身，远取诸物，于是始作八卦，以通神明之德，以类万物之情。"② 由此可知，古代先民乃至周代人在观察天地鸟兽之文时，将其与神明之间建立关联。然在魏晋以后，人们对山水的认知产生了很大变化。玄学兴盛促进了人们对自然山水的审美，最后促成了山水诗的发展和繁荣，故刘勰在《文心雕龙》"明诗"篇中说："宋初

---

① 葛兆光：《中国思想史》第二卷，复旦大学出版社，2001年，第25—28页。
② 杨天才、张善文译注：《周易》，中华书局，2011年，第607页。

文咏，体有因革，庄老告退，而山水方滋。"① 由此可知，玄学的发展和山水诗发展之间有重要关联。老庄思想是玄学的重要思想来源。《老子》云："有物混成，先天地生。寂兮寥兮，独立而不改，周行而不殆，可以为天下母，吾不知其名，字之曰：道；强为之名曰：大。"② 由此可知，老子认为道蕴含在天地之中。《庄子·知北游》云："天地有大美而不言，四时有明法而不议，万物有成理而不说。圣人者，原天地之美而达万物之理，是故至人无为，大圣不作，观于天地之谓也。"③ 庄子也强调说，圣人要通过"原天地之美而达万物之理"，这些理论成为东晋士人到山水之间体道、悟道的理论依据。

徐复观在《中国艺术精神》一文中指出："以玄对山水，即以超越于世俗之上的虚静之心对山水；此时的山水，乃能以其纯净之姿，进入虚静之心的里面，而与人的生命融为一体，因而人与自然，由相化而相忘。"④ 的确如此，玄学的发展对人和自然的关系产生了很大影响，山水逐渐由敬畏对象转变为审美对象。这种转变在文学创作中亦有体现，王羲之《兰亭集序》：

永和九年，岁在癸丑。暮春之初，会于会稽山阴之兰亭，修禊事也。群贤毕至，少长咸集。此地有崇山峻岭，茂林修竹；又

---

① 王志彬译注：《文心雕龙》，中华书局，2012年，第65页。
② 〔魏〕王弼注、楼宇烈校释：《老子道德经注校释》，中华书局，2016年，第62—63页。
③ 〔清〕郭庆藩撰、王孝鱼点校：《庄子集释》，中华书局，2016年，第737页。
④ 徐复观：《中国艺术精神》，广西师范大学出版社，2012年，第173页。

有清流激湍，映带左右，引以为流觞曲水，列坐其次。虽无丝竹管弦之盛，一觞一咏，亦足以畅叙幽情。是日也，天朗气清，惠风和畅，仰观宇宙之大，俯察品类之盛，所以游目骋怀，足以极视听之娱，信可乐也。①

对自然山水的审美观照思维模式的形成，与魏晋士人在山水间谈玄论道的生活范式有直接关系，其本质是生产力的发展和人类智力提升带来的人和自然界关系调整在文学作品中的投射。自然山水不仅可以使人悟天地大道，更能让人在审美观照之后获得身心愉悦之感。将此文中王羲之对人和自然山水关系的设定与宋玉《高唐赋》《神女赋》中的做对比，可以发现主客关系发生了变化。诗人对山水的审美达到第一个高峰的标志是谢灵运的山水诗。谢灵运《登池上楼》是他山水诗的代表作，其诗云："潜虬媚幽姿，飞鸿响远音。薄霄愧云浮，栖川怍渊沉。进德智所拙，退耕力不任。徇禄反穷海，卧疴对空林。衾枕昧节候，褰开暂窥临。倾耳聆波澜，举目眺岖嵚。初景革绪风，新阳改故阴。池塘生春草，园柳变鸣禽。祁祁伤豳歌，萋萋感楚吟。索居易永久，离群难处心。持操岂独古，无闷征在今。"诗人写出了生机盎然的自然山水景观，人是审美主体，山水是审美客体。正因为如此，自然山水从此再也没有了神秘诡谲的特征，反而增添了奇幻灵秀的特征。这种趋势一直延续到了唐代，唐代诗人受谢灵运的影响很大。谢灵运的山水

---

① 上海辞书出版社文学鉴赏辞典编纂中心编：《古文鉴赏辞典》上，上海辞书出版社，2020年，第562页。

诗以及对山水审美的方式对后代诗人都产生了巨大影响。综上所述，唐代诗人对巫山地理空间书写的新变，是漫长历史演进过程中，人和自然山水关系改变所导致的。这种转变与生产力发展和科学技术进步有关，与社会变革和思想界的变革有关。

二、"神性"维度到"人性"维度：巫山神女精神内核的新变

如上文所述，巫山空间和巫山神女之间存在血脉相连的关系。换言之，巫山空间是巫山神女的外延，巫山空间的构建最终是为巫山神女书写这个目标而服务的。

具体而言，巫山空间由神奇诡谲到奇幻灵秀的转变是巫山神女精神内核转变导致的结果。关于宋玉《高唐赋》《神女赋》与宗教祭祀之间的深层关系，先哲时俊已经做了深入探讨和论证，此处不再赘言。因此，宋玉赋中的巫山神女以"神性"为主。其"神性"主要体现在以下两个方面：第一，"只有楚王才能与之交游，可见楚人对巫山神女的向往和崇拜"[①]。第二，神女具有调节两者情感关系的主动权。无论是她和"先王"的梦中遇合，还是对"襄王"的以礼相拒，都说明巫山神女的神性高于世俗王权。楚王和巫山神女交合从表层来看是两性情感范畴，实质属于包含政治诉求的宗教祭祀范畴。故程地宇说"以楚人始祖命名的高唐（高阳）在巫山出现，无疑是楚民族在巫山崛起的标志。这固然是楚人对巴文化的吸收，同时又是从自

---
① 廉超：《〈高唐赋〉巫山地望再探》，《荆楚学刊》，2019年第6期。

己的民族利益出发对她改造。从此，巫山神女的故事也由巴文化体系纳入楚文化体系"①。从文本内部来看，也存在这样的底层逻辑：楚王以获得巫山神女的垂青为荣，唯有楚王才有交接巫山神女的资格，这是王权低于神权的表征，也是巫山神女"神性"的体现。

《高唐赋》《神女赋》之后巫山神女的故事广为流传，"但之后的两汉魏晋南北朝诗歌中，巫山神女并未获得多少注意。直至南朝齐梁时期，始有诗歌涉及巫山神女，但并无对神女的详尽描写……（唐代）出现了大量涉及巫山神女的诗"②。唐诗对巫山神女的书写不仅体现在数量上的突破，更体现在巫山神女精神内核的改变，即从"神性"到"人性"的过渡。如沈佺期《巫山高二首》（其二）：

神女向高唐，巫山下夕阳。裴回作行雨，婉娈逐荆王。
电影江前落，雷声峡外长。霁云无处所，台馆晓苍苍。

沈佺期诗中将巫山神女出现的目的归结为"婉娈逐荆王"，她和楚王的关系由情感外壳包裹的宗教祭祀转变为两性恋情。诗人摒弃巫山神女与宗教祭祀相关的一切要素，也就是剥离巫山神女的"神性"精神内核。此时的巫山神女为了情欲而追逐"荆王"，其行为方式沦为为情而生的世俗女性了。强调情欲是以"人性"为精神内核的巫山神女的首要特征。

---

① 程地宇：《巫山神女：巴楚民族历史文化融合的结晶》，《三峡大学学报（人文社会科学版）》，2004年第3期。
② 杨许波：《唐诗接受巫山神女考述》，《天中学刊》，2012年第5期。

又如刘希夷《巫山怀古》：

巫山幽阴地，神女艳阳年。襄王伺容色，落日望悠然。
归来高唐夜，金釭焰青烟。颓想卧瑶席，梦魂何翩翩。
摇落殊未已，荣华倏徂迁。愁思潇湘浦，悲凉云梦田。
猿啼秋风夜，雁飞明月天。巴歌不可听，听此益潺湲。①

"神女艳阳年"强调了她的美貌，"襄王伺容色"强调了君王的荒淫。刘希夷此诗乃怀古之作，诗中巫山神女成为遥远爱情传说的主角，而并没有提及巫山故事背后的祭祀仪式和政治内涵。楚王祭祀巫山神女的神圣感被消解之后，因拥有巨大神力而被膜拜的神女退化为仅凭容色而令楚王难忘的情欲对象。而强调容色是世俗社会男性择偶的标准之一。巫山神女成为情欲对象是其精神内核向"人性"维度发展的结果。再如刘沧《题巫山庙》：

十二岚峰挂夕晖，庙门深闭雾烟微。
天高木落楚人思，山迥月残神女归。
触石晴云凝翠黛，度江寒雨湿罗衣。
婵娟似恨襄王梦，猿叫断岩秋藓稀。②

"婵娟似恨襄王梦，猿叫断岩秋藓稀。"说明巫山神女为情生恨，这个情节是对宋玉《神女赋》内容的颠覆。在《神女赋》中，"襄王有意"而神女拒绝；在此诗中巫山神女因"襄

---

① 〔清〕彭定求等编：《全唐诗》卷八十二，中华书局，1960年，第882页。
② 〔清〕彭定求等编：《全唐诗》卷五百八十六，中华书局，1960年，第6794页。

王"不归而生出怨情。除了生存空间的差异，就情感内容而言，巫山神女和宫怨诗中的女性已经没有太大差别了。可以说，巫山神女被彻底"人性"化了。

除了将原本思慕关系中主体位置置换外，唐诗还强调巫山神女外貌方面的巨大魅惑力，强调巫山神女的容色是以"人性"为精神内核。巫山神女不再是令人崇敬的神灵，而变为迷惑君王的妖姬。如李白《古风》：

我到巫山渚，寻古登阳台。天空彩云灭，地远清风来。
神女去已久，襄王安在哉。荒淫竟沦替，樵牧徒悲哀。①

宋玉赋中，巫山神女"赴高唐就楚王，在文化人类学的层面上，是以山林之神的身份与国王交合，以求人畜兴旺、五谷丰登的原始宗教礼俗"②。当巫山神女只剩下魅惑的外貌，而楚王又对其念念不忘时，楚王对巫山神女的迷恋就演变为君王荒淫的象征。又如张潮《江风行》：

孟夏麦始秀，江上多南风。商贾归欲尽，君今尚巴东。
巴东有巫山，窈窕神女颜。常恐游此方，果然不知还。③

张潮诗中，巫山神女不仅失去了神性，而且她的地位下降到要去诱惑商贾。至此，巫山神女徒有神女之名而无任何神女之实了。随着自然崇拜和宗教意识的淡漠，巫山神女逐渐

---

① 〔清〕彭定求等编：《全唐诗》卷一百六十一，中华书局，1960年，第1697页。
② 黄权生：《〈高唐赋〉正文为巫山神女祭文考》，《荆楚学刊》，2015年第4期。
③ 〔清〕彭定求等编：《全唐诗》卷一百十四，中华书局，1960年，第1159页。

和女妓在诗歌中被并举。如白居易《卢侍御小妓乞诗，座上留赠》：

> 郁金香汗裛歌巾，山石榴花染舞裙。
> 好似文君还对酒，胜于神女不归云。
> 梦中那及觉时见，宋玉荆王应羡君。①

在白居易的这首赠妓诗中，将巫山神女和卢侍御的家妓作为比较对象，甚至认为"宋玉荆王"都会羡慕卢侍御拥有这样风情万种的女妓。此诗属于酒席应酬调笑之作，由此巫山神女的精神内核的"神性"被完全消解了。虽然，以"神性"为精神内核的巫山神女也具有魅惑的容貌，但这并不是她作为神的本质属性。简言之，巫山神女从"神性"维度到"人性"维度的转变主要体现在两个方面：一是渲染巫山神女仅与两性恋情之间有内在联系，而不再强调她背后的自然神权对王权（楚王）的重要性；二是渲染巫山神女的容色对世俗社会的吸引力，以此取代她的"神性"对世俗社会的震慑力。

巫山神女神性消解的实质是生产力水平发展引发的人们掌控自然环境能力的跨越式发展，继而世俗王权对自然神权依附性削弱和女性社会功能弱化。当巫山神女从政治生活范畴进入情感生活范畴，她的精神内核就是人性对自由爱情（情欲）的渴慕。但是在宗法制社会，两性自由情感并不是主流价值观所倡导的，甚至是被否定的。陈顾远指出："中国自周以来，宗

---

① 〔清〕彭定求等编：《全唐诗》卷四百三十八，中华书局，1960年，第4876页。

法社会既已成立，聘娶形式视为当然，于是婚姻之目的，遂以广家族子孙为主，而经济关系之内助，反居其次。至于两性恋爱之需要，虽在事实上不无发现，然往时学者既以婚礼有无，衡度两性之结合正确与否，则在所谓别男女之目的下，非仅轻视，抑或否认也。"①此论断十分中肯。因此，当巫山神女仅仅作为关联爱情（情欲）的符号时，她被世俗化和庸俗化的命运是不可避免的。巫山神女形象在唐代诗歌中经常出现，但是唐诗中神女已经没有了神圣的地位和神秘的特征。究其原因，巫山神女所赋予的政治意义被消解了，即巫山之于楚国的政治意义消失了。对唐代诗人而言，巫山已经没有了政治意义，它只是秀美的山川，巫山神女只是美丽的女性。

关于女神崇拜，有学者将其原因总结为两点：其一是生殖崇拜，其二是母权崇拜。"女性生殖能力的特殊性又决定了女性在劳动生产中的特殊地位。在人类早期社会，由于男女生理结构不同，男女社会分工也不同。男性主要从事渔猎，女性主要从事采集、饲养。在这个过程中，男性所从事的劳动有非常强的不确定性，使得女性从事的劳动更有意义，因而她们具有更高的地位。在女性生殖崇拜的社会中，女性不仅是经济生活的主导者，更是种族繁衍的决定者，因此女性享有比男性更好的地位"②。此言甚是，女神崇拜发生在人类社会初期，当时女性的经济收入比男性更为稳定，在族群中的地位自然高于男性。翦伯赞在《先秦史》中指出，"人类最初

---

① 陈顾远：《中国婚姻史》，商务印书馆，2018年，第8页。
② 陈彦：《女神与神女——羌族神话中的女神群体形象解读及文化阐释》，《民族文学研究》，2014年第6期。

崇拜的祖先，是女祖先，这已经是考古学和民俗学所证实了的。中国母系氏族的人群，也是供奉女祖先。"①翦伯赞也认同女神崇拜出现在人类早期的这种观点。然而，随着农业技术的提高，男性在经济社会中的贡献逐渐超越女性，女性地位下降和女神崇拜的削弱都是必然出现的结果。所以，巫山神女神性的消失，是女神崇拜逐渐消解的结果，这种后果由生产力发展引发，在政治生活中表现为女神祭祀逐渐减少，在诗歌创作实践中表现为神女神性的消失，甚至还有一些诗人将神女作为生活中美丽女子的代称。

神女精神内核由神性转向人性，这种转向在志怪小说中有所体现，南朝宋刘义庆《幽明录》中刘晨、阮肇入天台山遇仙女的故事中的神女就是神性内核转向人性的典型。其文如下：

汉明帝永平五年，剡县刘晨、阮肇共入天台山，迷不得返。经十三日，粮食乏尽，饥馁殆死。遥望山上有一桃树，大有子实，而绝岩邃涧，永无登路。攀圆藤葛，乃得至上。各啖数枚，而饥止体充。复下山，持杯取水，欲盥漱，见芜菁叶从山腹流出，甚新鲜，复一杯流出，有胡麻糁。相谓曰："此知去人径不远。"便共没水，逆流二三里，得度山，出一大溪。

溪边有二女子，资质妙绝。见二人持杯出，便笑曰："刘、阮二郎捉向所流杯来。"晨、肇既不识之，缘二女便呼其姓，似如有旧，乃相见而悉。问："来何晚耶？"因邀回家。

其家筒瓦屋，南壁及东壁各有一大床，皆施绛罗帐，帐角悬铃，金银交错。床头各有十侍婢。敕云："刘、阮二郎，经陟山岨，

---
① 翦伯赞：《先秦史》，北京大学出版社，1999年，第115页。

向虽得琼实，犹尚虚弊，可速作食！"食胡麻饭、山羊脯、牛肉，甚甘美。食毕，行酒，有一群女来，各持五三桃子，笑而言："贺汝婿来。"酒酣作乐，刘、阮欣怖交并。至暮，令各就一帐宿，女往就之，言声轻婉，令人忘忧。①

此文中"神女"虽有神女之名，但其居住环境、饮食和性格与凡人并无不同。更为重要的一点是她们和刘晨、阮肇之间的交往的核心是情欲的满足。这一点和宋玉笔下的巫山神女有很大差异，两者之间的共同之处是容貌美。刘晨、阮肇的故事对后世文学创作影响很大，如唐代小说《游仙窟》中的神女崔十娘等人也只是一群容貌美艳动人、和主人公发生爱情关系的女子。她们的行为动作和个性语言完全没有了神性的庄严神圣之感。故陈寅恪对《游仙窟》的这一众女仙的身份评价甚低："六朝人已侈谈仙女杜兰香、萼绿华之世缘，流传至唐代，仙（女性）之一名，遂多用作妖艳妇人，或风流放诞之女道士之代称，亦竟以之目倡伎者。"②综上所述，《游仙窟》也可作为唐代女神崇拜衰落的佐证。女神崇拜衰落是唐诗巫山神女的精神内核改变的重要原因之一。

三、国家政治到世俗恋情：巫山神女题材文化内涵的新变

如前所述，巫山神女从《高唐赋》《神女赋》到唐代诗人

---

① 〔南朝宋〕刘义庆撰、郑晚晴辑校：《幽明录》，文化艺术出版社，1988年，第1页。
② 陈寅恪：《元白诗笺证稿》，三联书店，2015年，第113页。

的集体书写，发生了极大的转变。一方面是巫山神女生存空间从神秘诡谲到奇幻灵秀的转变，另一方面是巫山神女精神内核从"神性"维度到"人性"维度的转变。究其原因，是巫山神女题材文化内涵从国家政治到世俗恋情的转变。《高唐赋》《神女赋》的主旨和政治有关。具有代表性的说法有两种：一是讽喻淫乐说，以唐李善《文选注》为代表；二是托物寄兴说，以宋洪迈《容斋随笔》为代表。第一条从君王治国角度入手，第二条从士人从政角度入手，都与政治相关。闻一多先生在《高唐神女传说之分析》一文中指出巫山神女是楚民族的高禖，陈梦家继承并发展了闻一多先生的观点。此后，诸多学者考证宋玉赋中巫山神女和楚王之间浪漫故事背后的宗教祭祀实质。"燕之祖、宋之桑林和齐之社稷皆是风景名胜区，供君王们畋猎游玩，国家也在这里举行大祀，楚国之云梦应与此同。其实，自古以来，帝王的畋猎往往伴随着祭祀"[①]。祭祀的目的是祈求楚国人口繁盛、谷物丰收。要之，在宋玉赋中，巫山神女和楚王的恋情只是一种包裹在政治内涵之外的表象。

然而唐代诗人的集体书写将巫山神女题材的内涵转向恋情。如刘方平《巫山神女》："神女藏难识，巫山秀莫群。今宵为大雨，昨日作孤云。散漫愁巴峡，徘徊恋楚君。先王为立庙，春树几氤氲。"此诗继承了巫山神女和楚王梦中遇合的情节，但是对神女形象进行了改造。宋玉强调了楚王对巫山神女的向往之情，而刘方平则强调了巫山神女对楚王的爱恋之情。这是唐代诗人消

---

① 董芬芬：《巫山神女传说的真相及屈原对怀王的批评》，《西北师大学报》，2004年第3期。

解巫山神女神性之后的结果。消解神性之后的巫山神女只剩下了美貌和对爱情的追求。又如张子容《巫山》："巫岭岩峣天际重，佳期宿昔愿相从。朝云暮雨连天暗，神女知来第几峰。"此诗写巫山神女和楚王之间的爱情际遇，"佳期"一词将巫山神女和楚王之间的交往视为单纯的两性交往。

再如沈佺期《巫山高二首》其二："神女向高唐，巫山下夕阳。裴回作行雨，婉娈逐荆王。电影江前落，雷声峡外长。霁云无处所，台馆晓苍苍。"此诗中将巫山神女塑造成围绕着楚王、执着于与楚王的爱情关系的女性形象，和宫怨类爱情诗中失宠嫔妃的形象有很大的相似性。"裴回作行雨，婉娈逐荆王"，这两句说明巫山神女的活动重心是沉溺于和楚王的爱情之中。这种人物形象设置的灵感应该来源于宫怨诗中嫔妃形象。如班婕妤《怨歌行》："新裂齐纨素，皎洁如霜雪。裁作合欢扇，团团似明月。出入君怀袖，动摇微风发。长空求解，凉飚夺炎热。弃捐箧笥中，恩情中道绝。"①此诗是班婕妤因失宠而作，诗人将自己比作"团扇"，担心因季节变化而被君王抛弃，将君王恩宠视为人生唯一的追求。这种将君王恩宠视为人生追求的抒情主人公在宫怨类爱情诗中比比皆是。如刘氏媛《长门怨二首》："雨滴梧桐秋夜长，愁心和雨到昭阳。泪痕不学君恩断，拭却千行更万行。学画蛾眉独出群，当时人道便承恩。经年不见君王面，花落黄昏空掩门。"②刘氏媛《长门怨二首》其一的抒情主人公是因为君王恩宠而秋夜难眠的宫嫔，其二的抒情主人公是容貌出众却未被恩宠的宫嫔。

---

① 逯钦立辑校：《先秦汉魏晋南北朝诗》，中华书局，1983年，第116页。
② 〔清〕彭定求等编：《全唐诗》卷八百一，中华书局，1960年，第9013页。

尽管两者的情感经历有所不同，但是她们的人生意义都寄托在君王的恩宠这件事上，她们悲伤寂寞的理由完全一致。这一点和沈佺期《巫山高二首》中巫山神女行云化雨而心思全围绕着楚王是何其相似。再如韩偓《长信宫二首》："天上梦魂何杳杳，宫中消息太沈沈。君恩不似黄金井，一处团圆万丈深。天上凤凰休寄梦，人间鹦鹉旧堪悲。平生心绪无人识，一只金梭万丈丝。"叙写了因为无缘和君王相识而悲痛相思的宫嫔的情感体验。宫人嫔妃因为后宫制度被禁锢在深宫之中失去人身自由，她们唯一可以获得合法的权利荣名的路径就是博得君王的青睐和恩宠。这种强依附关系，使得宫女的喜怒哀乐系于君王恩宠。可是巫山神女和楚王的关系并非如此，巫山神女生存在独立于楚王权力之外的地理空间，具有崇高的地位和超凡的能力，其喜怒哀乐不可能受制于楚王恩宠。沈佺期的这种对巫山神女形象的改造，基于巫山神女神性丧失，继而成为普通女性，否则这种情感发展逻辑无法成立。

这一点和宋玉《高唐赋》《神女赋》中的设定完全不同。《高唐赋》的结尾交代遇巫山神女的条件："王将欲往见，必先斋戒。差时择日，简舆玄服。见建云旆，蜺为旌，翠为盖。风起雨止，千里而逝。盖发蒙，往自会。思万方，忧国害。开贤圣，辅不逮。"宋玉将巫山神女和国家政治联系在一起，具有讽谏和托兴的意味。《文选》注引《汉书》注："此赋盖假设其事，风谏淫惑也。"这就是对宋玉《高唐赋》讽谏主题的肯定。《神女赋》中巫山神女最终主动离去的结局，也有讽谏的意味。"宋玉所处的时代，是楚国日渐衰落的时期，统治者们大多胸无大志，沉溺于声色犬马之中，《吕氏春秋·侈乐》篇曰：'楚之衰也，作为巫音。'陈奇猷注曰：'《九歌》之曲调盖即巫音也。'这实际就是指出楚国的衰亡与楚王'淫祀'有密切的关系。楚国君主昏庸，屈原的许多诗篇如《离骚》《天问》等抚今追昔、借古讽今，就是针对当时的君王进行的批评。"[1]这种说法颇有道理。关于宋玉采用讽谏的方式，在司马迁《史记·屈原贾生列传》的一段话中可以找出端倪："屈原既死之后，楚有宋玉、唐勒、景差之徒者，皆好辞而以赋见称，然皆祖屈原之从容辞令，终莫敢直谏。"[2]

除此之外，班固在《汉书·艺文志》中的评论亦可作为佐证，其文曰："春秋之后，周道寖坏，聘问歌咏不行于列国，学《诗》之士逸在布衣，而贤人失志赋作矣。大儒孙卿及楚臣屈原，离谗忧国，皆作赋以风，咸有恻隐古诗之义。其后，宋玉、唐勒、汉兴枚乘、司马相如，下及杨子云，竞为侈丽闳衍之词，没其风谕之义。"[3]由此可知，宋玉《高唐赋》和《神女赋》的讽谏主题，以及巫山神女交合楚王的情节与国家政治相关，这类判断是可信的。但是在唐诗巫山神女书写中，讽谏和托兴的内涵完全消解了。这是唐诗巫山神女书写的创新之处，也是唐以后巫山神女题材文化内涵的主流方向。

楚王和巫山神女以梦境交接的方式成为人神恋的文学原型，

---

[1] 任新玉：《巫山神女神话研究》，辽宁师范大学硕士论文，2011年，第20页。
[2]〔汉〕司马迁：《史记·屈原贾生列传》，中华书局，2013年，第2491页。
[3]〔汉〕班固：《汉书》卷三十，中华书局，1962年，第1756页。

对后代学者影响很大，如《红楼梦》第五回中贾宝玉和警幻仙子之妹在梦中遇合就是受《神女赋》启发。唐代诗人常使用巫山神女题材表现现实生活中的短暂恋情，如文人和歌姬舞女或女道士之间的情感。歌姬舞女"以姿色美艳赢得文人士大夫的青睐，而唐代社会素有借仙述艳的习俗，因此不难想见这些歌姬舞女为何频频在文人的诗作中被幻化为巫山神女"①，此言颇有见地。无论是歌姬舞女还是女道士，她们和文人士大夫之间的恋情大多是没有圆满结局的。鱼玄机是唐代著名的女诗人，她出家做了女道士之后，和李郢、温飞卿、李近任、左名扬等人都有交往，但是最终并没有一个好的情感归宿。鱼玄机《赠邻女》："羞日遮罗袖，愁春懒起妆。易求无价宝，难得有心郎。枕上潜垂泪，花间暗断肠。自能窥宋玉，何必恨王昌。"这首诗反映了鱼玄机被爱情所伤，而后自我开解的人生态度。诗中"王昌"代指她曾经深爱过的一个男子，然而以鱼玄机的身份地位，两人最终很难走入婚姻。正如元稹《莺莺传》中崔莺莺和张生相爱，然而张生最终娶妻仍是高门千金。唐传奇《霍小玉传》中有一段话揭示唐代士人中存在的爱情和婚姻分而论之的现象，其文如下：

> 玉谓生曰："以君才地名声，人多景慕，愿结婚媾，固亦众矣，况堂有严亲，室无冢妇，君之此去，必就佳姻。盟约之言，徒虚语耳。然妾有短愿，欲辄指陈。永委君心，复能听否？"生

---

① 林洁：《论唐诗"美人幻梦"主题及其变形》，《唐都学刊》，2019年第4期。

惊怪曰:"有何罪过,忽发此辞?试说所言,必当敬奉。"玉曰:"妾年始十八,君才二十有二。迨君壮室之秋,犹有八岁。一生欢爱,愿毕此期。然后妙选高门,以谐秦晋,亦未为晚。妾便舍弃人事,剪发披缁,夙昔之愿,于此足矣。"生且愧且感,不觉涕流。因谓玉曰:"皎日之誓,死生以之。与卿偕老,犹恐未惬素志,岂敢辄有二三。固请不疑,但端居相待。至八月,必当却到华州,寻使奉迎,相见非远。"更数日,生遂诀别东去。

这段话是李益铨选得官职后离开长安时,他和霍小玉之间的对话。霍小玉认为以两人身份差异,将来定不能结秦晋之好,唯愿能和李益保持八年的恋爱关系,其后不再相互联系。这番对话反映了唐代士人在婚前恋爱的现象。尽管两人之间存在过刻骨铭心的爱情,但是最终不能成为合法的夫妻,士人的婚姻对象只能是高门之女。唐代文士和长安娼妓交往的机会甚多,其中有些文士和娼妓之间相互恋慕也是情理之中。如韩偓《别锦儿》记录他和蜀妓的一段恋情,其诗云:"一尺红绡一首诗,赠君相别两相思。画眉今日空留语,解佩他年更可期。临去莫论交颈意,清歌休著断肠词。出门何事休惆怅,曾梦良人折桂枝。"此诗为韩偓及第离开京都长安和所爱蜀妓锦儿分别所作。由诗歌内容推测,两人之间的感情很深厚。然而这种恋情一般很难化成现实的婚姻关系。此外,偶尔相遇而倾心,但最后因各种原因不得不分离的短暂恋情亦有很多。如崔护《题都城南庄》中记载的一段爱情往事,其诗云:"去年今日此门中,人面桃花相映红。人面不知何处去,桃花依旧笑春风。"据说崔护在清明节独自去城南游玩,在此邂逅了一位美丽的女子。第二年清明节，他故地重游，佳人不知去往何处。又如李商隐《无题二首》其二："昨夜星辰昨夜风，画楼西畔桂堂东。身无彩凤双飞翼，心有灵犀一点通。隔座送钩春酒暖，分曹射覆蜡灯红。嗟余听鼓应官去，走马兰台类转蓬。"这首诗抒发了一种和所爱之人不能长相厮守的感伤之情。首联写诗人在官员宴会上和灵犀相通的女孩相遇，颔联写两人心意相合却不能光明正大地交往，颈联写两人在宴席上相处的快乐时光，尾联写鼓声之后诗人不得不离开喜爱之人。整首诗充满了对逝去的柔情的遗憾和不舍。上述短暂恋情和楚王与巫山神女的梦中邂逅很相似，歌姬舞女的美艳也容易关联到巫山神女的绝世容色。因此，巫山神女题材的确是适合表现唐人这种恋情的文学母题。

四、巫山神女成为中国文人表述两性私情的经典符号

如前所述，宋玉《高唐赋》《神女赋》中的巫山神女文化内涵与政治有关，但其故事的恋情外壳是唐人将此文学母题的内涵改造为恋情的客观条件。那么，巫山神女的文化内涵在唐代转向恋情的主观原因是什么呢？这是一个值得探讨的问题。巫山神女成为中国文人表述两性私情的经典符号，是唐诗巫山神女书写的重要贡献，也是巫山神女题材书写史上的关键转捩点。

第一，唐诗巫山神女书写所关涉的恋情大多是浪漫而短暂，但与婚姻无关的两性恋情。以当时的伦理观念来看，这种恋情很难被公众舆论所认同，甚至是被批评和否定的。孟子云："丈夫生而愿为之有室，女子生而愿为之有家；父母之心，人皆有之。

不待父母之命、媒妁之言，钻穴隙相窥，逾墙相从，则父母国人皆贱之。"① 就是对未经"父母之命，媒妁之言"恋情的批评态度。李商隐和宋姓女道士的恋情，就个人而言或许是刻骨铭心的经历，但并不适合直接歌咏。因此，借助巫山神女这类典故去表达这种情感是变通的选择。这种恋情很难为主流舆论所接受且具有很强的私密性，在本书中将之统称为"两性私情"。唐朝著名女道士李冶在《从萧叔子听弹琴赋得三峡流泉歌》中说"妾家本住巫山云，巫山流泉常自闻。玉琴弹出转寥夐，直是当时梦里听"，就是将自己比作巫山神女。除了女道士之外，唐代诗人笔下的巫山神女常指美艳的歌姬舞女，如白居易《卢侍御小妓乞诗座上留赠》、莲花妓《献陈陶处士》、李群玉《醉后赠冯姬》、韩熙载《书歌妓泥金带》等。

第二，唐代文人士大夫丰富的婚外恋情是巫山神女成为表述两性私情符号的现实基础。巫山神女意象贯穿整个唐代，晚唐篇幅最多且内容最丰富，② 而巫山神女与艳遇（私情）相关联始于中唐。③ 无怪乎李商隐感慨道："一自高唐赋成后，楚天云雨尽堪疑。"徐有富《唐代妇女生活与诗》指出，唐代仕女入道之风十分盛行，并总结仕女入道的目的为"炼药求长生""寻求性爱"和"入道以求安身之所"。甚至他认为女道士在大部分士子眼里

---

① 〔清〕阮元：《十三经注疏》，中华书局，1980年，第2711页。
② 曾羽霞：《荆楚文化与唐代文学研究》，陕西师范大学博士论文，2015年，第161页。
③ 曾羽霞：《荆楚文化与唐代文学研究》，陕西师范大学博士论文，2015年，第167页。

如同娼妓，①这个论断有失之偏颇的嫌疑，但唐代女道士的恋情生活的确比较丰富，如著名女道士鱼玄机和李冶创作了大量表现个人恋情的诗歌，骆宾王《代女道士王灵妃赠道士李荣》也是以歌咏女道士恋情为主要内容的。究其原因，乃是女道士的特殊身份使其比普通妇女有更多和异性公开交往的自由和机会。

此外，"文人狎妓是唐代普遍的社会现象，有关这方面的诗约一千首"②。正因为如此，娼妓成为女性中和文人士子接触较多的一个群体。唐孙棨《北里志》载：

> 京中饮妓，籍属教坊。凡朝士宴聚，须假诸曹署行牒，然后能致于他处。惟新进士设筵，顾吏便可行牒，追其所赠之资，则倍于常数。诸妓皆住平康里，举子、新及第进士、三司府幕但未通朝籍，未直馆殿者，咸可就诣，如不吝所费，则下车水陆备矣。③

由此可知，文人士子和娼妓交往在当时是一种社会风尚，张鷟《游仙窟》表现了唐代文人狎妓的文化现象。④娼妓在和文人士子的交往中逢场作戏是常态，但也有产生私情者，却最终很难成为世俗意义上的佳偶。如太原妓《寄欧阳詹》抒发她和文士欧阳詹之间恋情结束的伤悼之情。《霍小玉传》中陇西书生李益对霍小玉始乱终弃的处理方式是大多数文人士子和娼妓情感关系的

---

① 徐有富：《唐代妇女生活与诗》，中华书局，2005年，第221、229页。
② 徐有富：《唐代妇女生活与诗》，中华书局，2005年，第312页。
③〔唐〕孙棨：《北里志》，《中国文学参考资料小丛书》第1辑，古典文学出版社，1957年，第22页。
④ 戴伟华、柏秀娟：《超越与回归——从〈桃花源记〉〈游仙窟〉到〈仙游记〉》，《中国文化研究》，2003年第2期。

缩影。唐代人婚姻重视门第，①李益为娶得卢氏女为妻而到处借贷，而霍小玉只是他婚前生活中的一段小插曲。文人士子因为诸种原因和女道士、女妓在现实生活中交往并有可能产生短暂私情，而最终文人士子另选高门，女妓或含恨盼归或继续之前迎来送往的生活。如李商隐和王茂元女结婚之前，曾与一位宋姓女道士产生私情，这段情感最终无疾而终。②简言之，在这种社会风尚之下，唐代文人士子群体有丰富的私情体验。

第三，自然崇拜削弱和政治中心变迁导致巫山神女神性消解。宋玉《高唐赋》《神女赋》中巫山神女有古人自然崇拜的痕迹，而唐诗巫山神女书写包含文人士子对现实私情的投射。"人类感觉他的周围有种种势力为他所不能制驭，对之很为害怕，于是设法和他们修好，甚且希望获得其帮助。人类对于这种种势力的观念自然也依环境而异；平坦的原野自然无山神，乏水的地方自然无水神，离海远的内地自然也无所谓海神"③。有学者通过考证指出宋玉《高唐赋》《神女赋》中的巫山是云梦游猎区北部的大洪山，"位于今湖北省随州市曾都区西南部"④。巫山在楚国的地理重要性，是巫山神女作为高禖被祭祀的先决条件。

"先秦时代山川崇拜流行，人们普遍认为分封立国要依靠名山大川，传世文献中有大量关于山川与国运的故事"⑤。云梦游

---

① 陈东原：《中国妇女生活史》，商务印书馆，2017年，第72页。
② 吴调公：《李商隐研究》，上海古籍出版社，1982年，第111页。
③ 林惠祥：《文化人类学》，商务印书馆，2011年，第285页。
④ 姚守亮、程本兴：《宋赋巫山地理补正》，《湖北社会科学》，2012年第1期。
⑤ 牛敬飞：《五岳祭祀演变考论》，清华大学博士论文，2012年，第14页。

猎区和楚王室之间存在深层连接,而此地和李唐王室并没有这种内在连接。唐代两次重要封禅大典分别由唐高宗和唐玄宗主持,①地点均在泰山,巫山与唐朝国家政治没有现实关联。此外,唐代帝王已经意识到百姓对巩固政权的重要性,如唐太宗提出"水能载舟亦能覆舟"的论断。换言之,政治中心转移和自然崇拜降温,使得巫山神女的神圣感和神秘性逐渐消解。这些都为巫山神女被普泛化和庸俗化创造了条件。至此,巫山神女故事和唐代文士的私情之间具有了融合的可能性。

第四,唐朝诗人对梁陈宫体诗艳情描写的继承和发展。南朝宫体诗的一个重要内容是艳情,其风格以浮艳、轻薄为主。如萧纲《咏内人昼眠》:"北窗聊就枕,南檐日未斜。攀钩落绮障,插捩举琵琶。梦笑开娇靥,眠鬟压落花。簟文生玉腕,香汗浸红纱。夫婿恒相伴,莫误是倡家。"萧纲的许多艳情诗,着力描写女性的服饰、体态和风韵,给读者轻薄之感。②又如陈叔宝《玉树后庭花》:"丽宇芳林对高阁,新装艳质本倾城。映户凝娇乍不进,出帷含态笑相迎。妖姬脸似花含露,玉树流光照后庭。花开花落不长久,落红满地归寂中。"陈叔宝写艳情过于肤浅轻薄。唐代诗人继承梁陈宫体诗写艳情的文学传统但摒弃其浮艳、轻薄的风格,将巫山神女故事和文人士子的私情巧妙地结合在一起。艳情和私情的区别在于,艳情是因文生情,将女性和恋情作为鉴赏对象,缺少个体情感的融入;而私情指的是恋情因不为主流伦理观

---

① 杨晴:《唐宋封禅文学研究》,西北师范大学博士论文,2016年,第55—65页。
② 曹道衡、沈玉成:《南北朝文学史》,人民文学出版社,2006年,第233页。

所接受而呈现出比较隐秘的特征。唐代诗人通过巫山神女写两性私情，使情感从俗套空洞变得具体可感。李白《在水军宴韦司马楼船观妓》："对舞青楼妓，双鬟白玉童。行云且莫去，留醉楚王宫。"他用"行云"比喻女妓，通过巫山神女的典故委婉表述了挽留女妓的愿望。岑参《醉戏窦子美人》："朱唇一点桃花殷，宿妆娇羞偏髻鬟。细看只似阳台女，醉着莫许归巫山。"也是用巫山神女的典故曲折地表达对"窦子美人"的交接之意。莲花妓《献陈陶处士》："莲花为号玉为腮，珍重尚书遣妾来。处士不生巫峡梦，虚劳神女下阳台。"用"巫峡梦"比喻男女之事，此诗委婉表达自己奉命交接陈陶处士而被拒绝的事情。李商隐常用巫山神女之事为自己不能明言的男女私情作掩护，[①]如《圣女祠》中"肠回楚国梦，心断汉宫巫"，就用巫山神女的典故隐喻和宋姓女道士之间的过往情事。至此，巫山神女已经成为文人表达两性私情的经典符号，并被后代文人所继承和发扬。

　　唐诗巫山神女书写在文学史上的贡献主要表现为对宋玉赋中巫山神女故事创造性改写和经典化。由于生产力发展和城市经济繁荣，自然崇拜逐渐衰落而青楼楚馆和狎妓风气兴盛，人们对自然山川的敬畏之情逐渐降低而对声色娱乐生活的热情增长。唐代文人士子和女道士、官私女妓等异性接触的机会很多，获得了较多与婚姻无关的两性交往体验。这种私情不能被主流舆论接受，多以短暂遇合而结束，与巫山神女和楚王的短暂交接有相似之处。因此，唐代诗人常用巫山神女的典故来曲折含蓄地表达自己的隐

---

① 胥洪泉：《〈高唐赋〉〈神女赋〉影响略论》，《西南师范大学学报（哲学社会科学版）》，1999年第5期。

秘的情感经历，巫山神女逐渐成为表述两性私情的经典符号，巫山神女不再是高高在上的神仙而具有了人间女子的丰富情感。将巫山神女题材的文化内涵从政治转向恋情，是唐诗巫山神女书写的创新点和最大贡献。

余 论

巫山神女的形象发端于宋玉《高唐赋》《神女赋》，其神秘多情的特质为历代文人所关注、评价和重新演绎。由于所处时代社会思潮和婚姻文化的差异，历代文人对巫山神女的评价呈现出毁誉并存的状态。究其原因，这种现象是巫山神女的精神内核由以"神性"为主向以"人性"为主的过渡过程中，人们的评判标准在情感与礼教之间摇摆的结果。从历时的角度来看，文人笔下的巫山神女的精神内核处于神性弱化、人性强化的演变过程中。在婚恋文化的视域下，《高唐赋》《神女赋》中巫山神女和楚王之间的故事是浓厚宗教氛围中的人神邂逅。弗雷泽在《金枝》中指出："如果没有人的两性的真正的结合，树木花草的婚姻是不可能生长繁殖……原始人认为两性关系对植物具有感应影响，从而有的人把性行为作为促使大地丰产的手段。"①他解释了在原始宗教巫术仪式中出现男女交合的深层原因，《高唐赋》中"云雨"意象和昼寝交合即来源于祭祀、祈雨以及性爱相结合的原始宗教习俗。②因此，我们认为《高唐

---

① [英] 詹·乔·弗雷泽：《金枝》，中国民间文艺出版社，1987年，第263页。
② 杨兴华：《"云雨"意象探源》，《求索》，1996年第3期。

赋》中楚王和巫山神女交合的故事是原始宗教巫术的艺术化书写，其宗教信仰性质的元素胜过两性情爱的元素占比。正因为如此，巫山神女的活动空间具有神秘诡谲的特征，和宗教巫术仪式的氛围相契合。高峻陡峭的山势、丰沛湍急的水流和惊恐万状的禽兽共同营造出了神圣诡秘、肃穆威严的宗教氛围。《高唐赋》中巫山空间的物理特征是故事中心人物巫山神女精神属性的外化。神女具有调节两者情感关系的主动权，无论是她和"先王"的梦中遇合，还是对"襄王"的以礼相拒，都说明巫山神女的神性高于世俗王权。从表层来看楚王和巫山神女交合属于两性情感范畴，实质属于包含政治诉求的宗教祭祀范畴。故程地宇说"以楚人始祖命名的高唐（高阳）在巫山出现，无疑是楚民族在巫山崛起的标志。这固然是楚人对巴文化的吸收，同时又是从自己的民族利益出发对她改造。从此，巫山神女的故事也由巴文化体系纳入楚文化体系"[①]。从文本内部来看，也存在这样的底层逻辑：楚王以获得巫山神女的垂青为荣，只有楚王才有交接巫山神女的资格，这是王权低于神权的表征，也是巫山神女"神性"的体现。然而，在唐代诗人对巫山神女故事的书写中，巫山神女失去了神力，只剩下动人的美貌和对爱情的执着。此外，其叙述焦点从楚王敬仰思慕巫山神女，变为巫山神女沉溺在和楚王短暂的爱情过往中不能自拔。这是唐代诗人对巫山神女故事的创造性改变，当然这种改变既由追求新变的心理动因所致，也由生产力发展之后整个时代对江河

---

① 程地宇：《巫山神女：巴楚民族历史文化融合的结晶》，《中央民族大学学报（哲学社会科学版）》，2004 年第 3 期。

山川、宇宙万物运行规律的认知改变所引发。《文心雕龙·通变》："文律运周，日新其业。变则其久，通则不乏。趋时必果，乘机无怯。望古制奇，参古定法。"此言诚然，唐代诗人对巫山神女形象的创新性改变，对巫山神女故事的广泛流传起了重要作用。

第二章 婚姻文化视野下的唐诗望夫石书写

望夫石传说产生于魏晋时期，其思想内核是女性对婚姻爱情的忠贞。唐代是望夫石诗歌书写的第一个繁荣时期。唐诗望夫石书写从无条件守候、亘古相思和哀怨心理三个方面塑造贞妇形象。出征服役、科举宦游、辗转经商是造成唐代夫妻分离的三个主要原因。这三个因素也是唐代望夫石书写繁荣的现实基础。唐代诗人叙写望夫石故事，既与现实生活中女性在婚姻生活中的忠贞行为有关，也与唐代婚恋文化有密切联系。

源于曹魏的《列异传》望夫石传说是一个悲情的爱情故事。据说在湖北武昌新县北山上的人形"望夫石"由一位长期眺望丈夫归家的妇女化成。《列异传》今已散佚，但望夫石相关内容在《文选》（李善注）、《北堂书钞》、《艺文类聚》、《初学记》、《太平广记》、《太平御览》等唐宋诸书中均有记载。望夫石传说一方面传递了中华民族对忠贞不渝爱情的向往之情，另一方面也反映了特定的社会现实和婚恋文化。前贤时彦对望夫石传说已经做了比较深入的研究，有的学者着力于对望夫石类型传说结构和传播路径的研究，有的用心于宋诗望夫石书写中女性形象塑造研究，有的发掘望夫石传说中石头意象文化内涵，还有学者考察望夫石传说形成的历史原因。然而，唐诗望夫石书写数量众多且不乏情理兼具的优秀作品却未引起学界足够的关注。唐诗中望夫石是以何种形象出现的？唐诗望夫石书写与唐代社会制度、社会风尚、婚恋观念有什么关联？这些问题并没有被有效解决。望夫石母题被唐代诗人广泛书写之后，成为一个经典母题出现在之后历代诗人的作品中，形成了一种独特的文化现象。因此，从望夫石文学史和唐代婚恋文化维度来看，唐诗望夫石书写都是一个不应该被忽视的研究点。

一、《全唐诗》中的望夫石形象

学界公认的记载望夫石传说的传世文献是《列异传》，其文曰："武昌阳新县北山上有望夫石，状若人立者，传云，昔有贞妇，其夫从役，远赴国难，妇携幼子饯送此山，立望而形化为石。"[①] 望夫石传说情节比较简单，一个长期等候丈夫归来的妻子最终化为石像。简单的故事情节为后代文人进行阐释和解读提供了更多可能性。望夫石诗歌书写的第一个繁荣期在唐朝。那么唐诗中望夫石是以何种形式出现的呢？

首先，守候丈夫痴心不改的忠贞女性。这一点属于对原有

---

① 〔宋〕李昉等撰：《太平御览》第九册，上海古籍出版社，2008年，第901页。

传说的继承和阐释。如刘方平《望夫石》："佳人成古石，藓驳覆花黄。犹有春山杏，枝枝似薄妆。"①女子在漫长盼望过程中最终化为石像是对原故事的继承；"佳人"和"枝枝似薄妆"强调女子的容貌美，这是对原故事的补充。望夫石传说最早的文献记载是《列异传》，《列异传》的作者有曹丕和张华两种说法，但大部分学者主张作者为曹丕。有学者指出曹丕作《列异传》是为了通过著书立说达到不朽，②此说颇有见地。换句话说，《列异传》辑录各种奇异故事的初衷与政教无关。正如刘明琪所说："魏晋志怪作家基于'爱广尚奇'的审美心理，在其自觉的审美创作中，首先选择的是那些奇异殊怪的志怪传说。奇异性和怪诞性决定着传说的故事性，凡缺乏奇异性即故事性的传说，自然而然会被志怪作家所淘汰。"③具体而言之，望夫石的民间传说被曹丕关注并加工改造源于其情节的奇异怪诞。与魏晋作家"爱广尚奇"的审美心理不同，唐代诗人更着力塑造一个等候丈夫的痴情女性形象。

如刘禹锡《望夫石》："终日望夫夫不归，化为孤石苦相思。望来已是几千载，只似当时初望时。"④此诗的创新点在

---

① 〔清〕彭定求等编：《全唐诗》卷二百五十一，中华书局，1960年，第2839页。
② 张亚男：《魏晋小说类文献研究》，山东大学博士学位论文，2008年，第29页。
③ 刘明琪：《志怪小说：遥远的呼应与承接——论中国古代小说观念的觉醒和中国小说的真正成立》，《北京师范大学学报（社会科学版）》，1998年第2期。
④ 〔清〕彭定求等编：《全唐诗》卷三百六十五，中华书局，1960年，第4117页。

于对叙事空间的拓展,"望来已是几千载"强调了女子坚守时间之长久。原故事叙事空间始于女子等待动作发生,终于女子化为石像,刘禹锡则将叙事空间拓展至诗人所在时代,这种对叙事空间的延长和拓展更强化了女子望夫的执着忠贞和相思之深。又如唐彦谦《望夫石》:"江上见危矶,人形立翠微。妾来终日望,夫去几时归。明月空悬镜,苍苔漫补衣。可怜双泪眼,千古断斜晖。"① 此诗以第一人称为叙事视角,重点表现女子等候丈夫过程中的痛苦心理。即使等待过程如此痛苦,等待时间如此漫长,女子依然初心不改。由此可见,她对丈夫的痴情是超越时空限制的。此外,这种不计条件、不顾后果的等待具有深刻的悲情意味。

其次,忠于婚姻的贞妻典范。这一点属于对原故事的拔高和经典化。如武元衡《望夫石》:"佳名望夫处,苔藓封孤石。万里水连天,巴江暮云碧。湘妃泣下竹成斑,子规夜啼江树白。"②"佳名望夫处"说明望夫成石的女子是负有盛名的贞妻典范。值得注意的是,诗人赞美了女子的忠贞精神,但却没有回避她在坚守过程中所承受的痛苦和寂寞。因为男子服役而导致夫妻分离、两地相思是中国古典诗歌中的永恒话题。从《诗经》溯源,《周南·卷耳》《卫风·伯兮》《王风·君子于役》都反映了夫妻两地分居的情形和妻子在等候过程中的复杂心情。

---

① 〔清〕彭定求等编:《全唐诗》卷六百七十一,中华书局,1960年,第7674页。
② 〔清〕彭定求等编:《全唐诗》卷三百一十六,中华书局,1960年,第3546页。

在唐诗之前，诗歌中大多是具有个性形态的思妇。然而，唐诗望夫石书写不但将思妇形象典型化、符号化，而且对女性坚守婚姻爱情的行为给予高度肯定。如刘义《怨诗》："君莫嫌丑妇，丑妇死守贞。山头一怪石，长作望夫名。鸟有并翼飞，兽有比肩行。丈夫不立义，岂如鸟兽情。"①刘义在诗中强调女子对婚姻的忠贞是最可贵的品质，而具有忠贞品质的女性典范就是望夫石。再如李绅《过荆门》云："惆怅忠贞徒自持，谁祭山头望夫石。"诗中李绅为望夫石鸣不平，他认为望夫成石的女子是忠贞妻子的榜样，但是并没有人为她祭奠。望夫石是忠贞妻子的榜样，其故事内核有助于加强封建礼教对女性思想的管控，所以才能在封建社会长期广泛传播。②历史上对贞妇进行国家层面的表彰肇始于秦始皇。《史记·货殖列传》："而巴蜀寡妇清，其先得丹穴，而擅其利数世，家亦不訾。清，寡妇也，能守其业，用财自卫，不见侵犯。秦皇帝以为贞妇而客之，为筑女怀清台。"③尽管司马迁对秦始皇表彰寡妇清的初衷有质疑，但"秦始皇对寡妇清的表彰是以'贞妇'为名义，也有将'贞节'作为女性道德品行的含义，希望社会达到'防隔内外，男女洁诚'的思想境界。"④

---

① 〔清〕彭定求等编：《全唐诗》卷三百九十五，中华书局，1960年，第4446页。
② 朱恒夫：《望夫石传说考论》，《江海学刊》，1995年第4期。
③ 〔汉〕司马迁撰，〔南朝宋〕裴骃集解，〔唐〕司马贞索隐，〔唐〕张守节正义：《史记》，中华书局，2013年，第3260页。
④ 马媛媛：《两周秦汉社会对女性特质的建构过程研究》，南京大学博士学位论文，2011年，第114页。

望夫石传说的传播还衍生出一些和望夫石文化内涵相近的意象，如"望夫山""望夫台""望夫楼"，其本质都是强调女性应当在婚姻爱情中具备忠贞的品质。如李白《别内赴征三首》其一："王命三征去未还，明朝离别出吴关。白玉高楼看不见，相思须上望夫山。"①又如骆宾王《艳情代郭氏答卢照邻》："悲鸣五里无人问，肠断三声谁为续。思君欲上望夫台，端居懒听将雏曲。"②再如薛涛《赠远二首》其一："芙蓉新落蜀山秋，锦字开缄到是愁。闺阁不知戎马事，月高还上望夫楼。"③无论是望夫石、望夫山，还是望夫台、望夫楼，它们的思想内核都是女性对婚姻爱情的忠贞品格。要之，望夫石在唐代已经成为女性忠贞婚姻的典型符号和贞妻榜样。

二、《全唐诗》如何写望夫石

望夫石传说进入文字传播序列之后，其功能从奇异怪诞的故事到婚姻伦理的典范案例的转变必然要引起书写方式的改变。这个转变期发生在唐朝。究其原因，社会思潮的改变会投射到文学作品创作中。汉末魏初"逐渐滋生的博学通识的知识风气，进一步拓展了思想的资源"④，《列异传》就是在这样的社会思潮中成书的。"尽管佛教与道教在整个唐代争吵不休，有时宗教也曾经凌驾于儒家伦理之上，但是儒家典籍始终占据主流

---

① 〔清〕彭定求等编：《全唐诗》卷一百八十四，中华书局，1960年，第1883页。
② 〔清〕彭定求等编：《全唐诗》卷七十七，中华书局，1960年，第837页。
③ 〔清〕彭定求等编：《全唐诗》卷八百三十，中华书局，1960年，第9042页。
④ 葛兆光：《中国思想史》第一卷，复旦大学出版社，2018年，第291页。

地位，每个象征官方认可的教育部门，教授的也都是儒家经典，官方祭祀名单中，孔子以及陪同祭祀的诸贤也始终有着特殊地位。"[1]因此，儒家婚姻伦理观念也是社会主流意识形态。唐朝立国之初，就要求地方官员每年都要将贞女、烈妇的事迹上报。[2]这就是望夫石传说被经典化，望夫石最终成为贞妇榜样的历史语境。那么唐代诗歌是如何书写望夫石故事的呢？

首先，对故事情节截首留尾，强调望夫石（望夫女）不计结果、不计成本的等待和坚守。《列异传》中的望夫石故事情节完整："丈夫从役—携子饯送—贞妇立望—化石"。然而，唐诗望夫石书写大多只描写、渲染"贞妇立望—化石"。如前文所引唐彦谦《望夫石》："妾来终日望，夫去几时归""可怜双泪眼，千古断斜晖"，诗中没有对丈夫的书写，只是单纯强调妻子无条件、超时空的等待。唐代男子在婚后因戍边、经商、仕宦等原因离家多年不归或最终未能返家的情况比较常见，导致夫妻长期分居、妻子长期留守的社会现象。如唐求《伤张玖秀才》："铜梁剑阁几区区，十上探珠不见珠。卞玉影沈沙草暗，骅骝声断陇城孤。入关词客秋怀友，出户孀妻晓望夫。吴水楚山千万里，旅魂归到故乡无。"为了科举登第张玖秀才十年漂泊，最终身死异乡，只留下家中妻子孤苦守望。当然，张玖妻子是否如诗歌中所描述的那般殷勤守望丈夫并无确证，诗中对张玖妻子行为的描写是诗人基于人伦常理的推测和期望。又如

---

[1] 葛兆光：《中国思想史》第一卷，复旦大学出版社，2018年，第119页。
[2] 李桂梅：《中国传统社会女德构建的价值向度》，《深圳大学学报（人文社会科学版）》，2013年第6期。

严郾《望夫石》："何代提戈去不还，独留形影白云间。肌肤销尽雪霜色，罗绮点成苔藓斑。江燕不能传远信，野花空解妒愁颜。近来岂少征人妇，笑采蘼芜上北山。"[1] 此诗将望夫石传说和当时的征夫思妇两地相思的社会现实相联系，说明战争给女性带来的情感创伤。除了科举、战争，唐代商业繁荣也会导致夫妻长期分居，如李白《长干行二首》所述"忆妾深闺里，烟尘不曾识。嫁与长干人，沙头候风色"就是商人妇的闺怨相思。

其次，叙事空间的延长，将半生守候演绎为千年相思。这种书写方式虽然不符合现实生活的逻辑，但有益于诗人塑造典型化人物形象和抒发情感。唐代社会因为科举仕宦、战争戍边、贸易经商等原因造成的夫妻分居现象比前代更为突出。这是唐诗望夫石书写的社会背景。丈夫外出之后，妻子留守家中是否情感忠贞、养老育幼，其实有两种可能性。但无论如何，从男性利益、家族发展、公序良俗、社会稳定等方面出发，贞妇形象才是男性集体意识和政府治理所需要的。如何让贞妇的形象更为光辉宏大呢？这种光辉宏大的形象既要满足男性心理诉求，又要对女性行为起到迁移影响的作用。因此，塑造典型化贞妇形象便成为时代的号角。接下来需要做的工作就是褪去原故事的神异色彩，充实贞妇（望夫石）这个人物形象，坐实并放大贞妇（望夫石）的优秀事迹。唐代诗人基于望夫石故事中贞妇的核心事迹——半生守候，延长守候动作发生的时空区间，以达到强化贞妇事迹的目的。

---

[1]〔清〕彭定求等编：《全唐诗》卷七百二十七，中华书局，1960年，第8326页。

再次，渲染贞妇（望夫石）等候过程中的寂寞哀怨。原故事并没有对贞妇心理的描写，人物形象单薄，这给唐代及后世文人书写留下巨大的发挥空间。唐代诗人在赞美贞妇坚守婚姻的忠贞精神之余，叙写贞妇（望夫石）等候过程中遭受的心理煎熬。如李白《望夫石》："露如今日泪，苔似昔年衣。有恨同湘女，无言类楚妃。"[1]诗人并非简单肯定贞妇坚守爱情的行为，更深入到她的心灵世界，体认其忠贞行为所付出的情感代价。这样执着坚守和痛苦煎熬交织形成叙事张力，也更合乎生活逻辑，塑造出一个血肉丰满的贞妻形象。又如前引武元衡《望夫石》中有"湘妃泣下竹成斑，子规夜啼江树白"，用湘妃竹典故和子规夜啼意象来说明望夫石（思妇）等待丈夫过程中的哀怨心理和凄凉处境。又如唐彦谦《望夫石》"可怜双泪眼，千古断斜晖"描写贞妇（望夫石）在无尽等待中的绝望心理。丈夫可能是身不由己不能归，抑或是另结新欢不愿归，贞妇并未改变自己的坚守行为。诗人表现了对贞妇命运的深切同情。或许和对丈夫归期无期的担心相比，更绝望的是丈夫在外另有所欢。如骆宾王《艳情代郭氏答卢照邻》："悲鸣五里无人问，肠断三声谁为续。思君欲上望夫台，端居懒听将雏曲。沉沉落日向山低，檐前归燕并头栖。抱膝当窗看夕兔，侧耳空房听晓鸡。舞蝶临阶只自舞，啼鸟逢人亦助啼。独坐伤孤枕，春来悲更甚。"望夫台意象是望夫石意象的衍生意象。骆宾王替卢照邻前恋人郭氏发声，详细描摹郭氏等候卢照邻归来的悲怨心理。当时卢

---

[1]〔清〕彭定求等编：《全唐诗》卷一百八十五，中华书局，1960年，第1889页。

照邻在益州和郭氏恋爱同居，后他离开益州到长安参加典选和郭氏分开，再也没有回来。事实上卢照邻因为身体原因没有回益州和郭氏相聚，然而因为信息传输闭塞，郭氏以为卢照邻滞留不归的原因是"京洛多佳丽"。因为男女社会经济地位不对等，男性朝三暮四、始乱终弃的行为在现实社会中屡见不鲜，所以郭氏才会对卢照邻产生怀疑。慎氏《感夫诗》"当时心事已相关，雨散云飞一饷间。便是孤帆从此去，不堪重上望夫山"，也体现了等候丈夫的绝望心理。要之，对贞妇（望夫石）哀怨绝望心理的描写不但充实了人物形象，而且和现实中真实的思妇情感建立了有机链接。

  石头和社会现象之间的神秘联系是一种灵石崇拜中国化的反映。[①]望夫石书写本质上是对忠贞思妇的礼赞。"望夫石传说得以如此广泛地获得传播，除了早期依靠长江水系的有利自然条件之外，其本身的生命力也决定了它是否在流传地生根、发芽、开花。别离与爱情都是中国古代文学的重要主题，望夫石传说恰好是这两个主题在民间传说故事中的展现。人们的价值观作用和独特浪漫的想象力，人形石的普遍性，该传说本身结构的可加工性和教育意义，都促使了望夫石传说扎根各地并枝繁叶盛"[②]，此言诚然。对坚贞永久爱情的向往和夫妻分离现象的普遍性，是望夫石的故事被世人反复吟咏的社会基础。无论是久服兵役的征夫，还是客居在外的游子，或是辗转各地

[①] 孟修祥：《论中国古代文学中的石头意象》，《荆州师专学报》，1996年第6期。
[②] 张芸：《望夫石传说古今流传考》，《民俗研究》，2007年第4期。

的商人，或是奔波宦途的官吏，许多人都要经历夫妻别居的痛苦煎熬。此外，唐代的交通手段和通信方式尚为落后，夫妻多年分离甚至分离之后永难再见的情况也较为普遍，因此望夫石传说具有象征意义，也能使得众多读者共情。唐代诗歌中的望夫石书写饱含着当时的社会生活经验和价值判断。望夫石千年如一日的坚定守望是当时许多思妇生活的真实写照，也是众多游子的心理期待。此外，也有一些诗人在望夫石书写中寄托了自己忠于理想、守志不移的情志。①

三、望夫石书写繁荣的社会原因

唐代诗歌望夫石书写的繁荣与当时的社会现实有密切的联系。首先，唐代频繁的战争、科举考试、官员铨选和商业繁荣造成了大量夫妻分离的客观现实。歌颂望夫石就是表彰和激励为了家庭利益和社会稳定而牺牲个人情感需要的女性。"'化石'的结局使得传说的誓约的精神内涵重新回归到了对石头坚韧永恒性的尊崇，而这恰是石头誓约象征意味的本源，女子化石是有其特殊含义的"②。望夫石传说的思想内核是女性忠于爱情并无条件守约至生命终结。这一点既符合因多种原因离家远行的游子的集体心理，又符合不断加强的婚姻爱情规范。

唐朝疆域辽阔需要大量将士戍守边关。"唐太宗和唐高宗执政期间，为拓展疆域，增强王朝的影响力，相继对突厥、薛

---

① 肖瑞峰：《语虽拙而意工——读刘禹锡〈望夫石〉》，《古典文学知识》，2014年第4期。
② 刘旭平：《望夫何以成石》，《民间文化》，1999年第1期。

延陀、吐谷浑、西域诸国（高昌、龟兹等）等地区或国家展开作战，并陆续消灭了这些政权，从而逐渐控制了漠南、漠北、西域等广大地区"①。到了唐高宗龙朔年间，王朝的疆域面积达到峰值，疆域跨度西达咸海，北接西伯利亚，面积大约为1237万平方公里。②明代地理学家王士性也说："古今疆域，始大于汉，最阔于唐。……唐全有汉地，分天下为十道、十五采访使，南北万里，东西万七千里。"③因此需要大量将士戍守边关。安史之乱以后唐朝疆域缩小，但是战争频繁需要征用大量兵力。如陈陶《陇西行》："誓扫匈奴不顾身，五千貂锦丧胡尘。可怜无定河边骨，犹是深闺梦里人。"对国家而言，这些英勇奋战的将士是英雄；对小家庭而言，无疑是一种人伦悲剧。

唐朝科举制度改革使得大量学子离家远行，官员任命制度使得士人多地迁徙，从而造成夫妻分离的社会现象。五代词人牛希济《荐士论》（《全唐文》卷八百四十六）云："郡国所送，群众千万，孟冬之月，集于京师，麻衣如雪，满于九衢。"这段话说明从各地辗转来京城长安参加科举考试的学子人数众多。唐朝常科每年举行，举子来源有两种途径：一是生徒，由中央和地方的各类学馆选拔送到尚书省；一是乡贡④，"举选不由学馆、学者怀牒自列于州、县"⑤。除了在京城学馆就读的生徒，

---

① 杨辰宇：《唐代边疆与诗歌》，吉林大学博士学位论文，2019年，第2页。
② 宋岩：《中国历史上几个朝代的疆域面积估算》，《史学理论研究》，1994年第3期。
③ 〔明〕王士性撰、吕景琳点校：《广志绎》，中华书局，1981年，第2页。
④ 傅璇琮：《唐代科举与文学》，陕西人民出版社，2007年，第43页。
⑤ 〔宋〕欧阳修、宋祁：《新唐书》，中华书局，2017年，第1167页。

其他士子每年十月要赴京城参加考试。学子们到达京城以后首先到尚书省报到，再到户部集阅或向礼部纳家状。此外，要想方设法结交显达之人向他们投献诗文，以期得到援引，增加登第的概率。然而，由于录取率低，大部分士子多年辗转家乡和京都之间而不能登第。"唐代进士科所取的人数，前后期有所不同，但大致为三十人。据唐宋人的统计，录取的名额大致占唐宋人数的百分之二三。明经科较多，一百人到二百人。进士、明经加起来也不过总人数的十分之一。可以想见，风尘仆仆奔波于长安道上的，绝大部分是落第者"①。因为明经和进士科考试是唐代科举考试中为时人所看重的两项，而极低的录取率自然导致众多士子长期奔波在家乡、州县和京都应考的路途之上，已婚士子和妻子也会在比较长的岁月中处于两地分离的婚姻状态。

唐代官员铨选制度也会导致夫妻长期分离情况的出现。"唐代的选官过程形成了三级台阶：即通过各种途径获取出身、成为选人；依据格限获准参加当年的文、武铨试集会；顺利通过铨选，授予正员职事官"②。科举考试登第只是有了做官的资格，很多士人在登第之后还要通过吏部的审核、考试才能正式为官（此处指六品以下官吏，六品以上官吏任命遵循吏部推荐、宰相议定、皇帝批准的流程）③。然而，从科举登第到正式为

---

① 傅璇琮：《唐代科举与文学》，陕西人民出版社，2007年，第5页。
② 何兹全、宁欣：《唐代选官研究》，《文献》，1993年第6期。
③ 王元军：《唐代选官四才制度的推行和与意义考察》，《史学月刊》，2004年第3期。

官通常需要多年时间，其间士人千里迢迢会聚京师准备考试、寻求奥援所需费用极大。铨选给士人造成沉重的经济负担，[①]其中一些人"货鬻田产，竭家赢粮"[②]。因此这些士人会因为考虑经济成本选择滞留在京师等待机会，如参加吏部"博学宏词""书判拔萃"等考试。即使如此，这些千里迢迢离开家乡参加铨选的士人无成而归者十之七八，[③]更有甚者滞留京师、贫病交加而不能返回家乡。由此可知，参加铨选的家境贫穷士人的处境非常艰难，他们中的已婚人士可能在较长时间内和妻子处于分离状态。

唐朝经济贸易繁荣，大量商人需要辗转多地行销货物。刘禹锡《贾客词》："贾客无定游，所游惟利并。眩俗杂良苦，乘时知重轻。心计析秋毫，摇钩侔悬衡。锥刀既无弃，转化日已盈。邀福祷波神，施财游化城。妻约雕金钏，女垂贯珠缨。高赀比封君，奇货通幸卿。趋时鸷鸟思，藏镪盘龙形。大艑浮通川，高楼次旗亭。行止皆有乐，关梁似无征。农夫何为者，辛苦事寒耕。"刘禹锡在诗中主要强调商人获利巨大、生活奢靡，"贾客无定游"却说明商人为谋取利润过着四处奔波的生活。又如元稹《估客乐》："求珠驾沧海，采玉上荆衡。北买党项马，西擒吐蕃鹦。炎洲布火浣，蜀地锦织成。越婢脂肉滑，奚僮眉

[①] 宁欣：《唐代铨选制度的完善及流弊》，《北京师范学院学报（社会科学版）》，1991年第4期。
[②] 〔唐〕杜佑编撰，王文锦、王永兴、刘俊文等点校：《通典》，中华书局，1992年，第445页。
[③] 〔唐〕杜佑编撰，王文锦、王永兴、刘俊文等点校：《通典》，中华书局，1992年，第402、403页。

眼明。通算衣食费，不计远近程。经游天下遍，却到长安城。"这都说明了"估客"即商人为了谋利跋山涉水、四处奔波。再如白居易《劝酒十四首·不如来饮酒七首》："莫作商人去，恓惶君未谙。雪霜行塞北，风水宿江南。"尽管经商收入丰厚，但过的是四处漂泊的生活。

当然，商人不仅要承受旅途的艰辛，也可能遭遇猛兽和盗匪的袭击。刘驾《贾客词》："贾客灯下起，犹言发已迟。高山有疾路，暗行终不疑。寇盗伏其路，猛兽来相追。金玉四散去，空囊委路岐。扬州有大宅，白骨无地归。少妇当此日，对镜弄花枝。"此诗表达了丈夫丧命而夫妻永无团聚之期。女诗人郭绍兰的丈夫是巨商任宗。任宗远行湘中多年不归，郭绍兰写《寄夫诗》："我婿去重湖，临窗泣血书。殷勤凭燕翼，寄与薄情夫。"① 综上所述，出征服役、科举宦游、辗转经商是造成唐代夫妻分离的三个主要原因。这三个因素也是唐代望夫石书写繁荣的现实基础。

四、望夫石书写与唐代婚恋文化

唐代婚恋文化对望夫石书写有很大影响。唐代望夫石书写既与女性个体对婚姻爱情的忠贞态度有关，也与当时的婚恋文化有密切联系。首先，从法律条款来看，《唐律疏议》中对和奸罪的重视程度高于强奸罪，"诸奸者，徒一年半，有夫者，徒两年"②。由此可知，唐朝对已婚妇女出轨的法律约束甚于

---

① 〔清〕彭定求等编：《全唐诗》，中华书局，1960年，第9078页。
② 〔唐〕长孙无忌著，袁文兴、袁超校：《唐律疏议注译》卷二十六，甘肃人民出版社，2017年，第764页。

未婚女性。其底层逻辑是已婚妇女的犯奸被看作是对其丈夫权益的侵犯，并且其犯奸行为会影响夫家血统纯洁和财产继承。其次，妻子要忠诚于丈夫的社会文化。《唐语林》"贤媛"篇记载：

> 有名娼曰娇陈者，姿艺俱美，为士子之所奔走。睦州一见，因求纳焉。娇陈曰："第中设锦帐三十重，则奉事终身矣。"本易其少年，乃戏之也。翌日，遂如言，载锦而张之以行。娇陈大惊，且赏其奇特，竟如约，入柳氏之家，执仆媵之礼，节操为中表所推。玄宗在人间，闻娇陈之名。及召入宫见上，因涕泣，称痼疾且老，上知其不欲背柳氏，乃许其归。①

娇陈拒绝玄宗的故节可能是杜撰的，但是她的故事被列入"贤媛"篇说明唐代有倡导妻子忠贞于自己丈夫的社会风气。有学者在研读唐代墓志铭的基础上指出："唐代孀居守节妇女确实比再嫁者多，唐代社会对于贞节还是极为看重的。在孀居妇女的墓志中，受士人赞扬最多的是妇女如何孀居守节，侍养舅姑，鞠育子女以及如何不辞辛苦地主持家政。"② 这种社会风气的形成与唐朝政府的女德旌表制度有紧密关联。"在中国历史上，政府用表其门闾、立碑图像、封官加爵、文士咏颂、载入史册等多种方式对女性楷模进行旌表，形成一套系统的女德旌表制度。唐代是女德旌表制度发展的重要时期，各类旌表

---

① 〔宋〕王谠：《唐语林》，古典文学出版社，1957年，第150页。
② 苏士梅：《唐人妇女观的几个问题——以墓志铭为中心》，《洛阳师范学院学报》，2006年第4期。

活动声势浩大、方式多样、次数频繁"①。政府表彰的女德中一类女性就是节妇,即在婚姻中表现出忠贞品质的女性。如《旧唐书·烈女传》:"杨三安妻李氏,雍州泾阳人也。事舅姑以孝闻。及舅姑亡没,三安亦死,二子孩童,家至贫窭。李昼则力田,夜则纺缉,数年间葬舅姑及夫之叔侄兄弟者七丧,深为远近所嗟尚。太宗闻而异之,赐帛二百段,遣州县所在地存恤之。"②皇帝表彰守节孝亲的妇女,对树立社会风尚能起到重要推动作用。李氏在丈夫去世之后没有改嫁而是孝养夫家亲属,既表现了贫贱不移的高贵品质,也表现了对丈夫的忠贞之情。这并不是一个孤例,《旧唐书》中还记载了樊梨会仁母敬氏的丈夫去世后,敬氏母兄"以其盛年,将夺其志,微加讽喻,便悲恨呜咽,如此者数四",最终因敬氏誓死守节而使"其兄感叹而止"③。樊彦琛妻魏氏遇李敬业之乱,贼以武力逼迫为妻而坚拒之。④尽管这些史传留名的女性只是个案,但我们可以从中窥视一个时代的社会风气,而这种社会风气就是唐代望夫石书写的文化语境。

朱光潜说:"文艺作品都是把一种心情寄托在一个或数个意象里,所以克罗齐以为凡是艺术都是抒情的。意象要恰能传

---

① 张菁:《试论唐代女德旌表制度的发展》,《江苏社会科学》,2012年第6期。
② 〔后晋〕刘昫等撰:《旧唐书》卷一百九十三,中华书局,2017年,第5140页。
③ 〔后晋〕刘昫等撰:《旧唐书》卷一百九十三,中华书局,2017年,第5141页。
④ 〔后晋〕刘昫等撰:《旧唐书》卷一百九十三,中华书局,2017年,第5145页。

出感情，才是上品。"① 望夫石以及其衍生意象望夫山、望夫楼等都是为了抒发女性对婚恋对象特别是丈夫的忠贞之情。唐诗望夫石书写与当时的社会制度如征兵、科举、铨选以及社会经济发展等有千丝万缕的联系，也与唐代政府表彰节妇、惩罚犯奸者的社会治理措施有关。"文艺是一种慰情的工具，所以都带有几分理想化。艺术家不满足于现实社会，才想象出一种理想世界来弥补现实世界的缺陷"②。诚然，在现实生活中不可能所有女性像望夫石原型一样誓死等候自己的丈夫，然而诗人创作以望夫石为题的诗歌也代表了一种主流婚恋观。

　　唐诗望夫石书写的思想内核是对女性无条件遵守爱情誓约的礼赞，这种礼赞是诗人女性观和婚姻观的折射。"认识既不是起因于一个有自我意识的主体，也不是起因于业已形成的、会把自己烙印在主体之上的客体；认识起因于主客体之间的相互作用，这些作用发生在主体和客体的中途，因而既包含主体又包含客体"③。望夫石书写既有自然物象对诗人的触发，也有诗人主观情志与自然物象的交融投射。故《文心雕龙·物色》云："是以诗人感物，联类不穷。留恋万象之际，沈吟视听之区。写气图貌，既随物以宛转；属采附声，亦与心而徘徊。"④诗人把自己的情感思想等内在因素灌注到自然物象之上，以精

---

① 朱光潜：《文艺心理学》，复旦大学出版社，2009年，第184页。
② 朱光潜：《文艺心理学》，复旦大学出版社，2009年，第184页。
③ ［瑞士］皮亚杰著、王宪钿等译：《发生认识论原理》，商务印书馆，2017年，第21页。
④ 〔南朝梁〕刘勰撰、黄霖整理集评：《文心雕龙》，上海古籍出版社，2008年，第94页。

神驭取外物达到主客观相融合的境界。从这个意义上来说,望夫石反映了诗人的内在精神世界,望夫石书写折射了当时的社会风气。

　　唐代望夫石书写是对魏晋以来望夫传说的继承,对宋代望夫石传说影响很大。时至今日,以望夫石为母题的各类文学作品仍层出不穷。望夫石传说经过唐代诗人的集体创作,广泛流传并产生了深远的影响。历代文人对望夫石传说的不断阐释,见证了中华民族对美好坚贞爱情的向往之情。

第三章
审美理想、婚姻伦理与家国情怀
——唐诗杨贵妃书写的多重文化意蕴

唐诗中多种书写方式赋予杨贵妃丰富的文化意蕴,使她成为一种独特的文化现象。《全唐诗》杨贵妃书写主要有美学、伦理学、政治等三个维度的文化意蕴。挖掘《全唐诗》杨贵妃书写的多重文化意蕴,不仅具有文化史层面的价值,更有助于考察肇兴杨贵妃文化现象的社会情境。

杨贵妃书写在中晚唐曾形成一股热潮,杨贵妃本事具有承载丰富文化意蕴的特质。具体而言,杨贵妃美学书写,是审美理想的体现,主要通过提炼杨贵妃的形象美和精神美,传递至善至美的审美体验和审美意境;杨贵妃伦理书写是婚姻伦理观的反映,主要通过融合杨贵妃爱情的历史真实和虚构想象,塑造并弘扬"鹣鲽情深"的夫妻关系;杨贵妃政治书写是个体家国情怀的体现,主要通过褒贬杨贵妃,表达有关治国理政的政治理念。

日本学者小南一郎说："文学史研究的终极目的，就是去具体而微地阐明文艺形态和社会之间紧密结合的固有关系，以及支撑这一关系的基础条件。"① 杨贵妃书写繁荣于中晚唐，并在此后形成绵延不绝的发展态势，成为一种独特的文化现象。因此，肇兴这种文化现象的社会环境和生活基础，同时也是杨贵妃书写中文化意蕴研究的要义所在。

一、美学书写与"颜如舜华""德音孔昭"的审美理想

杨贵妃美学书写，是诗人将杨贵妃作为审美对象而获得的审美体验，继而将审美体验以诗歌形式表达出来。总体而言，形貌美、精神美乃至审美境界的营造，都为传递至善至美的审美体验和审美理想铺路。

（一）美学书写范式：形貌美和精神美相得益彰

美学书写是从审美维度对杨贵妃进行的观照和创造，包括形貌美和精神美两个层面。"审美是主体对客体的情感评价，可以分为低级形态与高级形态两种。低级形态是主体的感觉、知觉的评价""高级形态是主体的感情的评价"② 因此，形貌美属于主体感觉的评价，精神美属于主体的感情的评价。

1. 李白是杨贵妃形貌书写的开创者

如《清平调三首》：

> 云想衣裳花想容，春风拂槛露华浓。
> 若非群玉山头见，会向瑶台月下逢。

---

① ［日］小南一郎：《唐代传奇小说论》，北京大学出版社，2015年，第157页。
② 童庆炳：《审美及其生成机制新探》，福建人民出版社，2015年，第17页。

一枝秾艳露凝香,云雨巫山枉断肠。
借问汉宫谁得似,可怜飞燕倚新妆。

名花倾国两相欢,长得君王带笑看。
解释春风无限恨,沉香亭北倚阑干。①

"云想衣裳花想容,春风拂槛露华浓"赞美杨贵妃的容貌美和服饰美。"一枝秾艳露凝香,云雨巫山枉断肠"赞美杨贵妃脱俗的气质美。"长得君王带笑看",通过观者反应强调她的国色美貌的写法,与《陌上桑》夸耀罗敷之美相类。

有学者怀疑《清平调三首》非李白所作,浦江清提出该论点,继而吴企明予以论证。吴企明在《李白〈清平调〉词三首辨伪》中指出:"韦叡《松窗录》记李白撰《清平调》词一事,谬悖史实、乐理,事伪,词亦伪。《清平调》三首,出自小说家韦叡之手,假名李白,根本不是李白的作品。"②次年,李廷先发文反驳吴企明的观点,他从四个方面论证吴文引用材料不够严谨,所得结论缺乏说服力。③持平而论,吴氏论点可备一说,但仍待新材料落实。

唐诗摹写杨贵妃美貌多以诗句形式出现,如"回眸一笑百媚生,六宫粉黛无颜色""中有一人字太真,雪肤花貌参差是",抓取了杨贵妃美貌的特征:其一是妩媚笑容,其二是白皙皮肤。此外,还有概括式词汇的形貌书写,如"玉颜"(高骈《马嵬驿》)、

---

① 〔清〕彭定求等编:《全唐诗》卷一百六十四,中华书局,1960年,第1703页。
② 吴企明:《李白〈清平调〉词三首辨伪》,《文学遗产》,1980年第6期。
③ 李廷先:《李白〈清平调〉词三首辨伪商榷》,《文学遗产》,1981年第6期。

"殊色"（崔橹《残莲花》）。

2. 白居易是美学书写的集大成者，《长恨歌》将杨贵妃书写上升到审美理想

《长恨歌》讲述美被毁灭又获重生的故事，诗人用虚构笔法弥合了被现实世界破坏的美，给接受者深层的审美体验和哲学思考。此时，杨贵妃书写从"个体关怀"上升到"终极关怀"。"历来的文学，无论它是抗拒、顺应还是游离主流意识形态，但大多能提供一种明晰的人生范式和道德理想，读者的阅读期待也在很大程度上是希望通过作品得到人生及道德的启示。"①《长恨歌》提供了通过审美超越到达理想彼岸的思维范式。

一是，《长恨歌》的美学书写取胜于执着追求爱情理想的精神美。为使诗中爱情更纯粹，诗人改造了本事，如"杨家有女初长成，养在深闺人未识。天生丽质难自弃，一朝选在君王侧"，强调杨贵妃追求爱情的主动性和合伦理性。从某种意义来说，《长恨歌》将杨贵妃纯化为爱情理想的完美践行者。

二是，仙境重生的设置是对现实悲剧的审美超越。

忽闻海上有仙山，山在虚无缥缈间。

楼阁玲珑五云起，其中绰约多仙子。

中有一人字太真，雪肤花貌参差是。

与现实中潦草安葬的情况不同，白居易通过虚构之笔将杨贵妃安置于神奇缥缈的蓬莱仙境，并仍"雪肤花貌"和风姿"绰约"。由此可知：第一，喜爱和同情杨贵妃是诗人的基本立场，

---

① 曲春景、耿占春：《叙事与价值》，学林出版社，2005年，第4页。

故以虚幻之"完满"弥合现实之"残缺"。

第二，仙境重生既升华了李杨爱情，又构建了审美理想。在婚姻尚门阀和"媒妁之言，父母之命"的唐代，普通人获得爱情圆满的概率较低，白居易与湘灵的初恋即在母亲阻挠下夭折。所以创建虚拟仙境，一方面是为杨贵妃爱情补憾，另一方面是为构筑审美理想，最后通过构筑审美理想达到对现实缺憾的审美超越。

第三，讴歌了杨贵妃重情守爱的精神美，蕴含着超越现实的审美冲击力。因为杨贵妃重情守爱，所以才能和玄宗重续前缘。"含情凝睇谢君王，一别音容两渺茫。昭阳殿里恩爱绝，蓬莱宫中日月长。"强调杨贵妃虽经历杀戮，但仍忠于爱情，重情守爱。"但教心似金钿坚，天上人间会相见。临别殷勤重寄词，词中有誓两心知。"强调杨贵妃和玄宗重续前缘的坚定信念。杨贵妃超越生死恩怨的重情、痴情，使得这份情感具有了"惊天地、泣鬼神"的审美冲击力。

（二）文化意蕴："颜如舜华""德音孔昭"的审美体验

杨贵妃美学书写的文化意蕴在于，杨贵妃作为盛世文化表征的"颜如舜华"和"德音孔昭"的审美体验。"颜如舜华"即杨贵妃的形象美书写，"德音孔昭"即对杨贵妃的精神美书写。形象美书写成于李白，精神美书写成于白居易。杨贵妃美学书写中形象美和精神美相得益彰，最终服务于讴歌永恒爱情的主题。从区别性角度看，精神美是杨贵妃美学书写独立于政治书写和传奇书写的核心特征。如誓词部分：

七月七日长生殿，夜半无人私语时。

在天愿作比翼鸟，在地愿为连理枝。

天长地久有时尽，此恨绵绵无绝期。①

誓词既讴歌李杨爱情，又礼赞重情守爱的精神美。精神美主要表现为杨贵妃在追求和守护爱情时所表现的博大胸怀和执着精神。换言之，《长恨歌》中的杨贵妃是集合形貌美、精神美的审美意象，反映了诗人的审美能力和审美理想，人们对永恒爱情的不懈追求精神和对残酷现实的审美超越。作为审美理想的"杨贵妃"美学书写具有净化情感、澡雪精神的美育功能。高级形态的美学书写，属于"终极关怀"，触及了"生""死""爱"等终极问题，叙述视角由个体真实转向形而上的领域，最终将心灵导入自由境界。

二、传奇书写与"琴瑟在御，莫不静好"的婚姻伦理

伦理书写是指切割了玄宗夺寿王妻和马嵬赐死杨贵妃这两个时段，单纯从夫妻关系维度对杨贵妃进行审视和创造。维特根斯坦在《伦理学讲座》中指出，伦理学的问题其实是"生活的意义"或者说"什么使生活值得生活"。② 按照这个逻辑，婚姻伦理的核心就是"婚姻的意义"或者"什么使一段婚姻值得存在"。

明代学者胡应麟说志怪"多是传录舛讹，未必尽设幻语，

---

① 〔清〕彭定求等编：《全唐诗》卷四百三十五，中华书局，1960年，第4816页。

② 涂纪亮译：《维特根斯坦全集》第十二卷，河北教育出版社，2003年，第2页。

至唐人乃作意好奇，假小说以寄笔端"。杨贵妃婚姻伦理书写也有"作意好奇"的创作初衷，内容以摹写杨贵妃的生活片段和李杨爱情轶事为主，叙述视点为李杨之间的传奇爱情。

李杨爱情的传奇性，唐人早有定论，如陈鸿《长恨歌传》说："夫希代之事，非遇出世之才润色之，则与时消没，不闻于世。"唐笔记小说中以李杨情事为内容的篇目也不少，如《开元天宝遗事》中的《助娇花》《助情花》《销恨花》《醒酒花》《蛛丝才巧》《被底鸳鸯》《冰箸》《红冰》《解酒花》等。正因为李杨爱情的传奇特质，契合诗人"作意好奇"的创作心理，杨贵妃传奇书写才得以生成。

元稹是传奇书写的开创者，张祜是集大成者。洪迈《容斋随笔》（卷九张祜诗）："唐开元、天宝之盛，见于传记歌诗多矣，张祜所咏尤多，皆他诗所未尝及者。"尹占华说"张祜最著名的还是那些歌咏开元天宝遗事的作品"[①]，其中便包括张祜有关杨贵妃伦理书写的诗歌。伦理书写深受民间传说影响，是历史真实和虚构想象相融合的产物，蕴含着市民阶层"琴瑟在御，莫不静好"的婚姻伦理观。

1. 传奇书写的角色设置，杨贵妃为主，玄宗为辅

首先，塑造了独立于玄宗而精神自足的杨贵妃形象。与大部分宫廷主题诗歌渲染后宫女子独处的无奈和凄苦形成对比，婚姻伦理书写中的"杨贵妃"表现出精神自足的一面。如《春莺啭》：

[①] 尹占华：《张祜诗集校注》代前言，上海古籍出版社，2020年，第14页。

兴庆池南柳未开，太真先把一枝梅。
内人已唱春莺啭，花下傞傞软舞来。①

"兴庆池"在西安市长安兴庆宫内，兴庆宫是玄宗藩王时期的府邸，也是玄宗和杨贵妃长期居住地。早春的兴庆池边，"太真"把梅赏春，"内人"花下练习歌舞，塑造出热爱自然、怡然自得的妃子形象。

又如《阿鹣汤》：

月照宫城红树芳，绿窗灯影在雕梁。
金舆未到长生殿，妃子偷寻阿鹣汤。②

"妃子"指杨贵妃。"长生殿"，按《唐两京城坊考》（卷一）：

按胡身之《通鉴》注曰：唐寝殿皆谓之长生殿。武后寝疾之长生殿，洛阳宫寝殿也。肃宗大渐，越王系受甲长生殿，长安大明宫之寝殿也。《长恨歌》"七月七日长生殿"，华清宫之寝殿也。③

长生殿是李杨生活的重要空间。在玄宗缺位的夜晚，杨贵妃独自去沐浴，一个"偷"字凸显了她俏皮的个性和精神自足的状态。

---

① 〔清〕彭定求等编：《全唐诗》卷五百十一，中华书局，1960年，第5838页。
② 〔清〕彭定求等编：《全唐诗》卷五百十一，中华书局，1960年，第5843页。
③ 〔清〕徐松著，李健超增订：《增订唐两京城坊考》，三秦出版社，1996年，第11页。

其次，杨贵妃传奇书写的叙事视点：爱情传奇。如元稹《灯影》：

> 洛阳昼夜无车马，漫挂红纱满树头。
> 见说平时灯影里，玄宗潜伴太真游。

史书中虽有玄宗巡幸洛阳的记录，但帝妃夜晚潜行约会的可能性极小。普通民众有"月上柳梢头，人约黄昏后"的生活经验，但这种经历对帝王而言，不啻为传奇。

又如《太真香囊子》：

> 蹙金妃子小花囊，销耗胸前结旧香。
> 谁为君王重解得，一生遗恨系心肠。①

"太真"即杨贵妃，香囊子为杨贵妃遗物。《新唐书》和《旧唐书》均有"中人"敬献杨贵妃香囊给玄宗的记载。诗人强调了香囊所包裹的杨贵妃的"旧香"和"遗恨"，经历战乱，香囊能否被妥善保存尚可存疑，何况携带"遗恨"。这种说法与事理相悖，但考杨贵妃先宠后杀的遭遇，则"一生遗恨"与情理相吻合。

再次，虚构细节和历史真实的有机融合。为了强调李杨爱情的传奇性，诗人常常虚构生活细节。如前文所述，杨贵妃春日赏梅、偷寻汤池、月夜相约的生活细节与帝王嫔妃的生活方式并不相符，然而只有这种离奇行为才能契合诗人"作意好奇"的创作初衷。从创作方法来说，这就是虚构细节和历史真实的

---

① 〔清〕彭定求等编：《全唐诗》卷五百十一，中华书局，1960年，第5844页。

有机融合。"一般来说，想象生发于作家的创作意图之中，也在一定程度上回应读者的阅读意图，实现这两个意图的途径是虚构——通过构造典型故事、塑造典型形象，创造超越生活现象的艺术美"，但总体而言"幻设必有所本"。[1]

"作意好奇"的创作初衷，与普通民众对李杨爱情和宫廷生活的猎奇心理密不可分。然而宫禁森严，后宫之事非寻常人可知。张祜"屡受挫折，未尝一第，亦未尝入仕"且"晚岁风尘不偶，僻居卿野"。[2]张祜的生活空间与宫廷交集不大，在信息量有限的情况下，诗人既然要借助源于"昼宴夜话"（《任氏传》）和"宵话征异，各尽见闻"（《庐江冯媪传》）的民间传说，就需要虚构想象生活细节以充盈杨贵妃爱情传奇。

虚构想象也包含历史真实：或地点真实，如杨贵妃生活空间定位在兴庆宫、华清宫等李杨曾经的生活区，如前文所引《春莺啭》《阿鸊汤》；或情理真实，如《太真香囊子》；或情感真实，如《南宫叹亦述玄宗追恨太真妃事》《再幸华清宫》。

2. 文化意蕴："琴瑟在御，莫不静好"的婚姻伦理

杨贵妃传奇书写，通过对李杨爱情的历史记忆和虚构想象，表达对婚姻中良好夫妻关系的认同，是个体身份归属和儒家"齐家"观念融合的结果。

传奇书写采用融入普通民众的生活经验和价值判断的婚姻伦理叙事。在传奇书写中，仅从夫妻关系维度关照杨贵妃和玄宗，

---

[1] 黄大宏:《论唐传奇虚构叙事的艺术原则与创作成就》，《西南大学学报》，2018年第2期。
[2] 傅璇琮主编:《唐才子传校笺》第三册，中华书局，2002年，第16页。

传达了"琴瑟在御,莫不静好"的婚姻伦理观。

第一,摹写精神自足的杨贵妃,突出表现岁月静好的生存状态。如《春莺啭》《阿鹅汤》,杨贵妃通过"偷寻阿鹅汤"的方式自得其乐,说明她能精神自足且婚姻关系和谐。

第二,杨贵妃传奇书写立足于普通市民生活体验的基础,不刻意拔高和讳饰。如《太真香囊子》:

蹙金妃子小花囊,销耗胸前结旧香。
谁为君王重解得,一生遗恨系心肠。①

无论谁是马嵬兵变的幕后推手,赐死杨贵妃的诏令终究是以玄宗名义下达的。从婚姻伦理的维度观察,终究是丈夫对妻子的辜负。杨贵妃在濒死之际的心理状态,后人无法给出准确的答案,唯有通过生活经验和价值观做可能性推定。"谁为君王重解得,一生遗恨系心肠"说明在诗人看来,杨贵妃当时可能且应该是怨恨心态。

第三,侧重对李杨"琴瑟和谐"婚姻生活的叙述,如元稹《灯影》中说:"洛阳昼夜无车马,漫挂红纱满树头。见说平时灯影里,玄宗潜伴太真游。"

考察史书和唐传奇,杨贵妃和玄宗的婚姻关系大概是"琴瑟和谐"。因美学书写是传递审美理想的,故其立足点并非现实婚姻关系。传奇书写则使李杨回归婚姻现实。"见说平时灯影里,玄宗潜伴太真游",将杨贵妃和玄宗定位在普通夫妻关系,

---

① 〔清〕彭定求等编:《全唐诗》卷五百十一,中华书局,1960年,第5844页。

因此才是夫（玄宗）伴妻（太真），而且月夜伴游符合一般民众的生活经验。君王嫔妃与普通夫妻关系模式迥异，故杨贵妃伦理书写并非后宫实录，而是那个时代人们"琴瑟在御，莫不静好"的婚姻伦理观。

传奇书写属于"个体关怀"，表达了诗人对个人生存状况和生存经验的关切。

三、政治书写与"天下兴亡，匹夫有责"的家国情怀

政治书写是从治国理政的维度对杨贵妃的判断和评价，以此为媒介传递诗人的政治理念。政治书写反映了诗人的"社会关怀"，与美学书写、婚姻伦理书写中塑造的杨贵妃相比，较为接近历史真实。

（一）杨贵妃政治书写范式：杨贵妃和玄宗互为表里，通过褒贬杨贵妃表达政治理念

1.贬斥杨贵妃：由愤慨到理性

贬斥杨贵妃是政治书写中的主流基调，既是对"女祸论"历史归因法的继承，又是历史大变局中唐人集体心理的投影。杜甫是杨贵妃政治书写的开创者，《哀江头》和《北征》开启了杨贵妃政治书写先河。

此诗作于至德二载（757）春，距离马嵬兵变半年余，杜甫生活在叛军占领下的长安。首先，渲染杨贵妃前期的尊崇骄奢生活。"忆昔霓旌下南苑，苑中万物生颜色。昭阳殿里第一人，同辇随君侍君侧。辇前才人带弓箭，白马嚼啮黄金勒。"才人的生活如此奢靡，杨贵妃生活奢靡程度可想而知；然后，嘲讽

杨贵妃死于兵变的遭遇,"明眸皓齿今何在,血污游魂归不得"。

行宫游玩和马嵬被杀只是杨贵妃一生中的短暂片段。杜甫将两者勾连在一起,形成了叙述中的因果关系,即赋予杨贵妃逸乐生活与身死名裂以必然性。《哀江头》褒贬的是杨贵妃,也是玄宗。因为杨贵妃从未掌握政治权力,政治责任自然不归于她。

《北征》将对杨贵妃的批判上升到顶峰,"不闻夏殷衰,中自诛褒妲"。将杨贵妃比作导致亡国的褒姒、妲己,这在唐人诗歌中不多见,可见诗人对国家破败现状之强烈愤慨。杨贵妃和玄宗互为表里,是为尊者讳出发的书写方式。将杨贵妃归为"祸首"与真相不合,但对战时状态凝聚共识是有意义的。

唐代史学家刘知几说:"史之为务,申以劝诫,树之风声。其有贼臣逆子,淫臣乱主,苟直书其事,不掩其瑕,则秽迹彰于一朝,恶名被于千载。"(《史通·辨职》)这种书写观念在政治书写中有明确体现,即在杨贵妃书写中蕴含鉴戒和褒贬意识,其目的是"嘉善矜恶,取是舍非"[①]。"嘉善矜恶,取是舍非"的终极指向是讽喻后继唐朝君王吸取前朝教训。

值得注意的是,随着时间推移,贬斥杨贵妃的声音由尖锐转向平和。如王建《温泉宫行》,前半部分描绘了安史之乱之前每年十月玄宗与杨贵妃游幸温泉宫,"夜开金殿看星河,宫女知更月明里"说明杨贵妃和玄宗彻夜作乐。玄宗游幸温泉宫之事,《新唐书》《旧唐书》中均有记载。后半部分描写时局

[①] 〔宋〕司马光.景印《文渊阁四库全书》第1094册:《传家集》卷一七《进〈资治通鉴〉表》,台湾商务印书馆,1986年,第182—183页。

骤变后温泉宫的荒凉，"禁兵去尽无射猎，日西麋鹿登城头"。说明行官荒废，曾经热闹的行官变成了麋鹿的福地。诗中杨贵妃是玄宗的纵欲生活的助推者，她的行为不合乎人们对合格后妃的认定。所以，杨贵妃虽不是国破家亡的祸首，但她也有助推君王纵欲享乐的过失。又如元稹《连昌宫词》，先以宫边老翁的视角，追忆玄宗和杨贵妃等人纵情娱乐的场面："上皇正在望仙楼，太真同凭阑干立。楼上楼前尽珠翠，炫转荧煌照天地。"极言玄宗和杨贵妃行官生活之奢靡。"夜半月高弦索鸣，贺老琵琶定场屋。力士传呼觅念奴，念奴潜伴诸郎宿。须臾觅得又连催，特敕街中许燃烛。"说明玄宗和杨贵妃经常昼夜狂欢，故而懈怠朝政。接着，铺陈安史之乱后行官破败荒芜的景象。最后，反思致乱原因："开元之末姚宋死，朝廷渐渐由妃子。禄山宫里养作儿，虢国门前闹如市。"从三个方面批判杨贵妃：一是干预朝政；二是认安禄山为义子，引狼入室；三是纵容外戚"虢国"夫人等为恶。考察唐史，杨贵妃并未干预朝政，认安禄山为义子、养虎为患也是玄宗的责任，唯有第三条纵容杨氏外戚和杨贵妃确实有关联。况且，纵容杨氏外戚的始作俑者本是玄宗。元稹入仕多年且官居高位，自然知晓杨贵妃在朝政方面的功过，结尾归因于杨贵妃，只是为尊者讳的表达。

2. 褒贬兼有：理解之同情

随着往事沉淀，唐人开始辩证地看待杨贵妃，既有对她助推玄宗怠政的批评，也有对她无辜殒命的同情。如《马嵬二首》"世人莫重霓裳曲，曾致干戈是此中"，"霓裳曲"是李杨均参与的大型舞曲，借其说明杨贵妃助推玄宗沉溺声色的过失。

"浓香犹自随鸾辂，恨魄无由离马嵬"，"鸾辂"犹带"浓香"、"恨魄"不离"马嵬"都是虚笔，表明诗人对杨贵妃的同情。同情的基础是对杨贵妃处境的理解。《马嵬二首》隐含的结论，杨贵妃有过失但并非"祸首"。褒贬兼有是对杨贵妃政治书写的第二阶段，也是唐人开放包容精神的体现。

又如苏拯《经马嵬坡》："一从杀贵妃，春来花无意。此地纵千年，土香犹破鼻。宠既出常理，辱岂同常死。一等异于众，倾覆皆如此。"一方面是"春来花无意"，表明对杨贵妃被屠杀的同情；另一方面是"辱岂同常死"，表明杨贵妃本身也有过失。

孔子云："举得失以表黜陟，征存亡以表劝诫。褒见一字，贵于轩冕。贬在片言，诛深斧钺。"唐人对杨贵妃的政治书写秉承了孔子的理念，通过褒贬杨贵妃表达诗人的政治理念，最终希望能"有资于政道"。从某种意义上说，举杨贵妃得失即举玄宗得失，对杨贵妃的拨乱反正就是将矛头指向玄宗。如郑畋《马嵬坡》"终是圣明天子事，景阳宫井又何人"，郑畋将王朝兴衰的主体责任直接归于"天子"，是对"女祸论"的公然反驳，体现了唐人的政治理性和开放包容。要之，政治书写的立足点是总结王朝兴衰的经验，褒贬杨贵妃就是褒贬玄宗，最终目的是讽喻继任君王吸取前朝教训。

（二）文化意蕴："天下兴亡，匹夫有责"的家国情怀

政治书写的预设读者是"天子"。究其本源，诗人"天下兴亡，匹夫有责"的家国情怀是其创作原动力。杨贵妃政治书写的底层逻辑：杨贵妃→玄宗→王朝兴衰→"天下兴亡，匹夫有责"

的家国情怀。换言之，杨贵妃与玄宗互为表里，玄宗与王朝兴衰互为表里，其终极关怀是王朝复兴。

正是因为诗人对国家命运负有责任感和使命感，诗人放不下"玄宗"，放不下"杨贵妃"，所以形成了杨贵妃政治书写的热潮。中晚唐杨贵妃政治书写类诗歌很多，如王建《霓裳辞十首》《温泉宫行》《华清宫感旧》、元稹《连昌宫词》、白居易《江南遇天宝乐叟》、李益《过马嵬二首》、杜牧《过华清宫绝句三首》《华清宫三十韵》、李商隐《华清宫》、郑畋《马嵬坡》、罗邺《驾蜀回》、罗隐《华清宫》《题马嵬驿》、苏拯《经马嵬坡》等。要之，唐代诗人的家国情怀是政治书写繁荣的根源。

"一个人知觉定势的构成，来自三个方面：第一方面是童年的过去的经验和知识积累；第二方面是长期形成的相对稳定的价值观念、人格胸襟、政治信仰、艺术趣味、审美理想等；第三方面是知觉事物前临时出现的需要、动机情绪、心境等"[①]。由此可知，面对同样的关照对象（杨贵妃），因诗人知觉定势的差异，生成不同的书写范式。

政治书写是唐诗杨贵妃书写的主要模式，反映了中晚唐诗人炙热的家国情怀，他们关心国家安危、期盼大唐中兴，以杨贵妃和李隆基的婚姻生活作为关照对象，寄寓"彰善瘅恶，树之风声"的历史使命感和"表征盛衰，殷鉴兴废"的讽谏意图，代表诗人是杜甫、元稹和杜牧。政治书写主要围绕李杨二人奢靡享乐生活和国势盛极而衰两个点切入，揭示帝王怠政和国家衰亡之间的逻辑关系。除了诗歌，其他从政治伦理维度对李杨

---

① 童庆炳：《审美及其生成机制新探》，福建人民出版社，2015年，第81页。

婚姻生活进行反思的文体亦有佳作，如陈鸿《长恨歌传》。传奇书写是唐诗杨贵妃书写的重要模式，反映了中晚唐市民阶层的婚姻观，他们关心婚姻关系中的价值标准，以杨贵妃和李隆基的婚姻生活作为关照对象，寄寓着"作意好奇"的创作心理和"琴瑟在御，莫不静好"的婚姻观。传奇书写尽力剥离杨贵妃作为帝王配偶的政治身份，放大杨贵妃作为夫妻关系的女性身份，围绕李杨二人婚姻生活中的爱恨情缘和聚合离散展开丰富想象，歌咏具有普世意义的和谐婚姻关系，并以杨贵妃为符号传递对情感关系中被牺牲的一方命运的同情。美学书写是唐诗杨贵妃书写的必要模式，反映了唐代诗人的审美体验和审美观。杨贵妃是中国古代四大美人之一，其得宠、闻名皆与美貌有关。尽管从数量角度来看，美学书写是三种书写方式中占比最小者，然而美学书写的意义不容忽视。杨贵妃的美好姿容和旷世爱情被摧毁和被重构的过程是美学书写的关键内容。"世间好物不坚牢，彩云易散琉璃脆"，杨贵妃美学书写寄寓了唐人对美好事物难以永恒的遗憾之情。

第四章 婚恋文化视域下的王昭君书写

昭君出塞是古代和亲的典范案例，是唐诗创作的重要母题之一。前贤时彦多从文学维度考证昭君本事、昭君书写的递嬗过程，从政治维度考察昭君书写与唐代和亲政策的关系，并在此基础上分析唐诗昭君书写背后的士人心态。然而，从婚姻文化维度考察唐诗昭君书写的成果不多。唐诗昭君书写塑造了一个因于悲剧婚姻生活而无法抽身的女性形象，并深入挖掘了以王昭君为代表的和亲公主的悲惨处境和哀怨心理。唐诗昭君书写的最大突破是建立并强化了元帝和昭君之间的情爱链接，为后世昭君爱情故事的发展提供基础框架。

从史书中对昭君出塞的简略记录，到后世文人踵事增华，形成了文学史上的昭君书写现象。唐诗昭君书写表现了一种特殊类型的悲剧婚姻模式，塑造了因于悲惨婚姻生活而无法抽身的女性形象。和亲婚姻中的女性背负着守护国家利益的沉重枷锁，进入婚姻便意味着放弃了正常婚姻中所能享有的归宁权、离婚权甚至生命权。据学者统计，唐朝是我国历史上和亲频繁的王朝。唐代诗人既共情于和亲公主的悲惨婚姻生活，又怅惘于自身政治理想的幻灭，创造出富有时代文化内涵的昭君诗新范式。《全唐诗》是汇集唐代诗歌的集大成者，故本章拟以《全唐诗》为中心，从婚姻维度考察唐诗王昭君书写新变以及对后世昭君故事的影响。

一、《全唐诗》中的王昭君形象

公元前33年，汉元帝将宫人王嫱（昭君）许嫁匈奴呼韩邪单于，恢复了汉初奉行的和亲政策。但此时汉朝匈奴之间军事实力已经发生逆转，[①]汉元帝应允和亲意味着汉朝与匈奴之间缔结为更为紧密的战略同盟关系。《汉书》对昭君和亲的记载较为简略，可概括为两点：其一，昭君两嫁匈奴单于即呼韩邪单于、复株累单于；其二，生一子二女，最终客死匈奴。就和亲事件的政治价值而言，昭君和亲是成功的。然而从婚姻维度来看，昭君失去了女性在普通婚姻中所能享有的归宁权、离婚权。

唐朝和亲频繁，[②]"和亲影响到唐朝政治和社会生活的很

[①] 当时匈奴分裂，呼韩邪单于统领其中一支。在呼韩邪单于兵败途穷之际，归附汉朝并接受了汉宣帝的丰厚赏赐，逐渐势力大增。匈奴郅支单于怨恨汉朝扶持呼韩邪单于，故召回质子、杀害汉使。公元前36年，汉军攻破郅支城，随后斩杀了逃亡康居的郅支单于。参见《汉书》卷九十四《匈奴传》，中华书局1962年版，第3796—3803页。

[②] 崔明德：《对唐朝和亲的一些考察》，《历史教学》1983年第12期统计唐代和亲有23次。李晓明在博士论文《唐代咏史诗研究》中指出，崔明德的统计尚有疏漏，如见于《资治通鉴》卷一九六贞观十六年十月条皇女新兴公主，即不在该文统计之内。

多方面，人们不能不对此予以评说。现实是历史的延续，而通过对历史上王昭君故事的吟咏，正是人们直接或间接表达对和亲政策态度的最好媒介。"① 学界关于唐诗昭君书写与和亲政策的论述已经相当深入，而对女性命运乃至婚姻文化的研究尚且薄弱。故前者不再赘述，将着力探究后者。

昭君出塞是唐诗创作的重要母题之一，唐诗昭君书写为后世昭君爱情故事构建了基本框架。从史实出发，王昭君的婚姻生活状况并无可靠证据落实。从情理出发，王昭君远嫁到单于庭（今蒙古人民共和国首都），从此诀别父母亲友，无论单于能否善待她，都难规避因言语不通、环境迥异带来的孤独感和失落感。王昭君故事既能激发诗人产生悲悯之情，又具有广阔的书写空间。具体而言，唐诗塑造了一个困于婚姻悲剧而无法抽身的悲剧女性形象。唐诗所建构的昭君婚姻悲剧的内核是心有所属而身不由己的生命体验。如梁献《王昭君》：

图画失天真，容华坐误人。君恩不可再，妾命在和亲。
泪点关山月，衣销边塞尘。一闻阳鸟至，思绝汉宫春。②

"君恩不可再，妾命在和亲"以自言的方式，点明昭君对汉元帝的爱慕和眷恋。正因如此，远赴匈奴途中才"泪点关山月"，到达"胡庭"才"思绝汉宫春"。总之，思念汉宫的根源是对汉元帝根深蒂固的眷恋。再如郭震《王昭君三首》（其三）：

---

① 李晓明：《唐代咏史诗研究》，华中师范大学博士论文，2000年。
② 〔清〕彭定求等编：《全唐诗》卷七百六十九，中华书局，1960年，第8729页。

闻有南河信，传言杀画师。始知君念重，更肯惜蛾眉。①

"始知君念重，更肯惜蛾眉"二句认为汉帝之所以"杀画师"毛延寿是因为对昭君的爱怜和补偿。昭君出塞前，与元帝并无情感交集；昭君出塞后不久，元帝驾崩。客观上，汉元帝和昭君之间不可能存在情爱关系。然而，唐代诗人一再吟咏昭君对元帝的眷恋之情，有些诗人甚至称昭君为元帝"弃妻"。

唐诗昭君书写的重大突破是重构并强化昭君和元帝的情感关系，将昭君塑造成困于悲剧婚姻无法抽身的悲剧女性形象。哀怨是唐诗昭君书写的主基调，怨恨毛延寿，如"毛延寿画欲通神，忍为黄金不顾人"（李商隐《王昭君》）；怨恨自己，如"自依婵娟望主恩，谁知美恶忽相翻"（僧皎然《昭君怨》）；怨恨匈奴，如"薄命由骄虏，无情是画师"（沈佺期《王昭君》）；怨恨皇帝，如"自是君恩薄如纸，不须一向恨丹青"（白居易《昭君怨》）；怨恨将军，如"何事将军封万户，却令红粉为和戎"（胡曾《汉宫》）。换言之，唐代诗人眼中的昭君，是一个婚姻不幸而满腹怨念的女性。

怨恨是表征，对现实婚姻的不满才是本质。唐诗书写中消解了昭君和匈奴单于的婚姻关系，继而建构并不断强化昭君和元帝的情爱关系甚至杜撰两者之间的婚姻关系。究其原因，女性情爱不协与士人怀才不遇才能形成异质同构，诗人常常用女性的情爱不协的痛苦来比附诗人政治理想幻灭后的心理状态。从这个意义上说，坐实昭君的婚姻悲剧，有助于借昭君故事来

---

① 〔清〕彭定求等编：《全唐诗》卷六十六，中华书局，1960年，第757页。

比附诗人壮志难酬的情怀。从感怀昭君远嫁的痛苦到寄托自身壮志难酬的悲慨，意味着昭君书写到唐代发生了结构性的改变。

这种结构性的改变与当时科举制度和铨选制度的模式有莫大的关系。①② 一方面唐代科举制度特别是进士科考试为广大寒门士人实现政治理想带来了曙光，③④ 另一方面非匿名考试和显人推荐的环节⑤，为那些虽有才华但无显人奥援的底层读书人设置了巨大障碍。此外，作为从政最佳路径的进士科考试每年录取人数极少，因此竞争十分激烈。⑥ 傅璇琮说"唐代铨试中的最大弊病，对于吏部官员来说，莫过于纳贿卖官，对于选者来说，则是凭钱财权势以谋取美仕要职"⑦，铨选中存在的这种现象，也会使一些有才华而家境贫寒的读书人仕途受阻。要之，唐代因科举考试和官员铨选受挫而产生挫败感和幻灭感的士人数量极大。

唐朝的婚姻文化对昭君故事书写产生了很大影响。唐人开始重视婚姻生活中两性之间的情志和谐问题，这是诗人将昭君塑造为因于悲剧婚姻生活而无法抽身的女性形象的文化背景。《唐律疏议》卷十四《户婚律》规定："若夫妻不相安谐而和

---

① 吴河清：《论唐宋诗人的昭君诗》，《河南教育学院学报（哲学社会科学版）》，2001年第3期。
② 傅璇琮：《唐代科举与文学》，陕西人民出版社，2007年，第384页。
③ 邓小军、鲍远航：《唐诗说唐史》，中华书局，2008年，第145—147页。
④ 傅璇琮：《唐代科举与文学》，陕西人民出版社，2007年，第384页。
⑤ 程千帆：《唐代进士行卷与文学》，上海古籍出版社，1980年，第45页。
⑥ 邓小军、鲍远航：《唐诗说唐史》，中华书局，2008年，第152—155页。
⑦ 傅璇琮：《唐代科举与文学》，陕西人民出版社，2007年，第514页。

离者不坐。"①《堂律疏议》对其阐释道:"若夫妻不相克谐,谓彼此情不相得,两愿离者,不坐。"②此条款说明法律对婚姻当事人情感不协可以申请,而法条的制定与当时社会普遍心理相适应,故可知追求夫妇情志相和是当时的婚姻文化之一。

唐代笔记小说中也有夫妻双方因情志不协而和离的案例。《唐语林》卷四"企羡"载:"张不疑娶崔氏,以不协出之。后娶颜氏。"③《太平广记》卷二百四十二"李睍"条引《纪闻》载:"唐殿中侍御史李逢年自左迁后,稍进汉州雒县令,逢年又吏才,蜀之采访史常委以推按焉。逢年妻,中丞郑昉之女也,情志不合,去之。"④笔记小说中的故事虽不一定可靠,但大体能反映作者所处时代的风气。正因为唐代出现了认同婚姻当事人情志和谐作为婚姻存续依据的婚姻文化,在这种文化背景之下,昭君和元帝的情爱关系被构建即意味着昭君和亲就是爱情悲剧、婚姻悲剧。换言之,如果昭君出塞之前和元帝并无情爱关系,昭君和匈奴单于的婚姻并非必然是悲剧,就如同包办婚姻并不必然导致情感不协,现实中也有不少"盲婚哑嫁"却婚姻幸福的案例。如果昭君出塞前和元帝存在情爱关系,昭君和亲就必然铸就一个婚姻悲剧。此外,和亲公主的婚姻是关乎两国政治外交的大事,没有所谓因"情志不协"而和离的可能性,无论生死都不能离开匈奴。与所爱之人诀别而被迫远嫁,

---

① 刘俊文笺解:《唐律疏议笺释》,中华书局,2015年,第1060—1061页。
② 刘俊文笺解:《唐律疏议笺释》,中华书局,2015年,第1060—1061页。
③〔宋〕王谠:《唐语林》,古典文学出版社,1957年,第134页。
④〔宋〕李昉等:《太平广记》第五册,中华书局,2018年,第1872页。

囿于国家利益和"情志不协"的匈奴单于保持不幸的婚姻状态，昭君便成了困于悲剧婚姻而无法抽身的悲剧女性。

以女性婚姻比附男性政治际遇的文学传统，又将昭君和唐朝士人理想幻灭顺理成章地勾连在一起。意大利哲学家克罗齐说"一切历史都是当代史"，他认为人们对历史的研究与当下的现实存在密切的关系。汉代和亲公主众多，昭君和亲既非首例也不是效益最大者，但昭君最终成为汉代和亲的典范和象征，究其原因，民间传说发挥了巨大的推动作用。正如张文德所说："正是靠民众云蒸霞蔚的力量，昭君这颗风雨初霁的小水珠，终成天空一道五彩缤纷、绚丽夺目的彩虹。"[1]

具体而言，民间传说中所附会的绝色美貌、元帝生悔、画工作梗三个元素使得昭君具有了超越其他和亲公主的传奇色彩。有学者认为，昭君的宫女身份比皇室宗亲出身的和亲公主更容易赢得普通民众的同情，所以民间故事中的昭君故事传播更为广泛。而文人创作受到民间故事的影响，在昭君本事的基础上踵事增华，增添了绝色美貌、元帝生悔、画工作梗等三个元素。顾颉刚曾提出"层累演进说"，用它可以诠释历史人物、传说人物或文学人物形象的塑造、转化、创新之历程，[2] 昭君故事的发展、嬗变过程与此同理。

简言之，昭君的普通宫女身份赢得普通民众的共情，导致各种类型昭君民间故事的传播。民间故事中昭君绝色美貌和元帝悔悟的情节设置体现了普通民众对昭君命运的同情。画工作

---

[1] 李晓明：《唐代咏史诗研究》，华中师范大学博士论文，2000年。
[2] 顾颉刚：《古史辨》中编，上海古籍出版社，1982年，第60—66页。

梗的情节，既使得昭君有绝色美貌而不为元帝所知的叙事逻辑更能自洽，也使得昭君故事的悲剧性增强。

唐诗之前，昭君故事的基本元素已经生成而故事框架尚在迭代发展中。唐代独特的社会背景为昭君书写的繁荣奠定基础。和亲政策频繁实施使和亲公主的命运牵动诗人的情感；科举考试特别进士科考试让文士看到辅佐君王、成就功业的机会，然而最终在激烈竞争中胜出者只是极少数，故怀才不遇的情绪自然会弥漫在部分文士群中。以女性婚姻比附士人政治际遇的文学传统将昭君和唐朝士人的理想幻灭勾连在一起。总之，特定的时代背景，使得昭君既可作为和亲公主的象征，又可作为不遇文士的抒情载体，因此昭君故事具有了继续被阐释的动因。接下来是如何被阐释和书写的问题。

二、《全唐诗》如何写昭君形象

唐代人用多种文学体裁书写昭君故事，如诗歌、散文、变文。但诗歌创作数量多、作者广泛、体式多样，对后世昭君故事的发展递嬗起到的影响最大。前文已述，唐诗中的昭君形象是困于悲剧婚姻而无法抽身的悲剧女性。唐代以前，诗歌中的昭君形象是哀怨的，但是哀怨的侧重点与唐代有差异。唐前昭君形象哀怨的核心是远嫁，唐代昭君形象哀怨的核心是婚姻中的"情志不协"。那么唐诗是如何塑造昭君形象的呢？

正面书写昭君对元帝的眷恋爱慕之情。如前文所引梁献《王昭君》。又如卢照邻《昭君怨》：

合殿恩中绝，交河使渐稀。肝肠辞玉辇，形影向金微。汉地草应绿，胡庭沙正飞。愿逐三秋雁，年年一度归。①

一、二句说元帝恩情"中绝"、汉朝使者稀少，接着联想起自己离开元帝时"肝肠"寸断。由此可见引起昭君悲伤的人就是汉元帝。再如刘长卿《王昭君歌》：

自矜娇艳色，不顾丹青人。那知粉绘能相负，却使容华翻误身。上马辞君嫁骄虏，玉颜对人啼不语。北风雁急浮云秋，万里独见黄河流。纤腰不复汉宫宠，双蛾长向胡天愁。琵琶弦中苦调多，萧萧羌笛声相和。谁怜一曲传乐府，能使千秋伤绮罗。②

将五、六句"上马辞君嫁骄虏，玉颜对人啼不语"和九、十句"纤腰不复汉宫宠，双蛾长向胡天愁"结合起来判断，昭君所啼哭发愁的根源是"不复汉宫宠"即失去元帝恩宠。

渲染胡地恶劣生存环境。王国维说"一切景语皆情语"，也就是说诗歌中的景物与主人公情感存在高度的逻辑关联。如沈佺期《相和歌辞·王昭君》："嫁来胡地恶，不并汉宫时。""胡地恶"主要表现在以下几个方面：首先，风急沙多，触目荒凉，如"汉宫草应绿，胡庭沙正飞"（卢照邻《相和歌辞·王昭君》）、"满面胡沙满鬓风，眉销残黛脸销红"（白居易《王昭君二首》其一）、"北风雁急浮云秋，万里独见黄河流"（刘长卿《王昭君歌》）等。其次，风大雪寒，气候寒冷，如董思恭《昭君

---

① 〔清〕彭定求等编：《全唐诗》卷六十六，中华书局，1960年，第757页。
② 〔清〕彭定求等编：《全唐诗》卷一百五十一，中华书局，1960年，第1579页。

怨二首》其二：

> 琵琶马上弹，行路曲中难。汉月正南远，燕山直北寒。
> 髻鬟风拂乱，眉黛雪沾残。斟酌红颜改，徒劳握镜看。①

由于胡地风大雪寒，昭君长期生活于此，容貌难免受损，故"斟酌红颜改，徒劳握镜看"。唐诗王昭君书写中摹写胡地风大雪寒的篇目还有郭震《王昭君三首》其二"厌践冰霜域，嗟为边塞人"、李白《王昭君二首》其一"燕支长寒雪作花，蛾眉憔悴没胡沙"、储光羲《明妃曲四首》其三"日暮惊沙乱雪飞，傍人相劝易罗衣"等。再次，边地寒冷无花草，如"胡地无花草，春来不似春"。总之，边地气候风景都令昭君身心不适且痛苦难耐。

强调昭君的婚姻悲剧。昭君故事以悲剧为主，但底层逻辑却有不同。唐前，远嫁是昭君婚姻悲剧的核心，《旧唐书·音乐志》即说："《明君》，汉元帝时，匈奴单于入朝，诏王嫱配之，即昭君也。及将去，入辞，光彩射人，耸动左右，天子悔焉。汉人怜其远嫁，为作此歌。"②唐代开始强调"情感不协"是昭君婚姻悲剧的核心。如前文所述，昭君心系元帝，而被迫困在和匈奴单于的婚姻之中无法抽身，"情感不协"造成的身心痛苦是唐诗昭君书写的落脚点。那么这桩婚姻悲剧是如何形成的呢？大部分诗人将原因归于画师。如沈佺期《王昭君》：

---

① 〔清〕彭定求等编：《全唐诗》卷六十三，中华书局，1960年，第742页。
② 〔后晋〕刘昫等撰：《旧唐书》二十九，中华书局，1975年，第1063页。

非君惜鸾殿，非妾妒蛾眉。薄命由骄宠，无情是画师。
嫁来胡地恶，不并汉宫时。心苦无聊赖，何堪上马辞。①

再如常建《昭君墓》：

汉宫岂不死，异域伤独没。万里驮黄金，蛾眉为枯骨。
回车夜出塞，立马皆不发。共恨丹青人，坟上罢明月。②

这两首诗将昭君婚姻悲剧归因于"画师""丹青人"，这是对先唐昭君书写的继承，源自《西京杂记》。也有将画师直接确定为"毛延寿"，如"毛延寿画欲通神，忍为黄金不顾人"（李商隐《王昭君》）。唐诗的突破是既将对画师的追责更深入，也指出昭君自矜美色也是其婚姻悲剧的重要原因，换句话说，昭君自矜美色才是画师作梗成功的前提。如"自矜娇艳色，不顾丹青人。那知粉绘能相负，却使容华翻误身"（刘长卿《王昭君歌》）。除了自矜美色，昭君的贫困也被归为导致悲剧的原因，如"生乏黄金枉图画，死留青冢使人嗟"（李白《王昭君二首》其一）。

有诗人将昭君的婚姻悲剧归因为元帝，这是昭君故事递变过程中的重要节点。先唐的昭君故事中，只是记叙元帝后宫妃嫔众多，故而昭君心生"怨旷"之情，比如《琴操》中托名王昭君所作的《怨旷思惟歌》：

秋木萋萋，其叶萎黄。有鸟处山，集于苞桑。
养育羽毛，形容生光。既得生云，上游曲房。

---

① 〔清〕彭定求等编：《全唐诗》卷九十六，中华书局，1960年，第1034页。
② 〔清〕彭定求等编：《全唐诗》卷一百四十四，中华书局，1960年，第1460页。

> 离宫绝旷，身体摧藏。志念抑沉，不得颉颃。
> 虽得委食，心有徊徨。我独伊何，来往变常。
> 翩翩之燕，远集西羌。高山峨峨，河水泱泱。
> 父兮母兮，道里悠长。呜呼哀哉，忧心恻伤。①

诗歌以小鸟起兴，讲了三个方面的内容：其一，"小鸟"（昭君）容貌秀美；其二，昭君幽闭"离宫"，身心"摧藏"；其三，抒发远嫁悲痛。总之，只是点出怨旷，而并未指责元帝之意。在《琴操》所记录的故事中，昭君因怨旷而自请出塞和亲。然而，唐诗将昭君怨旷归因于元帝，对问题挖掘更为深入。如白居易《昭君怨》：

> 明妃风貌最娉婷，合在椒房应四星。
> 只得当年备宫掖，何曾专夜奉帏屏。
> 见疏从道迷图画，知屈那教配房庭。
> 自是君恩薄如纸，不须一向恨丹青。②

最后两句将昭君的婚姻悲剧归因于元帝。因为元帝失察，所以容貌"最娉婷"的昭君久居深宫而不被发现，最终才委屈"配房庭"。当然这种问责成立的前提是昭君确实天姿国色、倾国倾城，否则元帝就无失察之责。或者直接将昭君宫女身份篡改为"失宠"，"昭君失宠辞上宫，蛾眉婵娟卧毡穹"（李如璧《明月》）。《汉书》记载简略，故推测昭君作为"家人子"容貌

---

① 参见〔唐〕欧阳询：《艺文类聚》卷三十《人部》一四《怨》引。
② 〔清〕彭定求等编：《全唐诗》卷四百三十九，中华书局，1960年，第4895页。

出众并不失实，失宠而和亲的说法则无迹可寻。

此外，还有诗人将昭君婚姻悲剧归因于匈奴强大和将军无能。如"薄命由骄虏"（沈佺期《王昭君》）、"明妃若遇英雄世，青冢何由怨陆沉"（刘威《尉迟将军》）、"何事将军封万户，却令红粉为和戎"（胡曾《咏史诗·汉宫》）。这种归因与汉朝史实无关，但与唐代历史存在深刻的关系。中唐以后的和亲，与唐朝国力衰弱而吐蕃、回纥等少数民族军事力量强大有关。唐朝为了对抗吐蕃，不得不将皇帝亲生女儿作为和亲公主嫁给回纥。其中，宁国公主、咸安公主、太和公主分别为肃宗、德宗和宪宗之女。这是和亲历史上的一种突破，因为和亲公主一般为皇室宗亲、外戚或宫女，皇帝亲生女儿和亲是极少数情况，但也说明当时唐朝国力衰弱，为和回纥形成稳固的军事联盟，故而加重了和亲政策上的筹码。这种政治策略确实产生了一定的成效，当宁国公主出嫁时，"藩酋欢欣曰：'唐国天子贵重，将真女来。'"[①]所以诗人借昭君书写浇胸中块垒，通过批评汉元帝和将军无能反映唐代的和亲历史和政治军事状况。

尽管昭君的婚姻悲剧是唐诗书写的主流，但也有少数诗人用辩证的方式评价昭君和亲，肯定和亲的积极意义。如王睿《解昭君怨》："莫怨工人丑画身，莫嫌明主遣和亲。当时若不嫁胡虏，只是宫中一舞人。"又如"免劳征战力，无愧绮罗身"（崔涂《过昭君故宅》）、"仙娥今下嫁，骄子自同和。剑戟归田尽，牛羊绕塞多"（张仲素《王昭君》）。

---

① 〔后晋〕刘昫等撰：《旧唐书》卷二十九，中华书局，1975年，第1063页。

三、《全唐诗》中的昭君书写范式

唐诗昭君书写表现了一种特殊类型的婚姻悲剧，以及诗人因此所产生的共情心理。昭君书写发端于汉并处于不断滋生、嬗变的状态，从《汉书》的客观描述发展为民间传说和文人作品中不断渲染的绝色容貌、曲折命运和"悲怨"基调。在此过程中，昭君作为和亲公主的符号在文学传承中被固定下来。唐代以前，昭君故事基本框架并没有完全稳定下来。唐诗昭君书写所形成的范式为后代昭君故事的发展奠定了基本框架，并将昭君故事继续深度挖掘，使得昭君故事具有了更深刻的思想内涵。那么，唐诗昭君书写形成了哪些范式呢？

首先，昭君和元帝情爱关系的确立。在最早记录昭君故事的《汉书》中，和昭君有情爱关系的只有两任匈奴单于。在和亲匈奴之前，昭君是否有明确的情爱对象呢？以她"待诏掖庭"的宫人身份推断，若不能被元帝赏识，就只能处于被动等待状态，不应也不会有其他情爱对象。和亲匈奴之后，和她发生情爱关系的对象也只能是匈奴单于。因此，《汉书》的记载是客观的。然而，昭君故事最后演变为昭君和元帝的爱恨传奇，这中间必然经历了一个比较漫长和曲折的过程。在这个变化过程中，唐诗昭君书写起了关键作用。如前文所述，唐前的昭君故事侧重于铺陈远嫁的悲痛，而唐诗昭君书写则侧重于对"情志不协"的婚姻悲剧的渲染。唐代诗人将昭君悲剧的形成归因于"情志不协"，认为正因为昭君心系元帝，所以她在和亲匈奴之后心中充满哀怨之情。

唐诗中昭君和元帝的情爱关系主要分为两类：其一，昭君对元帝怀有爱慕，然而和亲安排使昭君的爱情梦想幻灭，如卢照邻《昭君怨》、刘长卿《王昭君歌》、梁献《王昭君》、郭震《王昭君三首》等。其二，昭君和元帝有婚姻关系，并且后来被元帝所抛弃。如"昭君失宠辞上官，蛾眉婵娟卧毡穹"、"弃妻思君情不薄。已悲芳岁徒沦落"（李如璧《明月》）。又如"明妃失汉宠，蔡女没胡尘"（陈子昂《居延海树闻莺同作》）。第一种是宫女对帝王的爱慕之情，乃基于昭君身份的合理想象。第二种是弃妻对帝王的哀怨之情，乃是基于作者情感体验的情节虚构。有学者说："站在历史与现实的交叉点上，唐人所产生的对于昭君命运的心理认同感，在某种程度上正是唐代诗人在那个大时代里所特有的理想与抱负不断幻灭的悲哀。"[①] 此言不虚。无论是和帝王失之交臂的宫女还是先宠后弃的嫔妃，都是情感生活的失败者。在古代文学中以女性婚姻类比男性政治理想的传统由来已久，唐代诗人要将自己理想的幻灭融入昭君故事书写之中，于是便将昭君和匈奴单于的情爱关系置换为昭君和元帝的情爱关系。

这一改变对后来的昭君故事书写影响很大，此后，文学作品中将昭君和元帝的情爱关系确定下来且将其不断发挥。其中，最为经典的要属马致远《汉宫秋》。《汉宫秋》中，昭君虽然也曾有"待诏掖庭"的冷遇，但是在和亲之前便和元帝相遇并被封为明妃。后来因为匈奴单于的军事威胁，元帝被迫放弃爱

---

① 吴河清：《论唐宋诗人的昭君诗》，《河南教育学院学报（哲学社会科学版）》，2001年第3期。

情而派昭君和亲。

其次，昭君婚姻悲剧根源的深度挖掘。《汉书》中对昭君出塞的记载十分简略，并未体现出明显的悲剧色彩。因为从和亲成效的角度考察，昭君出塞算得上是一次比较成功的政治婚姻，至于昭君的个人感受在国家战略面前是无足轻重的，所以从政治角度看昭君出塞可以说是一次有效的外交战略活动。然而，后世文学作品的不断踵事增华，使得昭君和亲蒙上了一层悲剧色彩，这可能是《汉书》编撰者班固所始料未及的。如果仔细辨析，昭君和亲故事的悲剧性随着时代发展而迭代发展。最初，昭君书写的悲剧性集中在"远嫁"。如托名王昭君所作的《怨旷思惟歌》强调了远嫁异域之苦。换句话说，早期的昭君书写多将悲剧根源归结为远嫁。这种书写具有现实基础，汉代的乌孙公主就曾感叹道："吾家嫁我兮天一方，远托异国兮乌孙王。穹庐为室兮旃为墙，以肉为食兮酪为浆。常思汉土兮心内伤，愿为黄鹄兮归故乡。"抛开婚姻生活中情感是否协和的问题，远嫁所带来的语言不通、饮食迥异、远离亲人等困境是所有和亲公主无法规避的。强调远嫁痛苦是早期昭君书写的唯一要素，此类作品数量不是很多，但一直通过各个方面强化渲染远嫁之苦，如石崇"传语后世人，远嫁难为情"（《王明君词》）等。

直到《西京杂记》的出现，昭君故事的悲剧性出现了第二重解释即"画工作梗"，这是对昭君婚姻悲剧的首次挖掘，也是对昭君之所以远嫁异域的具体说明。"画工作梗"使得人们将关切点从以王昭君为代表的和亲公主身上集中到昭君身上，强化了昭君国色美貌和不幸命运之间的巨大反差。这种论断的前提是汉朝天子才是绝色美女昭君的良配。昭君越是貌美，昭君和亲的悲剧性就越强。

唐诗昭君书写在继承前人对昭君悲剧婚姻归因的基础上继续深挖，提出了诸多创新性观点。有的归因于匈奴的强大，如"薄命由骄虏"（沈佺期《王昭君》）；有的归因于汉元帝，如"自是君恩薄如纸，不须一向恨丹青"（白居易《昭君怨》）；有的归因于提出和亲政策者，如"谁贡和亲策，千秋污简编"（李中《王昭君》）；有的归因于昭君自己，如"自倚婵娟望主恩，谁知美恶忽相翻"（皎然《昭君怨》）；有的归因于将军无能，如"当时若值霍嫖姚，灭尽乌孙夺公主"（顾况《刘禅奴弹琵琶歌》）、"何事将军封万户，却令红粉为和戎"（《汉宫》）。从历史真实角度来考察，昭君婚姻悲剧就是和亲公主婚姻悲剧的典型化，其根源乃和亲政策。然而，将悲剧根源归因于"画工作梗"，是将昭君从和亲公主群体中抽离出来并将其神化的开始。唐代诗人大多继承了这个情节，并根据自己的时代背景做出更多元的阐释和归因，如匈奴强大、将军无能、昭君自矜。如前所述，中晚唐与回纥和亲的确有迫于外族军事力量强大的缘故，另因科举考试和官员铨选过程中寻求显人推荐成为人才选拔制度中的必要环节，故前代作品中自视高洁而不从俗的昭君会被质疑也是理之必然。此外，归因于汉元帝、提出和亲策略者，是对昭君婚姻悲剧的更深层次的挖掘，与"画工作梗"的表象类解释相比，对问题的剖析上升到制度层面。

再次，对昭君和亲的价值判断。唐前诗人用浓墨重彩渲染昭君在匈奴生活的悲苦，而唐代诗人透过事象去评判昭君和亲的意义价值，这是在前代基础上对昭君和亲认知框架的拓展。如张仲素《王昭君》积极评价昭君和亲所带来的和平发展的局势"仙娥今下嫁，骄子自同和。剑戟归田尽，牛羊绕塞多"；如王睿肯定昭君和亲对其社会地位的正面作用"当时若不嫁胡虏，只是官中一舞人"；崔涂《过昭君故宅》指出昭君和亲规避了不必要的战争、节省了军事资源"以色静胡尘，名还异众嫔。免劳征战力，无愧绮罗身"。尽管在唐诗昭君书写中这种具有创新意义的观点并不是主流，但这些却是唐人对昭君故事重新建构过程中的重要突破点。换句话说，唐代诗人在审视昭君和亲时，价值判断标准更加多元化。女性生命价值不再单纯停留在婚姻情感是否圆满这个维度，而是从个人身份地位荣升、国家利益保障、人民生活安定等方面去重新对以昭君为代表的和亲公主的生命价值做出具有时代性特点的评定。从这个意义上来说，唐诗昭君书写拓展了自汉代以来传统文人对昭君和亲的认知框架。

第五章 理想恋人的唐代诗学建构
——兼论唐人对南朝乐府的继承和创新

中国古典诗歌中有许多理想恋人形象,她们既反映了当时的审美观,也反映了前代的文学传统。"窈窕淑女""静女""伊人"是中国早期古典诗歌中关于理想恋人的称谓,后世文人根据所处时代的文学传统和审美观,创造了不同类型的理想恋人。迄今,中国诗歌史上影响范围最广的理想恋人形象有两个:其一是采桑女,其二是采莲女。采莲女的诗学建构成熟于唐朝,唐代文士在采莲女经典化的过程中发挥了关键性作用。采莲女的唐代诗学建构也反映了唐人对南朝乐府的继承和创新。

采桑女源于周,盛于汉,衰于魏晋;采莲女源于南朝,盛于唐,衰于宋。唐代文士在吸收南朝乐府文学传统的基础上,融入了唐人的审美观和妇女观,塑造出明媚动人且具浓郁江南生活色彩的采莲女形象。"佳人采莲"成为继"佳人采桑"后,理想恋人的诗学建构维度的新增长点。学界在采莲诗歌的演进轨迹、莲花意象的发展流变和文化内涵等方面已经做了比较深入的研究[1][2][3]，但对采莲女诗学建构过程中唐人的具体贡献，以及唐代诗人对南朝乐府文学传统的继承和创新等问题的研究，还没有给予足够关注。唐代是采莲女经典化过程中的关键时期，研究唐代文士在采莲女经典化过程中发挥的作用，对深入了解中国古典爱情诗歌的发展机理和南朝文学传统在后世的接受状况都有重要意义。

一、唐代诗歌理想恋人的集体构建：佳人采莲

白居易《长恨歌》"在天愿作比翼鸟，在地愿为连理枝"，唱出了人们对永恒爱情的强烈渴求。爱情在中国古代，特别是宗法制社会时期，并不是男女双方缔结婚姻的必要条件，"父母之命，媒妁之言"是大多数青年男女走向婚姻的主要路径。尽管如此，唐代文士继承了《诗经》以来歌唱爱情的文学传统，运用诗歌构建理想恋人的形象，并在不断构建的过程中传递出自己的审美观和妇女观。唐代情爱诗数量众多，据不完全统计有两千多首，其中有不少与爱情有关的母题，如织女、巫山神女、湘妃、班婕妤、陈阿娇、王昭君等，但最能直接反映唐代文士的爱情理想、审美观和妇女观的母题是采莲女。除原型人物的

---

[1] 王雪：《唐代农事诗研究》，东北师范大学博士论文，2016年，第77页。
[2] 王艳：《古代文学作品中"莲"意象研究——以先秦至唐为例进行研究》，河北大学硕士论文，2009年。
[3] 郭荣梅：《宋前诗歌中莲花意象研究》，南京师范大学硕士论文，2007年。

歌咏或是围绕原型故事的陈陈相因的记叙，思想内容和情感内涵并无实质性的变化；或是借男女爱情故事比附政治生活中的君臣之义，情感内涵只是政治寓意的外壳。而真正在前代文学传统的基础上，融入唐人的审美观和妇女观的理想恋人形象只有采莲女。"佳人采莲"是唐代诗人集体建构的理想恋人生活模型。

唐人构建的"佳人采莲"范式有哪些特征呢？首先，采莲女均栖息于山明水秀的南方地理空间。如徐彦伯《采莲曲》："妾家越水边，摇艇入江烟。既觅同心侣，复采同心莲。折藕丝能脆，开花叶正圆。春歌弄明月，归棹落花前。"① 又如李白《采莲曲》："若耶溪边采莲女，笑隔荷花共人语。日照新妆水底明，风飘香袖空中举。岸上谁家游冶郎，三三五五映垂杨。紫骝嘶入落花去，见此踟蹰空断肠。"② 再如王昌龄《采莲曲二首》其一："吴姬越艳楚王妃，争弄莲舟水湿衣。来时浦口花迎入，采罢江头月送归。"③ 另有刘方平《采莲曲》："落日晴江里，荆歌艳楚腰。采莲从小惯，十五即乘潮。"④ 采莲女的生活空间一般固定在吴、越、楚等地域之内。

其次，赋予采莲女刚柔并济的气质特征。唐诗采莲女逐渐脱离了南朝乐府中采莲女俗艳的色彩，增加了刚健明朗的特质。如崔国辅《采莲曲》："玉溆花红发，金塘水碧流。相逢畏相失，

---

① 〔清〕彭定求等编：《全唐诗》卷二十一，中华书局，1960年，第277页。
② 〔清〕彭定求等编：《全唐诗》卷二十一，中华书局，1960年，第277页。
③ 〔清〕彭定求等编：《全唐诗》卷二十一，中华书局，1960年，第277页。
④ 〔清〕彭定求等编：《全唐诗》卷二百五十一，中华书局，1960年，第2839页。

并着采莲舟。"①采莲活动本身存在的危险因素和采莲女们表现出的机敏果敢的性格,形成对比,更加突出了唐代采莲女具有的刚健明朗的特质。又如前引刘方平《采莲曲》也强调了采莲女敢于乘舟弄潮的胆识。唐代采莲女除了刚健明朗的特质,还有柔美婉约的风情。如李白《越女词五首》其一:"耶溪采莲女,见客棹歌回。笑入荷花去,佯羞不出来。"②此诗没有对采莲女容貌的正面描摹,而是从游客角度表现采莲女的娇羞的个性。又如戎昱《采莲曲二首》其二:"烟生极浦色,日落半江阴。同侣怜波静,看妆堕玉簪。"③此诗依然没有直接描绘采莲女的具体容貌,而是通过顾影自盼玉簪坠落的细节描写,突出采莲女娴静婉约的特质。再如皇甫松《采莲子二首》其一:"菡萏香连十顷陂,小姑贪戏采莲迟。晚来弄水船头湿,更脱红裙裹鸭儿。"④此诗中描写的是一个在广阔莲花丛中嬉戏的比较年幼的采莲女,稚气未脱而又活泼俏皮。除了年少未婚的采莲女,唐诗中还有一些诗篇描绘了已经成婚的采莲女,如王昌龄《采莲曲三首》其三:"越女作桂舟,还将桂为楫。湖上水渺漫,清江初可涉。摘取芙蓉花,莫摘芙蓉叶。将归问夫婿,颜色何如妾。"⑤此诗刻画了一个浪漫痴情的成年采莲女形象。

---

① 〔清〕彭定求等编:《全唐诗》卷二十一,中华书局,1960年,第276页。
② 〔清〕彭定求等编:《全唐诗》卷一百八十四,中华书局,1960年,第1885页。
③ 〔清〕彭定求等编:《全唐诗》卷二十一,中华书局,1960年,第277页。
④ 〔清〕彭定求等编:《全唐诗》卷三百六十九,中华书局,1960年,第4153页。
⑤ 〔清〕彭定求等编:《全唐诗》卷二十一,中华书局,1960年,第277页。

总之，唐代文士构建了一组个性鲜明且刚柔并济的采莲女群像。

再次，唐代文士赋予采莲女自由自在的人文属性。采莲女是众多唐代文士建构的女性群像之中最有自然灵性和自由自在的女性形象。如张籍《采莲曲》："秋江岸边莲子多，采莲女儿凭船歌。青房圆实齐戢戢，争前竞折荡漾波。试牵绿茎下寻藕，断处丝多刺伤手。白练束腰袖半卷，不插玉钗妆梳浅。船中未满度前洲，借问谁家家住远。归时共待暮潮上，自弄芙蓉还荡桨。"①采莲女们独得江山钟灵之气，在青山绿水之间自由徜徉，和莲子丰、人情美、船歌亮、江水阔巧妙地结合在一起，形成内在系统交相辉映、圆满自足的状态。

和唐代其他爱情母题相比，这一点尤为明显。下文以织女、巫山神女、湘妃、班婕妤、陈阿娇、王昭君为参照系分析，如戴叔伦《织女词》："凤梭停织鹊无音，梦忆仙郎夜夜心。难得相逢容易别，银河争似妾愁深。"②唐诗中织女母题书写多凝滞在两情不能厮守的痛苦感受之中。又如刘沧《题巫山庙》："十二岚峰挂夕辉，庙门深闭雾烟微。天高木落楚人思，山迥月残神女归。触石晴云凝翠鬓，度江寒雨湿罗衣。婵娟似恨襄王梦，猿叫断岩秋藓稀。"③唐诗巫山神女母题书写多渲染巫山神女与楚王别后的离愁别绪。如孟郊《湘妃怨》："南巡竟不返，帝子怨逾积。万里丧蛾眉，潇湘水空碧。冥冥荒山下，

---

① 〔清〕彭定求等编：《全唐诗》卷二十一，中华书局，1960年，第278页。
② 〔清〕彭定求等编：《全唐诗》卷二百七十四，中华书局，1960年，第3104页。
③ 〔清〕彭定求等编：《全唐诗》卷五百八十六，中华书局，1960年，第6794页。

古庙收贞魂。乔木深青春，清光满瑶席。"①唐诗湘妃母题书写多凝滞在爱人死亡的情感阴霾中无法解脱。如李白《妾薄命》："汉帝重阿娇，贮之黄金屋。咳唾落九天，随风生珠玉。宠极爱还歇，妒深情却疏。长门一步地，不肯暂回车。雨落不上天，水覆难再收。君情与妾意，各自东西流。昔日芙蓉花，今成断根草。以色事他人，能得几时好。"②班婕妤、陈阿娇母题多抒发失败恋情的哀怨。如：李白《王昭君二首》其一："汉家秦地月，流影照明妃。一上玉关道，天涯去不归。汉月还从东海出，明妃西嫁无来日。燕支长寒雪作花。蛾眉憔悴没胡沙。生乏黄金枉图画，死留青冢使人嗟。"③唐诗中王昭君大多饱含离开汉土地、错失汉帝荣宠的哀怨情怀。

　　要言之，从恋情维度来看，无论来自神话传说的织女、巫山神女、湘妃，还是历史人物陈阿娇、班婕妤、王昭君，都携带着一种情感不完满状态带来的深刻的幽怨属性。这些人物身上或是寄寓着现实世界情感不能圆满的遗憾，或是寄寓着文士们仕宦生涯中的不平之鸣。所以说，总基调是哀怨凄婉的，这些人物通常被设置在荒凉冷寂的封闭环境中。

　　与之相比，唐代诗人构建的"佳人采莲"模式富有生活气息但剔除了世俗生活的繁杂关系和矛盾冲突。采莲女仿佛是生活在世外桃源的自足圆满的女性，这一点是唐诗采莲女最有魅

---

① 〔清〕彭定求等编：《全唐诗》卷二十三，中华书局，1960年，第291页。
② 〔清〕彭定求等编：《全唐诗》卷二十四，中华书局，1960年，第315页。
③ 〔清〕彭定求等编：《全唐诗》卷一百六十三，中华书局，1960年，第1691页。

力的地方。她们是唐代文士的理想恋人，是源于生活而高于生活的艺术想象物。

在以男女恋情为主题的唐代诗歌叙事中，采莲女构建具有理想主义色彩。其明媚动人、刚柔并济的性格特征是唐代文士对女性美的集体建构和阐释。采莲女自由自足的属性与江山秀美相得益彰，是唐代文士对山水审美和女性审美的巧妙融合。考察唐朝文献，婚姻缔结主要依靠"父母之命，媒妁之言"的方式，这种方式对维持宗法制社会的稳定性来说是有益的，但对个人情感的压制也是不可避免的。唐代文士对采莲女的集体构建，正是为了纾解包办婚恋风俗对人性潜在需求的强制性管束造成的心理挤压。

二、中国古代情爱诗经典女性形象的演进：从佳人采桑到佳人采莲

如上所述，理想恋人的诗歌建构是应对宗法制社会中包办婚姻制度挤压人性诉求的文化纾解行为。如此来说，这种文化行为应该是在宗法制社会成立之初便有之。"中国自周以来，宗法社会既已成立，聘娶形式视为当然，于是婚姻之目的，遂以广家族繁子孙为主，而经济关系之求内助，反居其次。至于两性恋爱之需要，虽在事实上不无发现，但在所谓别男女目的下，非仅轻视，抑或否认也。"中国古典情爱诗中最早出现的理想恋人形象是采桑女，采桑女书写衰落的原因已有学者做了比较深入的研究，在此不必详细论证。采莲女取代采桑女经历了漫长的历史时期。为了厘清中国古典情爱诗中的经典女

性形象的演进轨迹，我们需要简述采桑女作为理想恋人形象在诗歌史中的发展轨迹。

首先，桑林是上古男女相会祭祀高禖的场所，① 是采桑女成为理想恋人形象的前提。现代学者程维说："'采莲'这个主题与情欲之间的关系，主要依靠'桑林'这个地点。"②《诗经·小雅·隰桑》："隰桑有阿，其叶有难。既见君子，其乐如何。隰桑有阿，其叶有沃。既见君子，云何不乐。隰桑有阿，其叶有幽。既见君子，德音孔胶。心乎爱矣，遐不谓矣？中心藏之，何日忘之。"③ 就是描写男女在桑林中相会。因此有学者说："桑林濮上，风光旖旎，先秦时代蚕桑遍野，古代淇河两岸（即'淇上'）盛产桑树，采桑成为中国先民们最为重要的农事活动之一。每至春日人们忙于采桑，桑林欢声笑语。采桑是艰辛的劳作，但客观上它是爱情、集社、诗歌的母体，是最有青春气息和爱情含量的'农事'。"④ 这个论断很有见地。

但是随着社会礼教的发展，这种男女在桑林自由相会的模式逐渐被主流观摒弃。刘怀荣在《采桑主题的文化渊源与历史演变》一文中指出："在漫长的古代文化中，'桑林'是男女欢会的固定场所，对采桑女的追求曾是社会道德所允许并提倡

---

① 翟萍、郑骥：《女教传统视阈中的古代采桑女形象源流探析》，《云南师范大学学报（哲学社会科学版）》，2019年第5期。于平：《祠高禖：从"交天侑神"到"令会男女"》，《民族艺术研究》，2018年第6期。
② 程维：《"采桑""采莲"主题审美差异论——以汉魏六朝为观察视角》，《乐府学》，2020年，第217页。
③ 程俊英、蒋见元：《诗经注析》，中华书局，2017年，第775—776页。
④ 秦德军、方岩：《农耕叙事与文化符号：中国农耕文明的五个历史图式》，《学术界》，2018年第3期。

的。"而到陈辨女、秋胡妇等采桑女故事产生之际,"男女在桑林中的欢会已为时代道德观所不容,但这种古俗还并未完全从生活中消失,不时地还有人想重温旧梦。"① 这种转变在诗歌中的体现是汉乐府《陌上桑》,至此采桑女由理想恋人形象转变为宣讲伦理道德的符号②。此外,采桑女身份转变为已婚,故恋爱之发生就不合乎伦理了。采桑女和爱情文学的关系开始瓦解,如曹植《美女篇》中的采桑女虽然美丽但已经与现实恋情没有直接关系,借采桑女之"盛年未嫁"比喻自己怀才不遇。

其次,从社会分工上看采桑属于女性事务,是采桑女作为理想恋人形象的另一前提。这一点论证已经非常深入,故不赘述。

采莲女之所以能够取代采桑女成为新一代理想恋人的代名词,有以下几个原因:第一,地域文化影响力的不断提升。八王之乱后,晋怀帝将政治中心转移到建业(江苏南京),中原大族纷纷南迁,史称"永嘉南渡"③。永嘉南渡开始,中国的政治中心出现了第一次南移,伴随着政治中心的南移,一大批精英包括文化精英南迁。《晋书·孝愍帝纪》云:"帝之继皇统也,属永嘉之乱,天下崩离,长安城中户不盈百,墙宇颓毁,蒿棘成林。"④《史通·因习下》云:"异哉!自洛阳倾覆,

---

① 刘怀荣:《采桑主题的文化渊源与历史演变》,《文史哲》,1995年第2期。
② 闫续瑞、杨茂文:《论采桑女形象在宋诗中的新变》,《兰州学刊》,2012年第2期。
③ 王子今:《"铜驼"象征与汉晋南迁的移民运动》,《中原文化研究》,2020年,第3期。
④〔唐〕房玄龄等撰:《晋书》,中华书局,1974年,第132页。

衣冠南渡，江左侨立州县，不存桑梓。"[1] 这次自上而下的人群迁徙对文学创作的影响亦十分巨大。掌握知识文化的世家大族和普通文士在迁徙之后必然受到南方自然风光和文学风尚的影响。采桑女是北方（中原）文学作品中经常出现的女性形象。《诗经·十亩之间》："十亩之间兮，桑者闲闲兮，行与子还兮。"描写一群采桑女在桑园之间劳作的景象。《诗经·七月》："女执懿筐，遵彼微行，爱求柔桑。春日迟迟，采蘩祁祁。女心伤悲，殆及公子同归。"描写了采桑女的复杂心理活动。《诗经》中男女约会的地点常在桑田。《诗经·桑中》：

爰采唐矣？沬之乡矣。云谁之思？美孟姜矣。期我乎桑中，要我乎上宫，送我乎淇之上矣。

爰采麦矣？沬之北矣。云谁之思？美孟弋矣。期我乎桑中，要我乎上宫，送我乎淇之上矣。

爰采葑矣？沬之东矣。云谁之思？美孟庸矣。期我乎桑中，要我乎上宫，送我乎淇之上矣。

此诗以男子口吻写自己和情人在桑田约会的情形。汉乐府《陌上桑》中的秦罗敷也是一个采桑女的形象。采莲女、采菱女是带有鲜明南方地域色彩的女性形象。采莲女进入文士的视野并被广泛书写，与南方地域影响力的提升有重要关联。这种影响力既包括文化影响力，又包括经济政治影响力。北人南迁并逐渐对南北风物和南方文化产生认同感，政治中心和经济中心的重合使得南方民众和南迁的北人对南方文化的认同感进一

---

[1] 张振珮笺注：《史通笺注》，贵州人民出版社，1985年，第10页。

步提升。与此同时，采桑女形象因过度和政教伦理绑定而逐渐失去生活气息和鲜活生命力。采莲女作为南方民歌和南方生活中常见的女性形象逐渐受到文士的关注。随着隋唐的统一，南方的文化精英又开始北移，南方文化和文学风尚随着精英人群的北移而进一步扩大传播的范围。"自北朝以来，南方的文学风气就深深地影响了北方的创作。所以，隋唐的统一，政治和军事力量虽起自北方，但自隋初到唐睿宗景云中约一百三十年，南朝诗风继续占据着主导地位"①。总体而言，南朝文学成就远远高于北朝，自隋朝统一至唐朝初年，南朝文学风尚一直占据文坛主流地位。采莲女书写的繁荣与南朝文学风尚的盛行之间存在紧密的关联。

第二，唐代文士漫游吴越之风气。②唐代文士有漫游的风气，王勃曾在乾封二年（667）去越州漫游，在此期间作《秋日宴季处士宅序》《采莲曲》《越州永兴李明府宅送萧三还齐州序》等文。盛唐时期，诗人漫游吴越的风气更为兴盛。孟浩然、李白、徐峤、綦毋潜、高适、丁仙芝、常建、李颀、王昌龄、崔颢、杜甫等诗人都有漫游吴越的经历。王昌龄在天宝四载（745）至天宝六载（747）漫游吴越，并作《越女》《采莲曲》等诗。崔颢曾两次漫游吴越，作《入若耶溪》《舟行入剡》《长干曲四首》等诗。孟浩然于开元十七年（729）至开元二十年（732）

---

① 章培恒、骆玉明主编：《中国文学史》，复旦大学出版社，1997年，第17页。
② 参见张诏涵：《盛唐诗人漫游吴越诗歌研究——以孟浩然、李白为例》，湖北师范大学硕士学位论文，2023年；薛雯静：《初盛唐诗人漫游吴越现象研究》，华东师范大学硕士学位论文，2019年；景遐东：《江南文化与唐代文学研究》，复旦大学博士学位论文，2003年。

漫游吴越，在此期间创作四十五篇诗歌。李白曾五次漫游吴越，并作《越女词五首》《采莲曲》《西施》《越中览古》《越中秋怀》等诗。唐诗中的采莲女多在吴、越、楚等地，采莲是当地的一种农业生产活动，文士在漫游吴越的过程中自然受到江南风土人情的浸染，采莲活动和采莲女因为诗人漫游活动而进入诗歌创作实践活动也是理之必然。"东晋南渡之后，加速了江南水乡泽国的开发，吴地的采莲风俗与记载蔚兴……在'吴声'歌曲中，荷花是所有植物意象中出现频率最高的……总之，到南朝时，采莲已经是楚、吴两地的农事、民俗活动。"① 所以说，采莲在南方特别是吴越一带是十分普遍的农事活动，而唐代诗人漫游吴越的群体活动，为采莲女进入诗人观察视野和创作实践提供了更多现实可能性。

第三，采桑女叙事系统封闭为采莲女书写带来了机遇。《诗经》中的采桑女书写充满生活气息，桑田与采桑女分别是《诗经》中恋人约会地点和女性恋人的代称。古典诗歌中最光彩夺目的是《陌上桑》中的秦罗敷。从此之后大量《陌上桑》的拟作产生，采桑女故事逐渐僵化封闭，伦理色彩增强而情感意蕴衰减。"上古'采桑'主题的文图叙事记录了先民生产、繁衍的集体无意识行为，是生殖崇拜和神巫祭祀等原始思维的产物。自汉代儒家思想成为意识形态主流话语起，通过'寓教于事'和'女师规训'两大示教方式，封建女教在不同时空兴替变迁，尤其是这一传统自上而下的延伸渗透，深刻影响着采桑女形象的艺术

---

① 俞香顺：《中国文学中的采莲主题》，《南京师范大学文学院学报》，2002年第4期。

变革进程"①，这个论断十分精辟。采桑女在汉代受到女教传统的影响，逐渐走向空洞化和抽象化，渐渐失去了曾经作为理想恋人形象的美丽多情的意涵。②这也是采莲女取代采桑女成为理想恋人形象的外因。采莲女此前虽然在南朝乐府民歌和南朝赋中出现，但尚有很大的开拓空间。如萧绎《采莲赋》："于是妖童媛女，荡舟心许。鹢首徐回，兼传羽杯。櫂将移而藻挂，船欲动而萍开。而其纤腰束素，迁延顾步。夏始春馀，叶嫩花初。恐沾裳而浅笑，畏倾船而敛裾。"③又如萧纲《采莲赋》："歌曰：常闻蕖可爱，采撷欲为裙。叶滑不留缱，心忙无假薰。千春水与乐，惟有妾随君。"④南朝赋中的采莲女与两性情爱有关，但缺乏生活气息和清新之美。南朝乐府中的采莲女虽有生活气息，但因沉溺情爱而缺乏典雅之美。如《子夜四时歌·夏歌》："朝登凉台上，夕宿兰池里。乘月采芙蓉，夜夜得莲子。"又如《子夜歌》："我念欢的的，子行由豫情。露雾隐芙蓉，见莲不分明。"

---

① 瞿萍、郑骥：《女教传统视阈中的古代采桑女形象源流探析》，《云南师范大学学报（哲学社会科学版）》，2019年第5期。

② 参见瞿萍、郑骥：《女教传统视阈中的古代采桑女形象源流探析》，《云南师范大学学报》（哲学社会科学版），2019年，第5期。其文说"约自两汉之际起，凡有采桑女路遇男子情节的故事几乎无不附带关于女性贞节问题的隐喻"。作者引用了刘向《列女传》中三个采桑女的故事："秋胡戏妻""齐宿瘤女""陈国辩"。刘向《列女传》中对采桑女形象的重构，在采桑女文学形象演进史上有重要影响，他直接将采桑女和婚姻、政教伦理联系在一起，对于采桑女和恋情的关系做了深度剥离。

③〔清〕许槤评选，沈泓、汪政注：《六朝文絜》，浙江古籍出版社，2017年，第16页。

④ 上海辞书出版社文学鉴赏辞典编纂中心编：《古文鉴赏辞典 魏晋南北朝》，上海辞书出版社，2021年，第724页。

诗中"芙蓉"和"莲"一语双关,暗指所爱之男子。南朝乐府抒情直接袒露,因而其所塑造的采莲女对情爱的追求热烈大胆,但缺乏端庄娴雅之趣。唐代诗人在南朝乐府基础之上,融入自己对江南特别是吴越地区的采莲女活动的观察,从而创造出极富生活气息和个性魅力的采莲女群像。

第四,唐代文士舒朗豪迈之个性和追求自然美的审美观。采莲女自由自足的生活方式和开放包容的唐代风气非常契合。黑格尔在《美学》中说:"关于艺术美,我们主要研究三个方面:第一,理想,但就它本身来看;第二,理想得到定性成为艺术作品;第三,艺术家的创造的主体性。"① 诗歌中的采莲女形象作为一种抽象的艺术品,其形象特征与诗人的艺术理想和审美观之间有紧密关联。"艺术理想的本质就在于这样使外在的事物还原到具有心灵性的事物,因而使外在的现象符合心灵,成为心灵的表现。但是这种到内在生活的还原却不是回到抽象形式的普遍性,不是回到抽象思考的极端,而是停留在中途的一个点上,在这个点上纯然外在的因素与纯然内在的因素相互调和"②。这个观点极为精辟。唐代诗人笔下的采莲女和南朝乐府中的采莲女、南朝赋中的采莲女,都是作者艺术理想的载体。由于作者艺术理想和审美观的差异,采莲女的形象也有极大的差异。唐诗中的采莲女呈现出阳光明朗的个性特征和自由自足的生活方式,与唐

---

① [德]黑格尔著、朱光潜译:《美学》,外语教学与研究出版社,2018年,第174页。
② [德]黑格尔著、朱光潜译:《美学》,外语教学与研究出版社,2018年,第177页。

代诗人艺术理想和审美观相符。这种艺术理想和审美观的形成，和唐人舒朗豪迈之个性以及唐代开放包容的社会风气有关。

如上所述，采莲女成为继采桑女后的歌咏理想恋人影响力最大的女性形象，客观上来说，是唐代文士情感寄托的需要，以及采桑女书写过度成熟甚至僵化发展的合力作用的结果。从主观来看，采莲与爱情文学传统之间的深刻联系，以及采莲所代表的南方地域文化的崛起，是采莲女成为理想恋人的重要内因。

首先，我们来简单梳理一下采莲女与恋情文化传统之间的关系。最先和恋情文学传统建立关系的是"莲"。"中国对于莲花的欣赏，最先起源于楚国"①。《楚辞》中莲多被称为"芙蓉"。此时莲和恋情之间还未产生意义链接。一般认为，最早建立莲与恋情关联的诗是汉乐府《江南》。"江南可采莲，莲叶何田田。鱼戏莲叶间。鱼戏莲叶东，鱼戏莲叶西，鱼戏莲叶南，鱼戏莲叶北。"莲因谐音是"怜"，"怜"是恋人之间的昵称。鱼戏莲是恋人之间嬉戏的含蓄表述。"'采莲'与爱情之间的关系，主要依靠是莲与女性外阴的相似、莲与怜的声音相似，以及莲蓬与多子的相似促成的"②。这三种说法中，谐音引起相似联想的说法是比较主流的观点，其他两种说法尚且需要更多的材料来印证。

闻一多在注解汉乐府《江南》时说："'莲'谐怜声，这

---

① 参见俞香顺：《中国文学中的采莲主题研究》，《南京师范大学文学院学报》，2002年第4期。
② 程维：《"采桑""采莲"主题审美差异论——以汉魏六朝乐府为观察视角》，《乐府学》，2020年第2期。

也是隐语的一种,这里用鱼喻男,莲喻女,说鱼与莲戏,实等于说男与女戏。"①南朝乐府中出现了大量与恋情相关的采莲叙事。如《夏歌二十首》其十四:"青荷盖绿水,芙蓉葩红鲜。郎见欲采我,我心欲怀莲。"②第一个"莲"指的是女主人公"我",第二个"莲"指的是女子的情郎。此处"莲"一语双关,既指自然界的莲,也是恋情中男女相互的昵称。又如《子夜四时歌四首·夏歌》:"镜湖三百里,菡萏发荷花。五月西施采,人看隘若邪。回舟不待月,归去越王家。"此诗中出现采莲女叙事,而五月采莲镜湖的正是传说中的绝代美女西施。再如《读曲歌八十九首》:"千叶红芙蓉,照灼绿水边。余花任郎摘,慎莫罢侬莲。思欢久,不爱独枝莲,只惜同心藕。"③此诗也是将莲和恋情联系在一起,莲或为恋爱中青年男女的代称。在南朝乐府中,"佳人采莲"叙事抒情最为成功的是《西洲曲》:

开门郎不至,出门采红莲。采莲南塘秋,莲花过人头。
低头弄莲子,莲子清如水。置莲怀袖中,莲心彻底红。
忆郎郎不至,仰首望飞鸿。鸿飞满西洲,望郎上青楼。
楼高望不见,尽日栏杆头。栏杆十二曲,垂手明如玉。

《西洲曲》将女子采莲和恋情直接勾连在一起,"莲"字谐音双关,指的是女子对情人的爱恋之情,"莲心彻底红"表达情感热烈深厚。在南朝乐府中,"莲"除了指代男女之间的

---

① 《闻一多全集》第一册,三联书店,1982年,第121页。
② 〔宋〕郭茂倩:《乐府诗集》第三册,中华书局,2017年,第939页。
③ 〔宋〕郭茂倩:《乐府诗集》第三册,中华书局,2017年,第974页。

恋情和情人昵称外，还常常用来比喻女性的容貌美。如梁元帝《采莲曲》："碧玉小家女，来嫁汝南王。莲花乱脸色，荷叶杂衣香。""莲花乱脸色"即以莲花之美烘托女子容貌美。吴均《采莲曲》："问子今何去，出采江南莲。辽西三千里，欲寄无因缘。愿君早旋返，及此荷花鲜。"更是将游子和思妇之间的情感与莲建立联系。总之，在南朝乐府中采莲和恋情文学已经建立关系，只是歌咏"佳人采莲"的篇目数量并不多。

如前所述，唐代诗歌中出现大量歌咏"佳人咏莲"的篇目，大多以"江南曲""采莲曲""采莲归"为题，表现采莲女的生活空间和生活方式。唐代文士以"佳人采莲"为图式构建了在江南秀丽山水中拥有自由自足属性，明媚动人、刚柔并济的理想恋人群像。

三、采莲女经典化：唐代情爱诗对南朝乐府的继承和创新

采莲女和爱情主题建立紧密连接的起始点是南朝，而采莲女成为中国古典诗歌史上的经典恋人形象，则功在唐代文士。从南朝到唐代，是采莲女书写雅化和文人化的过程。唐代文士在南朝乐府书写采莲女的基础上做的尝试和突破主要表现在以下几个方面：

首先，情感媒介从莲到采莲女的转变。如前文所述，诗歌中传递恋情最初是莲意象，继之是采莲女意象。南朝乐府中虽然也有采莲女出现，但数量不多。多是女子借莲表达自己的情感经历或情感体验，女子与采莲的关系并没有被固定。如《读曲八十九首》："千叶红芙蓉，照灼绿水边。余花任郎摘，慎

莫罢侬莲。"此诗中"莲"比喻年轻美丽的女性,"采莲"比喻建立恋人关系。又如《夏歌二十首》:"青荷盖绿水,芙蓉葩红鲜。郎见欲采我,我心欲怀莲。"可见,此时"采莲"者乃情郎,莲是莲人的代称。《子夜四时歌四首·夏歌》出现了女性采莲者西施,写她在镜湖百里荷花丛自由穿行并晚归。梁简文帝《采莲曲二首》:"晚日照空矶,采莲承晚晖。风起湖难渡,莲多摘未稀。棹动芙蓉落,船移白鹭飞。荷丝傍绕腕,菱角远牵衣。"①这里描写的采莲女与唐代文士描写的采莲女比较接近,但简文帝诗中采莲女比较柔婉,不似唐代采莲女之明朗果敢。吴均《采莲曲二首》(其二)"问子今何去,出采江南莲"也提及了采莲女,但无具体描述。

唐代文士传递情感的媒介从莲转变为"佳人采莲"即采莲女。从表象来看,这是对梁简文帝《采莲曲二首》写采莲女范式的继承;从诗学传统来看,是对采桑女文学传统和南朝乐府民歌文学精神的继承和创新。如徐彦伯《采莲曲》:"妾家越水边,摇艇入江烟。既觅同心侣,复采同心莲。折藕丝能脆,开花叶正圆。春歌弄明月,归棹落花前。"此诗中在越水边采莲的女孩,其采莲是为"觅同心侣",和现实生活中采莲的实用主义目的大相径庭。

采莲原本是一项农业活动,但在中国古典诗歌中,莲或是象征高洁品质,或是象征恋情,或是象征宗教信仰。而莲象征爱情这一支流源于南朝乐府之吴歌西曲。《诗经》中以桑隐喻爱情的传统,是采桑女隐喻爱情对象的前提。同理亦然,南朝乐府中莲隐喻爱情的传统,是采莲女隐喻爱情对象的前提。李白《采

① 〔宋〕郭茂倩:《乐府诗集》第三册,中华书局,2017年,第1058页。

莲曲》:"若耶溪边采莲女,笑隔荷花共人语。日照新妆水底明,风飘香袖空中举。岸上谁家游冶郎,三三五五映垂杨。紫骝嘶入落花去,见此踟蹰空断肠。"此诗中"游冶郎"与"采莲女"对举,构成了爱情叙事的人物要件。采莲女明媚动人,游冶郎风流俊爽,但两人相见而不能相知相爱,故云"见此踟蹰空断肠"。其实此处的"采莲女"和"游冶郎"不必坐实,象征现实人生中爱而不得的困境和生命体验。回顾诗歌史,从《郑风·将仲子》就可以看出自由恋情已经开始受到"父母之言""诸兄之言""人之多言"等各种约束,到白居易《井底引银瓶》中"聘则为妻奔是妾,不堪主祀奉蘋蘩"中对"淫奔"即自由恋爱行为的批判,至唐传奇《莺莺传》中终止自由恋爱的张生被"时人"誉为"善补过者",由此可知,从上古周代对自由恋爱有限制力量,到唐代自由恋爱之事实虽未断绝,但确实已经不能被主流社会舆论所认同。然而人性对于爱情的渴望是无法被扼杀的,因此通过叙写采莲女的诗歌创作表达对美好恋情的向往之情便成为唐代文士的折中选择。

其次,叙写重心的转换:从缠绵悱恻的恋情到明朗自足的理想女性。南朝乐府中荷是叙写重心,荷象征男女之间缠绵悱恻的恋情,虽然女性和采莲的并没有固定关联。"莲"可指男、可指女。采莲象征恋人关系的建立,"采莲者"可指男、可指女。南朝乐府民歌的主题是歌咏炽热缠绵的爱情。"汉乐府普及于社会之各方面,南朝则纯为一种以女性为中心之艳情讴歌,几于千篇一律"[1]。对此现象,有学者认为是"东晋南朝统治者搜集民歌的目的仅限于娱乐,而不像汉代设立乐府,还多少有'知

---

[1] 萧涤非:《汉魏六朝乐府文学史》,人民文学出版社,1984年,第193页。

风俗，观厚薄'的用意"①。明红英在论及乐府民歌和文人拟乐府的区别时指出：

其一，民歌为抒情而发，自我为主人公；文人则站在客观的立场，着重点在欣赏刻画女性美，所以从根本态度上毋宁说是体物而非抒情。其二，描写对象也更多地转向倡女、舞女、姬妾等，即使写采莲、采桑等劳动妇女，也渗透着贵族情调。②

此言不虚。南朝乐府对唐代采莲女主题诗歌影响最大的是吴歌西曲，绝大多数是民歌，民歌以抒情为主。唐代人创作的采莲女诗歌多以体物即构建采莲女的形象为主。文人乐府除了诗歌叙写重点和民歌不同，其诗歌境界和语言风格亦有很大不同。

再次，叙写的空间：莲花背景到江南山水。南朝乐府中莲是传递情感的主要媒介，采莲女的作用次于莲。莲即是男、女主人公传情的唯一重要背景，对莲的描写少客观描摹而多谐音传情。而唐诗中精巧设置了采莲女的活动空间，其地点或是泛指地区，如"越""吴""楚"，或是确指某地，如"镜湖""若耶溪"等。如上文所引李白《采莲曲》，首句交代地点"若耶溪"，溪上荷花密布、岸上杨柳依依，阳光明媚、溪水澄澈，意境开阔舒朗。又如王昌龄《采莲曲三首》（其一），首句"吴姬越艳楚王妃"点明诗所描写情形在"吴""越""楚"三地皆有，空间范围被拓展，第四句"采罢江头送月归"说明

---

① 曹道衡：《谈南朝乐府民歌》，《文史知识》，1986年第4期。
② 明红英：《论艳体诗与南朝乐府之关系及其产生之背景》，《中国文学研究》，1990年第1期。

采莲时间之长，也说明采莲女之勤劳勇敢。再如戎昱《采莲曲二首》其一："虽听采莲曲，讵识采莲心。漾楫爱花远，回船愁浪深。烟生极浦色，日落半江阴。同侣怜波静，看妆堕玉簪。"由此诗三、四句可知采莲女所行水域宽广、水势复杂；五、六句写傍晚落日景色，暮烟升起、落日入江。三、四句表现江水动态美，五、六句表现江水静态美。总之，唐代文士建构的采莲女活动空间地域广阔、山川秀美，突出了采莲女果敢能干的特征。与南朝乐府逼仄单调的活动空间与柔婉的个性特征形成鲜明对比。

最后，语言风格：从直抒胸臆到含蓄蕴藉。南朝乐府重在抒发旖旎艳情，抒情多采取直抒胸臆的方式；唐代诗歌重在体物即对采莲女形象的建构和审美关照。究其原因，创作者身份不同，故生活理想和审美情趣不同。民歌质朴直白，而文人乐府强调含蓄蕴藉之美。但两者共同之处是对美好恋情的向往和讴歌。

南朝乐府直接阐发创作者内心炽热情感，原因之一是南方地区的民众受传统礼教束缚较小，能率性表达个人真实的情感体验。萧涤非《汉魏六朝乐府文学史》中说："汉乐府民歌普及于社会之各方面，南朝则纯为一种以女性为中心之艳情讴歌，几于千篇一律。其中有本事可寻者，亦不外男女之风流韵事，如《团扇郎》之出于晋中书令王珉，《桃叶歌》之作于晋王子敬。总之千变万转，不出相思，此与两汉以来所谓'乐府多叙事者'又异。"[①] 此言诚然，关于南朝乐府以艳情（抒发情爱较为直率袒露）为主，与南方之地理、南朝之政治环境和社会风尚都

---

① 萧涤非著、萧海川辑补：《汉魏六朝乐府文学史》，人民文学出版社，1984年，第193页。

有关系。①此外，南朝乐府内容的变革，也可能是南朝文人开辟乐府创作疆域的尝试。萧涤非说："故南朝之于汉魏，声调方面虽属一脉相传，而实际上无异于另起炉灶。其在文学史上亦具有开辟风气之功用，齐梁间纯文学观念之产生及此后宋词风格之形成，皆南朝乐府有以为之先路也。"故南朝乐府虽因写情之旖旎而饱受质疑，但从文学史发展演进的角度而言，未尝不是一种有益的尝试和探索。这种尝试和探索对唐代诗人也产生了影响，其表现之一是具有南方地域色彩的采莲女成为唐代诗人笔下经常出现的具有理想主义色彩的女性形象。唐代文士受到伦理道德和礼教浸润较深，情感表达所受束缚胜过南朝乐府诗歌的创作者，表达个人情感相对含蓄婉约。"唐代始终存在复兴儒学的呼声，尽管实际效果不大，对诗人创作的影响也有限，但在文学理论方面，儒家以教化为中心的文学观确实重新抬头了"②。无论是唐初帝王对儒学的推崇和倡导，还是中唐以后文士为应对安史之乱和释道挑战而创建新儒学的努力，都是唐代儒学礼教思想和诗教观念胜于南朝的外在原因。总之，唐代诗歌中所塑造的理想女性形象——采莲女的产生源头是南朝乐府和南方地域文化。儒教礼教约束力的增强、诗教观念的回潮和唐人对南朝文学传统批评性接受等合力的作用，使得唐诗中的采莲女既能承载男性诗人对理想女性的美好期待，又符合温柔敦厚、含蓄蕴藉的诗教观和审美观。

---

① 萧涤非著、萧海川辑补：《汉魏六朝乐府文学史》，人民文学出版社，1984年，第193—199页。
② 章培恒、骆玉明主编：《中国文学史》中，复旦大学出版社，1997年，第10页。

第六章

陈阿娇、班婕妤：唐诗政治理想语境下的逆境书写

陈阿娇因刘彻金屋藏娇的许诺和司马相如的《长门赋》而为世人所熟知，班婕妤因辞辇同乘和《自悼赋》《怨歌行》而为世人铭记。这两人是汉代历史上著名的妃嫔，她们的形象在唐代诗歌中频繁出现，成为书写宫嫔怨情的人物符号。[1]学界一般将陈阿娇和班婕妤的文学形象研究置于宫怨诗的研究系统之中，如杨许波考察了《长门赋》和《自悼赋》中陈阿娇和班婕妤形象的塑造对唐代宫怨诗中抒情主人公的塑造的具体影响。[2]《长门怨》《阿娇怨》《班婕妤》《婕妤怨》《长信怨》是宫怨类诗歌的经典题目，学者们研究宫怨类诗歌一般都会涉及陈阿娇和班婕妤的人物事迹考证和人物形象塑造技巧分析，一般

---

[1] 参见张宁宁：《中国古代宫怨诗传播符号的文化认同》，《东南学术》，2016年第5期。
[2] 杨许波：《论〈长门赋〉〈自悼赋〉对唐代宫怨诗的影响》，《天水师范学院学报》，2021年第3期。

不会特别将陈阿娇、班婕妤从宫怨类妃嫔群体中抽离出来，做单独人物形象分析。然而，和王昭君、无名宫女等无宠的宫嫔相比，陈阿娇和班婕妤的人物性格和婚姻悲剧具有鲜明的个性化特征。她们曾经因为家世、才色获得帝王恩宠，后来又因帝王喜新厌旧而被弃置冷宫。这种经历和官员追求政治理想过程中被贬谪的际遇比较相似，因此唐代诗人常通过演绎陈阿娇和班婕妤的情感故事，来书写文士官员追求政治理想过程中遭遇贬谪的逆境体验。唐代文人继承了用两性婚恋比兴男性政治际遇的文学传统，抒发了自己在仕宦生活中的失意之情，反映了文人追求政治理想过程中的心灵世界的动荡和挣扎。

一、从金屋藏娇到幽闭长门：权力角逐语境下的婚姻悲剧

在众多唐代诗人笔下频繁出现的汉代后宫女性陈阿娇和班婕妤，在诗人不断的演绎和书写中呈现出了与历史本事越来越不同的人物特征。在文学作品中，陈阿娇一生中被重点叙写的两件事都和汉武帝有关，一是被幼年刘彻许诺金屋藏娇，二是被成年刘彻幽闭长门宫。诗人反复感叹的内容主要是两性爱情的短暂性。而历史文献中则强调汉武帝和陈阿娇婚姻存续过程中的权力角逐语境。《汉书》卷九十七云：

初，武帝得立为太子，长主有力，取主女为妃。及帝即位，立为皇后，擅宠骄贵，十余年而无子，闻卫子夫得幸，几死者数焉。上愈怒。后又挟妇人媚道，颇觉。元光五年，上遂穷治之，

女子楚服等坐为皇后巫蛊祠祭祝诅，大逆无道，相连及诛者三百余人。……使有司赐皇后策曰："皇后失序，惑于巫祝，不可以承天命。其上印绶，罢居长门宫。"①

由此可知，文人反复吟咏的"金屋藏娇"浪漫爱情背后所蕴含的利益置换和权力角逐被《汉书》一针见血地言明：汉武帝娶陈阿娇的主要原因是陈阿娇母亲在汉景帝立刘彻为太子的过程中起了关键作用。而陈阿娇失宠被弃发生在汉武帝继位十多年后，此时陈阿娇母女已经失去了为汉武帝稳固权力的实际价值。《汉武故事》中"金屋藏娇"的故事是男女爱情的经典符号，南朝梁费昶曾说："金屋藏娇时，不言君不入。"汉武帝四岁被立为胶东王，七岁被立为太子，如果"金屋藏娇"的故事属实，它应该发生在汉武帝四岁至七岁时。《汉武故事》用浪漫笔法记载了金屋藏娇的故事，其文如下：

（汉武帝）年四岁，立为胶东王。少而聪明，有智术。……长公主更欲与王夫人男婚，上未许。后长主还宫，胶东王数岁，公主抱置膝上，问曰："儿欲得妇否？"长主指左右长御百余人，皆云"不用"。指其女曰："阿娇好否？"笑对曰："好，若得阿娇作妇，当作金屋贮之。"②

金屋藏娇的故事从表层来看是一个长辈和幼年晚辈之间的玩笑话，但是在这个玩笑背后有许多值得品味的内容：当时在

---

① 〔汉〕班固撰、〔唐〕颜师古注：《汉书》卷九十七，中华书局，2013年，第3948页。
② 〔明〕陆楫：《古今说海》，巴蜀书社，1988年，第616页。

场的除了长公主刘嫖、刘彻和阿娇之外,还有一个隐藏的关键人物——王夫人(刘彻之母)。金屋藏娇与其说是青梅竹马的爱情佳话,不如说是长公主刘嫖和王夫人之间结盟的开始。在此之后,长公主通过诋毁前太子刘荣生母栗姬的方式,间接除掉了刘彻成为储君的最大阻碍。而其后,刘彻娶阿娇为妻并在继位后将其立为皇后,就是履行对长公主助其登基的承诺。然而后世多将金屋藏娇作为男性宠爱妻妾的熟典。汉代深受皇帝宠爱的后宫女性何其多,而陈阿娇备受后世文人青睐的原因大约有两个:第一,陈阿娇失宠的悲剧命运引发诗人的同情;第二,司马相如《长门赋》对陈阿娇故事传播起了推波助澜的作用。《长门赋》对陈阿娇退闭长门宫时由期盼到失望最后绝望的心理变化描摹得细致入微,①将失宠者深宫独处的形象塑造得栩栩如生,因此被《文选》列为赋体文章"哀伤类"首篇。《文选》在唐代影响很大,清代学者赵翼在《廿二史札记》中说:"至昭明太子《文选》之学,亦自萧该撰《音义》始。入唐则曹宪撰《文选音义》,最为世所重,江淮间为《选》学者悉本之。又有许淹、李善、公孙罗,相继以《文选》教授,由是其学大行。"②此外,《长门赋》被学界认为是宫怨类爱情诗的源头。究其原因,就是司马相如将陈阿娇的哀伤悲怨心理表现得淋漓尽致。现将《长门赋》中描摹陈阿娇心理的文字摘录如下:

---

① 参见白云娇:《昔日金屋藏娇 今朝长门深闭——司马长卿〈长门赋〉解读》,古典文学知识,2013年第4期。
② 〔清〕赵翼著、王树民校正:《廿二史札记校正》卷二十,中华书局,1984年,第441—442页。

夫何一佳人兮，步逍遥以自虞。魂逾佚而不返兮，形枯槁而独居。言我朝往而暮来兮，饮食乐而忘人。心慊移而不省故兮，交得意而相亲。伊予志之慢愚兮，怀贞悫之懽心。愿赐问而自进兮，得尚君之玉音。奉虚言而望诚兮，期城南之离宫。修薄具而自设兮，君曾不肯乎幸临。①

所引文字将陈阿娇被闭锁在长门宫，因汉武帝喜新厌旧而哀怨和失望，以及一次次由于希望落空而导致的失望悲伤心理层次描绘得入木三分。正是由于《长门赋》对陈阿娇幽居长门宫情形的精彩叙写，使得陈阿娇成为文学作品中失宠者中最具艺术魅力的人物形象。当然，《长门赋》中陈阿娇和历史文献中的她人物性格有显著区别，这种差别形成的原因亦值得思考。司马相如将陈阿娇塑造为一个痴情、悲情的女性形象，其目的是获得汉武帝的垂怜。历史文献中的陈阿娇"擅宠骄贵"、心性狠毒，具体表现在对待汉武帝新宠卫子夫的事件中，《史记》外戚世家第十九云："初，上为太子时，娶长公主女为妃。立为帝，妃立为皇后，姓陈氏，无子。上之得为嗣，大长公主有力焉，以故陈皇后骄贵。闻卫子夫大幸，恚，几死者数矣。上愈怒。陈皇后挟妇人媚道，其事颇觉，于是废陈皇后，而立卫子夫为皇后。"② 由此可知，司马迁也认为陈阿娇个性"骄贵"且其背后原因是长公主强大的政治影响力。长公主刘嫖为获汉景帝器重而多次为其引荐美人，《史记》又云：

---

① 上海辞书出版社文学鉴赏辞典编纂中心编：《古文鉴赏辞典》上，上海辞书出版社，2020年，第259页。
② 〔汉〕司马迁：《史记》卷四十九，中华书局，2014年，第2400页。

景帝长男荣，其母栗姬，齐人也。立荣为太子。长公主嫖有女，欲与为妃。栗姬妒，而景帝诸美人皆因长公主见景帝，得贵幸，皆过栗姬，栗姬日怨怒，谢长公主，不许。长公主欲予王夫人，王夫人许之。长公主怒，而日谗栗姬短于景帝曰："栗姬与诸贵夫人幸姬会，常使侍者祝唾其背，挟邪媚道。"景帝以故望之。①

由此可见，长公主刘嫖为了巩固自己的权力一直苦心经营，首先通过不断输送美人赢得景帝欢心，其次希望和太子联姻以维持其在景帝身后的权势，再次和太子刘荣联姻不成则通过诋毁刘荣生母栗姬的方式，最后达到废黜太子刘荣而立愿意与之结盟的王夫人之子刘彻为太子。而栗姬的狭隘和政治洞察力不足也是长公主计谋得逞的外部原因。《史记》中记载景帝因身体不适而欲托付诸王子于栗姬，栗姬"怒，不肯应，言不逊"，导致景帝心生嫌隙，继而产生废黜太子的想法。汉朝初年因为吕氏掌权引发的祸乱去之不远，思及汉朝的前景和刘氏子孙的命运，景帝产生易储的想法也是情理之中，上述情况就是刘彻履行"金屋藏娇"诺言的历史语境。所以说，金屋藏娇的本质是长公主和王夫人结盟。刘彻迎娶陈阿娇并在即位后封其为皇后，是长公主助力王夫人和刘彻的结盟条件。然而无论如何，在后世的传播之中，金屋藏娇都是和婚恋有关的典故。"'金屋藏娇'用于指男人宠溺爱妻、爱妾"②。有关陈阿娇的婚姻遭遇，

---

① 〔汉〕司马迁：《史记》卷四十九，中华书局，2014年，第2397页。
② 汪旭编著：《唐诗全解》，万卷出版公司，2015年，第83页。

诗歌写作中多次强调的是其被汉武帝弃置于长门宫。如李白《长门怨二首》：

> 天回北斗挂西楼，金屋无人萤火流。
> 月光欲到长门殿，别作深宫一段愁。
>
> 桂殿长愁不记春，黄金四屋起秋尘。
> 夜悬明镜青天上，独照长门宫里人。①

此诗中的陈阿娇褪去了"擅宠骄贵"，只剩下和普通失宠宫嫔一样哀怨的精神内核。这种精神内核从司马相如《长门赋》继承而来，而与陈阿娇原本的性格特征和家世背景存在逻辑上的悖谬之处。她"骄贵"的主要根源是强大的母族背景，然而包括《长门赋》在内的大量吟咏陈阿娇婚姻遭遇的文学作品只是渲染长门宫的冷寂空旷和陈阿娇境遇的悲惨。陈阿娇成为得宠又失宠者的代名词，司马相如开风气之先，后世文士踵事增华。陈阿娇被幽禁于长门的原因有好几项：骄贵嫉妒、多年无子、挟邪媚道。这些都没有在《长门赋》和其他吟咏陈阿娇婚姻遭遇的文学作品中被提及。换句话说，陈阿娇的故事被经典化后，消解了其中一些关键的个体特征。和大多数得宠的嫔妃不同，陈阿娇有常人难以企及的母族背景。长公主之母窦皇后一直深受文帝宠爱，窦皇后对其长女嫖特别看重，"遗诏尽以东宫钱财赐长公主嫖"②。由此，可推知长公主刘嫖的财富和权势非

---

① 〔清〕彭定求等编：《全唐诗》卷一百八十四，中华书局，1960年，第1880页。

② 〔汉〕司马迁：《史记》卷四十九，中华书局，2014年，第2395页。

一般公主可比，陈阿娇养成"骄贵"的个性有充分的物质土壤。然而她的政治眼光和洞察力远不及其母刘嫖，汉武帝彻底把握朝政之后，再也不需要长公主刘嫖助力，陈阿娇的皇后之位自然岌岌可危，她的固宠行为最终成为刘彻废后的凭证。当我们思考汉武帝和陈阿娇的婚姻关系中的爱情因素时，可以将陈阿娇和汉武帝其他几位宠妃的遭遇做比较。

卫子夫因美色获宠并被封为皇后，其家族又因外戚卫青、霍去病战功卓著而权势大增。当时歌谣云："生男无喜，生女无怒，独不见卫子夫霸天下。"①而后卫子夫色衰失宠，卫氏所生太子被废，继而卫子夫被迫自杀。钩弋夫人为汉武帝晚年所幸宠妃，汉武帝立其子为太子未久，就将其下狱。《史记》："上居甘泉宫，召画工图画周公负成王也。于是左右群臣知武帝意欲立少子也。后数日，帝谴责钩弋夫人。夫人脱簪珥叩头。帝曰：'引持去，送掖庭狱！'夫人还顾，帝曰：'趣行，女不得活！'夫人死云阳宫。"由此可见汉武帝对所爱之人的铁血无情。而汉武帝和陈阿娇之间的婚姻缔结最直接的原因是利益捆绑，当他地位稳固之后，两者之间的利益联结变得松散甚至出现利益冲突（汉武帝好色与陈阿娇妒忌），权力结构发生变化（陈阿娇由主导位置变为从属位置），再加上多年无子，故其失宠是大势所趋，陈阿娇最终被汉武帝废弃长门宫的本质是权力角逐语境下的婚姻悲剧，所谓"飞鸟尽良弓藏，狡兔死走狗烹"是也。

---

① 〔汉〕司马迁：《史记》卷四十九，中华书局，2014年，第2404页。

二、从请辞同辇到秋扇之叹：后宫争宠语境下的婚姻悲剧

班婕妤是除陈阿娇之外，唐代诗人笔下经常出现的汉代嫔妃。从宏观方面看，班婕妤的经历和陈阿娇相似，都是由得宠到失宠，最后过着孤独寂寞的冷宫生活。从微观方面看，班婕妤的得宠原因、失宠原因、个性特征和家庭背景等方面都与陈阿娇存在显著的差异。班婕妤因美色才华获宠，后因汉成帝另有新宠而自请退居长信宫。《汉书·外戚传》："孝成班婕妤，帝初即位选入后宫，始为少使，蛾而大幸，为婕妤。"[①] 班婕妤受宠而不骄纵既是和陈阿娇的不同之处，也是被当时宫廷和后世史家所称颂的美德。"成帝游于后庭，尝欲与婕妤同辇载，婕妤辞曰：'观古今图画，贤圣之君皆有名臣在侧，三代末主乃有嬖女，今欲同辇，得无近似之乎？'上善其言而止。太后闻之，喜曰：'古有樊姬，今有班婕妤。'"[②] 请辞同辇这件事说明了两点：第一，汉成帝当时对班婕妤的宠爱非同寻常；第二，班婕妤理性克制的个性特征。历史上很多宠妃因为得宠后逾礼纵欲而背负骂名，如杜牧《过华清宫》："长安回望绣成堆，山顶千门次第开。一骑红尘妃子笑，无人知是荔枝来。"就是对杨贵妃恃宠而骄的批评。

史家历来重视嫔妃的德行，《旧唐书·后妃传》："然而三代之政，莫不以贤妃开国，嬖宠倾邦。秦、汉以还，其流

---

① 〔汉〕班固：《汉书》卷九十七下，中华书局，2013，第3983页。
② 〔汉〕班固：《汉书》卷九十七下，中华书局，2013，第3984页。

寖盛，大至移国，小则临朝，焕车服以王宗枝，裂土壤而候肺腑，洎末途沦败，赤族夷宗。"①《诗经·关雎》的主旨，毛诗对其有"后妃之德"方面的伦理阐释，并且认为其对后代产生极其深远的影响。《毛诗正义》道："序以后妃乐得淑女，不淫其色，家人之细事耳，而编于《诗》首，用为歌乐，故于后妃德下即申明此意，言后妃之有美德，文王风化之始也。言文王行化始于其妻，故用此为风教之始，所以风化天下之民，而使之皆正夫妇焉。"正如一些学者所言，古代社会实行一夫一妻多妾制度，帝王后宫拥有嫔妃宫女众多，为了争宠会发生各种各样的对抗攻击行为。如果后妃贤德明礼，君主就可以后顾无忧地处理国家政务。后妃之德也会影响到帝妃之下的各阶层的夫妻关系，因此强调"后妃之德"有重要的政治伦理意义。②

从这个层面来说，班婕妤是一位贤妃。然而皇帝的宠爱与嫔妃是否贤德并没有直接关系。赵飞燕姐妹成为汉成帝的新宠之后，班婕妤和许皇后失宠且遭遇诬陷。"其后赵飞燕姊弟亦从微贱，逾越礼制，寖盛于前。班婕妤及许皇后皆失宠，稀复进见。鸿嘉三年，赵飞燕谮告许皇后、班婕妤挟媚道，祝诅后宫，晋及主上。许皇后座废。考问班婕妤，婕妤对曰：妾闻'死生有命，富贵在天'，修正尚未蒙福，为邪欲以何望？使鬼神有知，不受不臣之愬；如其无知，愬之何益，故不为也。上善其对，

---

① 〔后晋〕刘昫等：《旧唐书》卷二十一，中华书局，1975年，第2162页。
② 王紫荆：《〈关雎〉"后妃之德"说要义试解及其现代启示》，《文化学刊》，2023年第5期。

怜悯之，赐黄金百斤"①。由此可知，第一，赵飞燕姊妹得宠之后，班婕妤所面临的后宫争宠形势十分严峻；第二，班婕妤被构陷之后的申辩行为显示了她理性睿智的性格特征。历史文献中的班婕妤贤德明礼、理性睿智，这些特征和唐代诗歌中班婕妤的人物形象有极大的不同。如王维《班婕妤三首》：

玉窗萤影度，金殿人声绝。秋夜守罗帷，孤灯耿不灭。

宫殿生秋草，君王恩幸疏。那堪闻凤吹，门外度金舆。

怪来妆阁闭，朝下不相迎。总向春园里，花间笑语声。②

王维诗歌中塑造的班婕妤具有失宠妃嫔的典型特征：痴情等待、悲伤怯懦。班婕妤的失宠经历为什么能在历史上众多失宠嫔妃中脱颖而出，被后世文士不断演绎，并且定型为一个痴情悲伤的失意者呢？第一，班婕妤的悲剧引发文士的同情；第二，班婕妤才华卓越，她的作品流传很广。班婕妤创作的《自悼赋》和《怨歌行》都是文学史上的名篇，并且这两篇作品对后世文学作者塑造班婕妤形象产生极大的导向作用。

潜玄宫兮幽以清，应门闭兮禁闼扃。华殿尘兮玉阶落，中庭萋兮绿草生。广室阴兮帷幄暗，房栊虚兮风泠泠。感帷裳兮发红罗，纷綷縩兮纨素声。神眇眇兮密靓处，君不御兮谁为荣？俯视兮丹墀，思君兮履綦。仰视兮云屋，双涕兮横流。顾左右兮和颜。（《自悼赋》）

---

① 〔汉〕班固：《汉书》卷九十七下，中华书局，2013年，第3985页。
② 〔清〕彭定求等编：《全唐诗》卷二十，中华书局，1960年，第258页。

班婕妤在赋文的结尾抒发了自己身在冷宫的凄楚悲伤之情，她运用构建空旷冷僻的冷宫空间的方式传递内心情愫的写作范式，在后世宫怨类爱情诗中被发扬光大。众多学者认为《长门赋》《自悼赋》对唐代宫怨诗创作产生重要影响。[①]值得一提的是，《自悼赋》前部分内容要素在后世文人演绎班婕妤故事过程中被消解掉了，如：

承祖考之遗德兮，何性命之淑灵。登薄躯于宫阙兮，充下陈为后庭。蒙圣皇之渥惠兮，当日月之圣明。扬光烈之翕赫兮，奉隆宠于增成。既过幸于非位兮，窃庶几乎嘉时。每寤寐而累息兮，申佩离以自思。陈女图以镜监兮，顾女史而问诗。悲晨妇之作戒兮，哀褒、阎之为邮；美皇、英之女虞兮，荣任、姒之母周。

上述引文中可以提炼出三个方面的内容要素：第一，班婕妤强烈的家族荣誉感；第二，班婕妤对曾经的皇帝宠爱的感恩之情；第三，班婕妤的志向是成为像娥皇、女英、太任、太姒一样青史留名的贤妃。由此可知，班婕妤并不满足只是获得皇帝的恩宠，她还在德行方面对自己有极高的要求。然而这些内容要素在后世文人对班婕妤故事的演绎中被刻意剔除了。班婕妤家境优越，文化修养深厚，所以表现出和一般嫔妃不同的人生追求和理性克制的性格特征。这一点在《怨歌行》中亦有体现，其诗如下：

[①] 参见马积高：《赋史》，上海古籍出版社，1987年，第12页；杨许波：《论〈长门赋〉〈自悼赋〉对唐代宫怨诗的影响》，《天水师范学院学报》，2021年第3期。

> 新裂齐纨素，皎洁如霜雪。裁作合欢扇，团团似明月。
> 出入君怀袖，动摇微风发。常恐秋节至，凉飙夺炎热。
> 弃捐箧笥中，恩情中道绝。①

这首诗将女性和男性的爱情比作扇子和人的关系，表达了对男子在爱情关系中喜新厌旧的忧虑之情。班婕妤的理性自省精神在诗歌中体现得淋漓尽致，持久永恒的爱情虽然是她的期待，但是她深知在男尊女卑的两性关系中这种期待通常会落空。正是因为这种强烈理性精神，才使得班婕妤在失宠后自请退居长信宫。班婕妤失宠是后宫嫔妃争夺唯一合法爱情对象的结果，她退守长信宫是赵飞燕姐弟构陷祸乱后宫时的自保行为。班婕妤最宝贵的一点便是能够做到急流勇退，而不是沉溺在争宠的执念之中。所以说，才德兼备的班婕妤失宠是后宫争宠语境下的婚姻悲剧，与陈阿娇失宠有本质不同。

三、从夫妻离心到君臣失和：政治理想语境下的逆境书写

如上所述，陈阿娇和班婕妤由于自身雄厚的家庭背景和文化修养，表现出与普通嫔妃不同的行事风格和人生追求。陈阿娇依靠母族权势成为皇后，在卫子夫得宠后她疯狂的固宠行为既是为了捍卫爱情（恩宠），也是为了捍卫权势地位。然而她个人的政治眼光和谋略手段无法支撑其实现理想。班婕妤虽然克己复礼、才色兼备，但最终也无法改变后宫嫔妃争宠、君王

---

① 逯钦立辑校：《先秦汉魏晋南北朝诗》，中华书局，1983年，第116年。

见异思迁的现实。这两种婚姻悲剧的产生,一种和权力角逐有关,另一种和后宫制度有关,其共同点是夫妻离心。唐代文人的重复演绎,使得这两个历史人物经典化。为什么唐代文人要去关注并不断演绎她们的婚姻悲剧呢?第一,受到汉魏六朝诗歌创作中以怨为美的审美风尚影响。①有学者认为,"以诗歌创作观之,汉魏六朝诗坛又具有'叙情怨,述离居'的鲜明特征,并集中呈现为曹植、江淹、萧纲等人以'怨'为题创作的层出不穷。就诗学批评而言,从以题解的形式追认'怨'之于文学发生的意义,到直接用'怨'来为诗歌创作命名,再到'昭君怨'与'婕妤怨'主题的经典化,正是以'怨'为美思潮兴起并与汉魏六朝诗学实践同频共振的显著表征"②。此言甚是。第二,对《离骚》开创的以"写怨夫思妇之怀,寓孽子孤臣之感"③文学传统的继承。王逸《楚辞章句》:"《离骚》之文,依《诗》取兴,引类譬谕:故善鸟香草以配忠贞;恶禽臭物以比谗佞;灵秀美人以媲于君;宓妃逸女以譬贤臣;虬龙鸾凤以托君子;飘风云霓以为小人。其词温而雅,其义皎而郎。凡百君子,莫不慕其清高,嘉其文采,哀其不遇,而愍其志焉。"④此言诚然。"怨灵修之浩荡兮,终不察夫民心""众女嫉余之蛾眉兮,谣诼谓余以善淫",屈原

---

① 关于汉魏六朝诗歌创作以"怨"为美的审美风尚的论述,可以参见袁劲:《以"怨"为美:汉魏六朝的审美与诗学实践》,《社会科学论坛》,2020年第4期,第108—118页。
② 袁劲:《以"怨"为美:汉魏六朝的审美与诗学实践》,《社会科学论坛》,2020年第4期,第108页。
③〔清〕陈廷焯:《白雨斋词话》,人民文学出版社,1959年版,第5页。
④〔汉〕王逸撰、黄灵庚点校:《楚辞章句》,上海古籍出版社,2017年,第2页。

用女子被抛弃象征自己在宦途的困窘处境。他所开创的"香草美人"的比兴传统对后世文人影响深远，很多处于仕宦生活逆境的贬官之人竞相效仿。曹植继承屈原的"香草美人"比兴传统，也创作出了许多优秀的文学作品。如《七哀诗》："明月照高楼，流光正徘徊。上有愁思妇，悲叹有余哀。借问叹者谁，云是宕子妻。君行逾十年，孤妾常独栖。君若清路尘，妾若浊水泥。浮沉各异势，会合何时谐？愿为西南风，长逝入君怀。君怀良不开，妾心将何依。"此诗表面在写"宕子妻"对丈夫十年未归的哀怨之情，"君若清路尘，妾若浊水泥"，妻子被弃置在家中孤单无助心中痛苦无比。实际上，曹植是通过"宕子妻"的遭遇来述说自己不被朝廷重用的境遇。又如《美女篇》：

　　美女妖且闲，采桑歧路间。柔条纷冉冉，落叶何翩翩。
　　攘袖见素手，皓腕约金环。头上金爵钗，腰佩翠琅玕。
　　明珠交玉体，珊瑚间木难。罗衣何飘飘，轻裾随风还。
　　顾盼遗光彩，长啸气若兰。行徒用息驾，休者以忘餐。
　　借问女安居，乃在城南端。青楼临大路，高门结重关。
　　容华耀朝日，谁不希令颜？媒氏何所营？玉帛不时安。
　　佳人慕高义，求贤良独难。众人徒嗷嗷，安知彼所观？
　　盛年处房室，中夜起长叹。

　　曹植《美女篇》以美女不嫁比喻自己怀才不遇。刘履《选诗补注》卷二："子建志在辅君匡济，策功垂名，乃不克遂，虽授爵封，而其心尤为不仕，故托处女以寓怨慕之情焉。"曹植前期胸怀壮志且受曹操器重，后来曹丕即位，处境发生极大的改变，几乎丧失了建功立业的机会。曹植《与杨德祖书》："建永世之业，流金石之功，岂徒以翰墨为勋绩，辞赋为君子哉！"①由此可知，曹植志向之远大。然而，曹植曾是曹操的储君人选，曹丕继位之后对其防范十分严苛，其曾经的远大政治理想只能化为泡影，这就是曹植创作《七哀诗》《美女篇》的历史语境。所以说，曹植只是用男女婚姻情感关系委婉地叙述自己仕宦生活的逆境。以男女婚姻情感关系比兴士人仕宦寄寓的文学传统被唐代诗人继承，在演绎陈阿娇、班婕妤的婚姻悲剧故事的过程中寄寓了他们因壮志难酬而产生的凄楚孤寂的情感体验。具体而言，陈阿娇、班婕妤由得宠到失宠的经历和文士官员由得志到失志的仕宦逆境存在相似之处。这也是唐代诗人喜欢创作此类失宠主题爱情诗的重要原因。

首先，臣子被疏远的精神痛苦与妻子被冷遇的情感体验之间的异质同构。柳宗元是唐代著名的贬谪诗人，他前期仕途顺遂而后期被贬谪到蛮荒之地，他的不少诗文作品中都表达了被君王疏远后的精神痛苦。贞元九年（793），柳宗元二十岁进士及第；贞元十四年（798），柳宗元参加博学宏词科考试，中举被授集贤殿书院之职；贞元二十一年（805），升任尚书吏部员外郎，时年三十二岁。《新唐书·柳宗元传》记载王叔文对柳宗元的器重："（王叔文、王伾）二人者奇其才。及得政，引内禁近，与计事，擢礼部员外郎，欲大进用。"②这一阶段柳宗

---

① 〔魏〕曹植撰、赵幼文校注：《曹植集校注》，人民文学出版社，1954年，第154页。
② 〔宋〕欧阳修、宋祁：《新唐书》卷一百六十八，中华书局，1975年，第5132页。

元仕途顺遂、志得意满。韩愈在《柳子厚墓志铭》云:"其后以博学宏词授集贤殿正字。隽杰廉悍,议论证据今古,出入经史百子,踔厉风发,率常屈其座人。名声大振,一时皆慕与之交,诸公要人争欲令出我门下,交口荐誉之。"①集贤殿书院正字虽品级不高但上升空间很大,柳宗元得此职位可谓年少得志。然而,柳宗元后因参与永贞革新而被贬蛮荒之地,其母随至贬所永州而亡故。柳宗元当时万般悔恨,精神异常痛苦:

呜呼天乎!太夫人有子不令而陷于大僇,徒播疠土,医巫药膳之不具,以速天祸。非天降之酷,将不幸而有恶子以及是也,又令无适主以葬。天地有穷,此冤无穷。②

除了政治理想落空之外,母亲因自己贬谪而被牵连殒命的打击所带来的精神痛苦也在这篇文章中体现出来。母亲之死是人祸而非天灾,故云"将不幸而有恶子以及是也"。这种精神痛苦在给友人许仲容的书信中也有反映:

先墓所在城南无异,子弟为主,独托村邻。自谴逐来,消息存亡不一至乡间,主守者因以益怠。昼夜哀愤,惧便毁伤松柏,刍牧不禁,以成大戾。近世礼重拜扫,今已阙者四年矣。每遇寒食,则北向长号,以首顿地。想田野道路,士女遍满,皂隶佣丐,皆得上父母丘墓,马医夏畦之鬼,无不受子孙追养者。然此已息望,又何以云哉!③

---

① 刘真伦、岳珍:《韩愈文集汇校笺注》,中华书局,2010年,第2407页。
② 尹占华、韩文奇:《柳宗元集校注》,中华书局,2013年,第825页。
③ 尹占华、韩文奇:《柳宗元集校注》,中华书局,2013年,第1956—1957页。

此文中柳宗元表达了他对祖先的愧疚和内心无法抑制的哀愤之情。年轻的柳宗元抱着实现理想、振兴家族的宏大理想，而这些理想在永贞革新失败之后就化为泡影。正如宋代周辉《清波杂志》卷四"逐客"条中所说："放臣逐客，一旦弃置远外，其忧悲憔悴之叹，发于诗什，特为酸楚，极有不能自遣者。"①此言诚然。又如刘禹锡《酬乐天扬州初逢席上见赠》："巴山楚水凄凉地，二十三年弃置身。怀旧空吟闻笛赋，到乡翻似烂柯人。沉舟侧畔千帆过，病树前头万木春。今日听君歌一曲，暂凭杯酒长精神。"柳宗元是贞元九年进士，登博学宏词科，后官至监察御史。因参与王叔文领导的永贞革新而被贬，作此诗时贬谪已达二十三年之久。刘禹锡二十一岁进士及第，可谓少年得志。《唐才子传》："时王叔文得幸，禹锡与之交，尝称其有宰相器。"②由此可见，柳宗元前期仕途十分顺遂。后半生经历如此漫长的贬谪，其所遭受的精神煎熬可想而知。尽管上引诗中"沉舟侧畔千帆过，病树前头万木春"透露出了豪迈之气，但尾联"暂凭杯酒长精神"句中之"暂"字说明诗人因为贬谪长期处于痛苦压抑的精神状态之中。刘禹锡的精神痛苦在《望赋》中有直接反映："望如何其望最伤！俟环玦兮思帝乡。龙门不见兮，云雾苍苍。乔木何许兮，山高水长。春之气兮悦万族，独含嚬兮千里目。秋之景兮悬清光，偏结愤兮九回肠。"③柳宗

---

① 刘承翔：《清波杂志校注》卷四，中华书局，1994年，第138页。
② 傅璇琮主编：《唐才子传校笺》第二册，中华书局，1989年，第485页。
③ 刘禹锡著、瞿蜕园笺证：《刘禹锡集笺证》，上海古籍出版社，1989年，第28页。

元《望赋》作于被贬谪在朗州期间，赋文中传递出思君恋阙的深挚情感。

历来有远大抱负的文士官员都会在诗文中表达对京都君王的眷恋之情，以及离开京都君王的惆怅抑郁之情。如屈原《涉江》中就有对京都君王的眷恋之情：

> 余幼好此奇服兮，年既老而不衰。带长铗之陆离兮，冠切云之崔嵬，被明月兮佩宝璐。世溷浊而莫余知兮，吾方高驰而不顾。驾青虬兮骖白螭，吾与重华游兮瑶之圃。登昆仑兮食玉英，与天地兮比寿，与日月兮同光。哀南夷之莫吾知兮，旦余济乎江湘。
>
> 乘鄂渚而反顾兮，欸秋冬之绪风。步余马兮山皋，邸余车兮方林。乘舲船余上沅兮，齐吴榜以击汰。船容与而不进兮，淹回水而疑滞。朝发枉陼兮，夕宿辰阳。苟余心其端直兮，虽僻远之何伤？①

屈原作《涉江》时，正值被流放在江南之野，失去了重返朝廷的可能性。上述引文反映了他被流放之后的痛苦心情。屈原希望辅佐楚王建功立业，但却被发配到距离国都遥远的地方，这种遭遇让他很痛苦。蒋骥《山带阁注楚辞》卷四："《涉江》《哀郢》，皆顷襄王时放于江南所作。"②"船容与而不进兮，淹回水而疑滞。"这两句曲折反映了屈原不愿远离都城的哀怨心情。"从《涉江》的内容来看，屈原在《涉江》中涉及的路线的起点是郢都也是不容置疑的"③。总之，此文抒发了屈原眷

---

① 〔汉〕王逸撰、黄灵庚点校：《楚辞章句》，上海古籍出版社，2017年，98页。
② 〔明〕蒋骥：《山带阁注楚辞》，上海古籍出版社，1984年，第117页。
③ 谢君：《〈涉江〉的创作时地与路线问题》，《中国楚辞学》第21辑。

恋楚王，不愿意离开楚国国都的悲伤心情。并且文中通过抒发对郢都的留恋，间接表达对楚王的忠诚和爱国情感。这种写作模式对唐代诗人影响很大。

韩愈被贬潮州途中，写下《左迁至蓝关示侄孙湘》，其诗云："一封朝奏九重天，夕贬潮州路八千。欲为圣明除弊事，肯将衰朽惜残年。云横秦岭家何在，雪拥蓝关马不前。知汝远来应有意，好收吾骨瘴江边。"这首诗表现了韩愈不愿离开京都长安而又不得不离开的痛苦心情。京都是政治中心，在京都做官对于实现政治抱负更为有利。潮州是蛮荒之地，远离政治中心，想要在当地实现政治抱负几乎没有可能。因此，京都任职和实现政治抱负几乎是可以同义替换的，这就是唐代贬谪官员长安情结产生的缘由。刘禹锡《望赋》正是对仕宦生活的逆境书写。还有一点值得注意，《望赋》中先写了失宠嫔妃的心情，接着写自己在贬谪地忠君恋阙的情感。现引用如下：

望如何其望且慕，恩意隔兮年光度。雕辇已辞兮，金屋何处？长信草生兮，长门日暮。傒翠华之傥来，仰玄天以自诉。况复湘水无还，漳河空注。泪染枝叶，香余纨素。风萧萧兮北渚波，烟漠漠兮西陵树。夫不归兮江上石，子可见兮秦原墓。拍琴翻朔塞之音，挟瑟指邯郸之路。

这段文字中出现了"金屋""长信草"和"长门"，三个词关涉了陈阿娇和班婕妤失宠故事。当作者叙述完失宠嫔妃的思君之情后，接着直接抒发被贬朗州的情感，足以说明两者之间的关联性和相似性。刘禹锡在《上淮南李相公启》中将被贬后的境遇叙写得入木三分:"某向以昧于周身,措足危地。骇机一发,浮谤如川。巧言奇中,别白无路。祝网之日,漏恩者三。咋舌兢魂,分终裔壤。"刘禹锡前期仕途顺遂,后半期处于仕途逆境之中,被贬之后遭受诽谤,精神陷于恐慌之中。

再如白居易《谪居》:"面瘦头斑四十四,还谪江州为郡吏。逢时弃置从不才,未老衰羸为何事?火烧寒涧松为烬,霜降春林花委地。遭时荣悴一时间,岂是昭昭上天意?"此诗作于元和十年(815),当时白居易被贬为江州司马。诗歌前四句直抒胸臆,抒发了自己遭受贬谪弃置后的愤懑不平之情。以男女情感关系比兴仕宦际遇源自屈原《离骚》,曹操《美女篇》将这种写作范式经典化,唐代诗歌中这种文学传统被很好地继承并广泛应用。如刘长卿《长门怨》:"何事长门闭,珠帘只自垂。月移深殿早,春向后宫迟。蕙草生闲地,梨花发旧枝。芳菲自恩幸,看著被风吹。"诗中在长门宫生活的陈阿娇被君王弃置,她内心的悲伤痛苦和贬谪文人被贬谪蛮荒之地的悲伤痛苦有相似之处。当然此诗中的陈阿娇已非实指,而成为特定情感的传播符号。宫怨类爱情诗的作者借助这些特定的传播符号"向世人传递以男权为核心的社会生活与政教传统,以及温柔敦厚的文学典律与诗学成规",而且"往往借助特定的宫怨传播符号缓解男女关系或君臣关系的对立与冲突,表达被皇帝或皇权的疏离、不为皇帝或皇权所用的忧伤,营造含蓄蕴藉的艺术风格"[1]。这个论断极为精辟,陈阿娇被皇帝疏远与臣子被皇帝疏远的精神痛

---

[1] 张宁宁:《中国古代宫怨诗传播符号的文化认同》,《东南学术》,2016年第5期。

苦具有异质同构性,这是唐代文人创作此类诗歌的内驱力。当然这种关联不一定那么直接,既可能是传递作者本人当时当地的主观情感,也有可能借助特定的传播符号(如"阿娇""长门""班婕妤""长信宫"等)去表达一种集体共同的境遇和情感体验。相对来说,这种写作方式比直抒胸臆式的叙写含蓄婉约一些。

又如李华《长门怨》:"弱体鸳鸯荐,啼妆翡翠衾。鸦鸣秋殿晓,人静禁门深。每忆椒房宠,那堪永巷阴。自惊罗带缓,非复旧来心。"诗中抒情主人公是陈阿娇,她有两个方面的特征:其一是娇弱,这种娇弱既是形体的娇弱,又是精神的娇弱。这种弱的叙述背景是君王的崇高地位和强大权力。其二,君王恩宠的执着是其精神痛苦的来源。第一种特征是陈阿娇符号化后出现的特点,失宠嫔妃的婚姻悲剧的根源是自身力量的弱小。第二种特征是对失宠嫔妃境遇的类型化叙述,这种叙述是对现实生活中失宠嫔妃境遇的抽象描写。被皇帝疏远,过着寂寞孤独的生活,只是失宠嫔妃境遇的冰山一角,失宠嫔妃面临的不仅仅是情感问题,甚至失宠会威胁到身家性命和家族荣辱。换句话说,嫔妃个人的情感(恩宠)得失会关联她本人在内的整个家族的荣辱存亡。这一点和官员职务升降所关联的家族荣辱存亡亦是一致的。

《旧唐书·后妃传》中记载高宗王皇后与武则天失宠前后的遭遇:"高宗废后王氏,并州祁人也。父仁祐,贞观中罗山令。同安长公主即后之从祖母也。公主以后有美色,言于太宗,遂纳为晋王妃。高宗登储,册为皇太子妃,以父仁祐为陈州刺史。永徽初,立为皇后,以仁祐为特进、魏国公,母柳氏为魏国夫人。仁祐寻卒，赠司空。"① "（武昭仪）俄而渐承恩宠，遂与后及良娣萧氏递相谮毁。帝终不纳后言，而昭仪宠遇日厚。后惧不自安，密与母柳氏求巫祝厌胜。事发，帝大怒，断柳氏不许入宫中，后舅中书令柳奭罢知政事，并将废后，长孙无忌、褚遂良等固谏，乃止。俄又纳李义府之策，永徽六年十月，废后及萧良娣皆为庶人，囚至别院。武昭仪令人皆缢杀之。后母柳氏、兄尚衣奉御全信及萧氏兄弟，并配流岭外。"要言之，王皇后得宠时，父母随之获得权力荣誉；王皇后失宠时，她的兄长和舅舅均受牵连被贬谪。萧妃失宠，萧氏兄弟被流放岭外。萧妃和王皇后被贬为庶人并囚禁别院，死后改姓为枭氏和蟒氏。

《旧唐书·后妃传》："玄宗废后王氏，同州下邽人，梁冀州刺史神念之后。上为临淄王时，纳后为妃。上将起事，颇预密谋，赞成大业。先天元年，为皇后，以父仁皎为太仆卿，累加开府仪同三司、邠国公。后兄守一以后无子，常惧有废立，导以符厌之事。有左道僧明悟为祭南北斗，刻霹雳木书天地字及上讳，合而佩之，且祝曰：'佩此有子，当与则天皇后为比。'事发，上亲究之，皆验。开元二十九年七月己卯，下制曰：'皇后王氏，天命不佑，华而不实。造起狱讼，朋扇朝廷，见无将之心，有可讳之恶。焉得敬承宗庙，母仪天下，可废为庶人，别院安置……'守一赐死。"② 玄宗王皇后得宠之时，父亲被赐高官。王皇后失宠之后，被贬为庶人，兄长守一被赐死。后宫妃嫔得宠、失宠不但关系到自己的情感状态，更关系到家族荣辱安危。《旧

---

① 〔后晋〕刘昫等：《旧唐书》卷五十一，中华书局，1975年，第2170年。
② 〔后晋〕刘昫等：《旧唐书》卷五十一，中华书局，1975年，第2177页。

唐书·后妃传》："肃宗韦妃,父元珪,兖州都督。肃宗为忠王时,纳为孺人,及升储位,为太子妃,……天宝中,宰相李林甫不利于太子,妃兄坚为刑部尚书,林甫罗织,起柳勣之狱,坚连坐得罪,兄弟并赐死。太子惧,上表自理,言与妃情义不睦,请离婚,玄宗慰抚之,听离。妃遂削发为尼,居禁中佛舍。"[①]韦妃失宠与其兄有关,失宠之后,被迫削发为尼。

以上案例说明,失宠嫔妃的生活非常艰难。此类实例在后妃争宠的过程中并不少见,为行文简洁,此处不再赘言。所以,我们说宫怨诗中对失宠妃嫔境遇的描写是比较含蓄婉约的,情感受挫只是妃嫔失宠所带来的负面结果中的一项,因此失宠嫔妃巨大的精神痛苦,在《长门怨》《婕妤怨》《班婕妤》等诗歌中有所体现,但只体现了其精神痛苦的冰山一角。作者之所以用这种含蓄婉约的写法,和主张温柔敦厚的诗教传统之间有密不可分的关系。

臣子被君王疏远的孤立无援与妻子被冷遇的情感体验之间也具有异质同构性。无论是何种原因被贬谪,文士官员都经常会有孤立无援的情感体验。这种孤独的情感体验,首先源于自己被君王弃置,其次是被昔日亲友同僚弃置。以柳宗元为例,他被贬之后创作的诗文之中经常流露出被君王、亲友、同僚弃置的感受。"交游解散,羞与为戚,生平相慕,毁书灭迹"(《答问》)、"废逐人所弃"(《哭连州凌员外司马》)、"弃逐久枯槁"(《构法华寺西亭》)、"余既委废于世,恒得与是山水为伍"(《陪永州崔使君游宴南池序》)、"某负罪沦伏,声消迹灭,固世

---
① 〔后晋〕刘昫等:《旧唐书》卷五十二,中华书局,1975年,第2186页。

俗之所弃,亲友之所遗,敢希大贤,曲见存念"(《谢襄阳李夷简尚书委曲托问启》),这些文句都直接地表现了柳宗元遭贬谪后被世俗社会所抛弃的真实感受。还有一首诗比较婉转地表达了他被弃于世的情感体验,柳宗元《江雪》:"千山鸟飞绝,万径人踪灭。孤舟蓑笠翁,独钓寒江雪。"此诗作于柳宗元贬谪永州时期,这首诗反映他被贬谪后孤独无依的情感体验。在广阔的天地之间,只有一个在江雪中垂钓的渔翁。"鸟飞绝""人踪灭""孤""独"等词营造出一个孤寂冷清的空间,这种空间在陈阿娇、班婕妤失宠故事的演绎中也经常出现。如李白《长门怨二首》其一:

> 天回北斗挂西楼,金屋无人萤火流。
> 月光欲到长门殿,别作深宫一段愁。
>
> 桂殿长愁不记春,黄金四屋起秋尘。
> 夜悬明镜青天上,独照长门宫里人。

此诗通过写景来婉曲抒情,诗中建构了一个广阔冷清的秋夜空间:叙事空间被设置在天地之间,"金屋无人"即除了失宠者陈阿娇之外别无旁人,只有北斗星、月亮陪伴着她。"黄金四屋起秋尘"说明这种孤寂冷清的状态不仅是发生在晚上,而且是"金屋"的日常化状态。又如王昌龄《长信宫秋词五首》其一:

> 金井梧桐秋叶黄,珠帘不卷夜来霜。
> 熏笼玉枕无颜色,卧听南宫清漏长。

此诗构建的是一个孤寂冷清的秋夜空间：梧桐枯黄、寒霜入侵，宫漏悠长，只有抒情主人公彻夜难眠。这种孤寂冷清的空间特征和抒情主人公（班婕妤）的情感状态一致。这首诗采用内聚焦型叙述视角，其特点是"能充分敞开人物的内心世界，淋漓尽致地表现人物激烈的内心冲突和漫无边际的思绪"①。诗人构建叙事空间的特征是为塑造抒情主人公形象和叙写主人公情感体验而服务。如上文所述，被贬谪官员在贬谪期间常会有孤寂冷清、孤立无援的情感体验。柳宗元的《江雪》比较隐晦地传递了这种仕宦逆境中的情感体验，他还有一些文章直接叙写孤立无援的境遇和感受。如《寄许京兆孟容书》"得罪来五年，未尝有故旧大臣肯以书见及者"，因为被贬，柳宗元的社会关系发生极大变化，尽管他多次向京城故旧求援，但是很少有人对他给予理解和支持，所以滋生孤独无依的感受使在情理之中。如果再关联当时写给裴埙的书信，可知柳宗元当时的处境如何恶劣：

仆之罪，在年少好事，进而不能止。侪辈恨怒，以先得官。又不幸早尝与游者，居权衡之地，十荐幸乃一售，不得者诱张排恨，仆可出而辨之哉！性又倨野，不能催折，以故名益恶，势益险，有喙有耳者，相邮传作丑语耳，不知其卒云何。中心之愆尤，若此而已。既受禁锢而不能即死者，以为久当自明。今亦久矣，而嗔骂者尚不肯已，坚然相白者无数人。（《与裴埙书》）

柳宗元对姐夫之弟裴埙说明自己被诽谤无法辨别、孤立无援的境遇，将文中描述的情况和《江雪》的空间特征相结合，

---

① 胡亚敏：《叙事学》，华中师范大学出版社，2004年，第27页。

更能体会柳宗元的孤独和无奈。有学者统计，柳宗元贬谪永州期间，曾与朝中多位官僚书信联系，但并未改变自己的处境。这些官僚有岭南节度使赵昌、西川节度使武元衡、山南东道节度使李夷简、荆南节度使兼江陵尹赵宗儒、湖南中丞李众、桂州中丞李某、淮南节度使严励、荆南节度使兼江陵尹严绶、岭南节度使兼广州刺史郑絪、汝州刺史充河阳节度使乌重胤、京兆尹杨凭、翰林学士萧俛、李建等人。[1]刘禹锡《谢门下武相公启》："某一作飞语，废锢十年。昨蒙征还，重罹不幸。诏命始下，周章失图。吞声咋舌，显白无路。"刘禹锡在《谢中书张相公启》中再次阐明被贬谪的境遇和感受："某智乏周身，动必招悔。一坐飞语，如重海机。昨者诏书始下，惊惧失次。叫阍无路，挤壑是虞。"上引两段话都表现了刘禹锡被贬之后孤立无援、求助无门的境遇，这种境遇和《长门怨》《班婕妤》《婕妤怨》《长信宫》等演绎陈阿娇、班婕妤失宠故事诗歌中的孤寂冷清的叙事空间建构有异曲同工之处。

宋之问《端州驿见杜审言》是被贬谪途中所作，其诗如下：

逐臣北地承严谴，谓到南中每相见。
岂意南中歧路多，千山万水分乡县。
云摇雨散各翻飞，海阔天长音信稀。
处处山川同瘴疠，自怜能得几人归。[2]

---

[1] 李芳民：《空间营构、创作场景与柳宗元的贬谪文学世界——以谪居永州时期的生活与创作为中心》，《清华大学学报（哲学社会科学版）》，2019年第1期。

[2] 〔清〕彭定求等编：《全唐诗》卷五十一，中华书局，1960年，第626页。

宋之问因攀附"二张"被流放泷州（今广东罗定市南），行至端州驿与同期被贬的杜审言等人相遇，故作此诗。这首诗除了反映对南方气候风物的排斥情绪，还表达出和友人杜审言从此难以相见的绝望心情。"云摇雨散各翻飞，海阔天长音信稀。"不但此生与友人相见机会渺茫，甚至从此天涯海角通信极为困难。由此可知，被贬谪官员的孤独无依的情感体验，既是因为无人援助，也是因为和朋友亲人长久分离所带来的情愫。《唐才子传》："（宋之问）上元二年进士。伟貌辩给。……后游龙门，诏从臣赋诗，左史东方虬诗先成，后赐锦袍。之问俄顷献，后览之嗟赏，更夺袍以赐。……谄事张易之，坐贬泷州。"[1] 宋之问前期受武则天器重，后坐贬泷州，前后境遇反差极大。上文所言宋之问行至端州驿时，孤独寂寥的心情和演绎陈阿娇、班婕妤失宠故事中空间建构所反映的主人公心情相似。如崔国辅《婕妤怨》："长信宫中草，年年愁处生。故侵珠履迹，不使玉阶行。"此诗借写长信宫中蔓延生长的草，叙写班婕妤失宠之后的境遇。长信宫是班婕妤失宠之后的住所，宫内春草繁盛生长说明人迹稀少。第三句"故侵珠履迹"照应前两句，佐证了人迹稀少。班婕妤失宠，故宫人侍女和交往人员均会减少，通过草的茂盛间接地写出了主人公班婕妤的孤独。这种孤独不仅仅是皇帝的疏远，也是因为皇帝疏远之后周围生活环境和社交环境的恶化。"贬地的远近往往依据朝廷局势及罪行轻重来判定"[2]。《唐会要》卷

---

[1] 傅璇琮主编：《唐才子传校笺》卷一，中华书局，2002年，第90页。
[2] 周静敏：《元和诗人的贬谪之路与贬谪诗歌》，河北师范大学硕士论文，2023年。

六十八"刺史上"："京职之不称者，乃左为外任。大邑之负累者，乃降为小邑。近官之不能者，乃迁为远官。"①罪名较轻的官员一般被贬往距离京城近、经济比较发达的地域，如白居易曾被贬谪到江州，就属于这种情况。罪名较重的官员一般被贬到交通闭塞、距离京城遥远、环境恶劣的地域，如岭南道、剑南道和山南西道等。②因为被贬谪到蛮荒之地，诗人的心情常有孤单无助之感。如韩愈《食曲河驿》：

晨及曲河驿，凄然自伤情。群乌巢庭树，乳燕飞檐楹。
而我抱重罪，孑孑万里程。亲戚顿乖角，图史弃纵横。
下负明义重，上孤朝命荣。杀身谅无补，何用答生成。③

此诗写诗人贬谪途中所见之景和情感体验。"而我抱重罪，孑孑万里程。"反映了诗人当时孤独无助的感觉。

君臣关系和帝妃关系同样具有异质同构性。臣子被重用的标志是在帝王所在地京都任重要职位，嫔妃得宠的标志是经常被帝王召见、亲友族人的职位擢升。在家天下的政治体制之下，爱国与忠君、实现政治抱负与君王器重之间几乎可以同义替换。故杜甫流落夔州一带，却对京都长安念念不忘。这种思想在《秋兴八首》中体现得淋漓尽致：

---

① 〔宋〕王溥：《唐会要》卷六十八，中华书局，1955年，第1199页。
② 参见周静敏：《元和诗人的贬谪之路与贬谪诗歌》河北师范大学硕士论文，2023年。
③ 〔清〕彭定求等编：《全唐诗》卷三百四十一，中华书局，1960年，第3824页。

> 玉露凋伤枫树林，巫山巫峡气萧森。
> 江间波浪兼天涌，塞上风云接地阴。
> 丛菊两开他日泪，孤舟一系故园心。
> 寒衣处处催刀尺，白帝城高急暮砧。①

此诗作于杜甫流落在夔州（今四川奉节）时期，当时杜甫已进入晚年（五十四岁），年老体衰、报国无门，内心的痛苦和焦灼只能熔铸在文学创作之中。颈联上句"丛菊两开他日泪"感叹时间流转之迅速，颈联下句"孤舟一系故园心"抒发对长安的思恋之情。"故园"指的是长安，"孤舟"指的是自己。为什么对长安念念不忘，因为君王在那里。从第二首到第八首都将自己所在地夔州（广义概念）和京都长安（广义概念）紧密地关联在一起。第二首中说："夔府孤城落日斜，每依南斗望京华。听猿实下三声泪，奉使虚随八月槎。"杜甫身在夔州，但是每天夜里循北斗星的方向北望长安。为什么夜夜望，而不能归去呢？以当时之杜甫境遇，归去已经没有可能性。第二首颔联就交代了回长安任职落空之事。"《博物志》中记载了一个海客乘槎到天河的故事，《荆楚岁时记》把它安到张骞头上，说其奉使穷河源，乘槎经月到天河，见牛郎、织女。杜甫多次反用此典，自伤漂泊。他曾入严武幕参谋，任检校工部员外郎，原本希望有随严武回朝的机会，但严武的病故，使这一愿望落空，故著一'虚'字。"②此言

---

① 〔清〕彭定求等编：《全唐诗》卷二百三十，中华书局，1960年，第2509页。
② 周啸天：《唐诗鉴赏辞典》，商务印书馆，2018年，第795页。

诚然。第三首中说："匡衡抗疏功名薄，刘向传经心事违。同学少年多不贱，五陵衣马自轻肥。"颈联自伤身世，抒发理想落空的抑郁之情。"五陵"本义指汉代皇帝的陵墓，此处代指长安。杜甫遥想自己之前的同学都在长安仕途顺畅，而自己却流寓在西南边陲，只能空自羡慕别人理想实现。第四首中说："闻道长安似弈棋，百年世事不胜悲。王侯第宅皆新主，文武衣冠异昔时。"首联是对长安形势变化的感喟，颔联是对长安朝廷中和宅邸中的人员变换的描述。尽管朝中臣子发生巨大变化，可是自己仍然没有回归任职的希望。所谓"不在其位，不谋其政"。杜甫心系国家安危，然而现在处江湖之远没有为国效力的平台。第五首描写长安宫殿的壮丽宏伟，回忆自己曾经面圣的经历。颈联和尾联再次剖白想要回到长安的迫切心情。第六首叙写长安的曲江、花萼相辉楼和芙蓉园，反思安史之乱发生的根源。第七首叙写长安的昆明池，抒发不能回到长安的遗憾。第八首追忆自己曾经在长安游览山水的美好时光。总之，这八首诗都在传递杜甫身处边陲心系长安的情感状态。杜甫曾经得到过肃宗皇帝的赏识，这是理解这组诗中杜甫精神痛苦的关键。

　　杜甫因替房琯求情忤逆圣意，后来被迫回家。自此之后，他的政治生涯就再没有出现回转的机会。《北征》是被肃宗弃用而从凤翔返回鄜州（今陕西省富县）时所作，当时名为放假归家实际上是被肃宗贬黜出朝廷。杜甫贬谪后的痛苦和惊惧都在《北征》中依稀可见：

皇帝二载秋，闰八月初吉。杜子将北征，苍茫问家室。
维时遭艰虞，朝野少暇日。顾惭恩私被，诏许归蓬荜。
拜辞诣阙下，怵惕久未出。虽乏谏诤姿，恐君有遗失。
君诚中兴主，经纬固密勿。东胡反未已，臣甫愤所切。
挥涕恋行在，道途犹恍惚。乾坤含疮痍，忧虞何时毕。
靡靡逾阡陌，人烟眇萧瑟。所遇多被伤，呻吟更流血。
回首凤翔县，旌旗晚明灭。①

杜甫受儒家思想影响，将忠君报国作为一生追求，可是他的运气和性格限制了政治理想的实现。吴贤哲在《爱国与忠君思想在分裂割据和大一统时代的文化意义》一文中指出："古代中国的农耕自然经济以及在这种生产方式下起来的宗法制度、家国一体的社会政治制度，是爱国与忠君思想产生和形成的经济基础和社会基础。元典时代的政治家、思想家对孝亲、爱国思想的宣扬和理论提升是爱国与忠君思想形成的思想基础。"②这个结论十分精辟。《礼记》曰："父子之道，君臣之义，伦也。"③《论语》云："臣事君以忠。"④《孟子》云："无君无父，是禽兽也。"⑤"忠是君主制下的思想行为规范，统治者大力提倡对忠臣的赞誉以引导臣民忠于君主，如为忠臣立传、

---

① 〔清〕彭定求等编：《全唐诗》卷二百十七，中华书局，1960年，第2275页。
② 吴贤哲：《爱国与忠君思想在分裂割据和大一统时代的文化意义》，《青海社会科学》，2014年第5期。
③ 《十三经注疏》，中华书局，1982年，第1589页。
④ 〔清〕刘宝楠：《诸子集成·论语正义》，中华书局，1986年，第62页。
⑤ 〔清〕焦循：《诸子集成·孟子正义》，中华书局，1986年，第269页。

杜甫是唐代诗人之中忠君爱国的代表人物，他对国家君王的热爱在《秋兴八首》中表现为深厚的长安情结。《北征》中直接表现对君王的眷恋之情，"挥涕恋行在，道途犹恍惚"。这次离开是因为忤逆圣意，所以再次回到肃宗身边的可能性微乎其微。一般情况，在君臣关系之中君王具有绝对主动权，大多数的臣子只能顺从君王对两者关系的设定。因此，被贬谪官员的哀怨和无助与失宠嫔妃的哀怨和无助具有同一的对象。

韩愈《进学解》中借学生之口说出了自己落魄困窘的境遇，并婉曲地透露出对君王的哀怨之情：

言未既，有笑于列者曰："先生欺余哉！弟子事先生，于兹有年矣。先生口不绝吟于六艺之文，手不停披于百家之编。记事者必提其要，纂言者必钩其玄。贪多务得，细大不捐。焚膏油以继晷，恒兀兀以穷年。先生之业，可谓勤矣。觝排异端，攘斥佛老。补苴罅漏，张皇幽眇。寻坠绪之茫茫，独旁搜而远绍。障百川而东之，回狂澜于既倒。先生之于儒，可谓有劳矣。沉浸醲郁，含英咀华；作为文章，其书满家。上规姚姒，浑浑无涯；周诰、殷《盘》，佶屈聱牙；《春秋》谨严，《左氏》浮夸；《易》奇而法，《诗》正而葩；下逮《庄》《骚》，太史所录；子云、相如，同工异曲。先生之于文，可谓闳其中而肆其外矣。少始知学，勇于敢为；长通于方，左右具宜。先生之于为人，可谓成矣。然

---

① 杨晋娟：《中国古代君臣观研究——以贞观君臣为例》，南开大学博士论文，2012 年。

而公不见信于人，私不见助于友。跋前踬后，动辄得咎，暂为御史，遂窜南夷。三年博士，冗不见治。命与仇谋，取败几时。冬暖而儿号寒，年丰而妻啼饥。头童齿豁，竟死何裨。不知虑此，而反教人为？"

上述引文是《进学解》的核心部分，韩愈的学生指出先生在治学、修德、为人等方面都成就斐然，但仍然"公不见信于人，私不见助于友"，甚至妻子儿女都跟着他忍饥受冻。《进学解》作于韩愈被贬为国子监博士时期，他巧妙地借助师生论辩的方式叙写自己的逆境遭遇。韩愈认为自己才高位卑，理应被安排在比国子监重要的岗位，可是他并没有办法改变当时的处境，故借写文章的方式排遣胸中怨情。《论语·阳货》云："子曰：'小子何莫学夫诗？诗可以兴，可以观，可以群，可以怨。迩之事父，远之事君；多识于鸟兽草木之名。'"司马迁评价屈原的作品时说："屈平正道直行，竭忠尽智以事君，谗人间之，可谓穷矣。信而见疑，忠而被谤，能无怨乎？屈平之作《离骚》，盖自怨生也。"① 实际上，散文亦可以兴、观、群、怨。《进学解》体现了"怨"的功能。

《长门怨》《班婕妤》《婕妤怨》《长信宫》也叙写了陈阿娇或班婕妤对君王的怨情。"怨情源于自身愿望受挫而将受伤外向归因于他人的心理，具有明显的情感对象，具有鲜明的对象性和责咎性"②。显然，唐诗中陈阿娇、班婕妤故事演绎中

---

① 〔汉〕司马迁：《史记》卷八十四，中华书局，2014年，第3010页。
② 廖春艳：《日常怨情的道德化及其诗学合法化》，《中国文学研究》，2020年第3期。

主人公怨的对象是君王。怨情产生的原因，是她们在和君王的关系之中的附属地位和控制力匮乏。这些怨情常常表现得比较含蓄隐约，如翁绶《婕妤怨》：

> 谗谤潜来起百忧，朝承恩宠暮仇雠。
> 火烧白玉非因玷，霜翦红兰不待秋。
> 花落昭阳谁共辇，月明长信独登楼。
> 繁华事逐东流水，团扇悲歌万古愁。①

此诗采用内聚焦型叙述视角，叙述视角的承担者是班婕妤。班婕妤的怨情指向汉成帝，正因为汉成帝混淆是非，才导致赵飞燕姐妹诡计得逞。当然这种怨刺指向是暗写，即通过言外之意的方式传递。"火烧白玉非因玷，霜翦红兰不待秋。"诗中并没有出现君、帝王等词语，但是能左右班婕妤命运荣辱得失的人只有汉成帝，赵飞燕颠倒黑白的行为也是在汉成帝的纵容之下发生的。又如刘阜《长门怨》："宫殿沉沉月欲分，昭阳更漏不堪闻。珊瑚枕上千行泪，不是思君是恨君。"此诗也采用内聚焦型叙述视角，叙述视角的承担者是陈阿娇。这首诗中主人公的怨情指向是明写，陈阿娇怨思的对象就是汉武帝。唐诗中所叙写的陈阿娇和班婕妤指向君王的情感主要有两类：其一是思念，其二是怨恨。思念和怨恨的情感同样是贬谪官员对君王的情感态度。所以说，从情感指向对象、情感内容和关系结构等三个角度来看，逐臣（贬谪官员）和君王与失宠嫔妃和君王的关系是异质同构的。

---

① 〔清〕彭定求等编：《全唐诗》卷六百，中华书局，1960年，第6938页。

学界通常认为唐朝宫怨类爱情诗中寄寓了文士怀才不遇的感慨和情感，这种说法自然不错。具体而言，陈阿娇和班婕妤是此类诗歌中频繁出现的历史人物。她们经过唐代诗人的艺术创造出现了类型化趋势：去除了原型人物的个性特征，提炼出失宠嫔妃的共性特征，重复演绎她们的情感经历和情感体验。陈阿娇和班婕妤在唐代宫怨类爱情诗中通常是一种人物符号，诗人借助这种特定的人物符号，曲折地表现他们于仕宦逆境中的精神痛苦和复杂情感。得宠又失宠是班婕妤和陈阿娇的共同之处，她们的婚姻悲剧和从未得宠的宫女的爱情悲剧还是有很大的不同，这是本书撰写的基本前提。唐代文人用寓言、山水游记间接抒发自己因仕途坎坷的抑郁之情，与借助宫怨类爱情诗去排遣这种抑郁之情从本质上来说异曲同工。

　　柳宗元被贬之后精神遭受巨大打击，通过山水游记婉曲叙写自己所处之逆境以及精神状态。如被赞誉为《柳州集》中第一得意之笔的《游黄溪记》，诗人在描写黄溪的自然景观之外，用很多笔墨叙写"黄神"传说。柳宗元少有壮志，后经贬谪至去世，再未被朝廷起用。《新唐书》云："宗元少时嗜进，谓功业可就，既废，遂不振。"[1]柳宗元《始得西山宴游记》中叙述贬谪境遇，"自余为僇人，居是州，恒惴栗"。被贬永州之后，任职无实权甚至求安居乐业都难以实现。[2] 明写黄神，暗写自己的境遇和

---

[1] 〔宋〕欧阳修、宋祁：《新唐书》卷一百六十八，中华书局，1975年，第5132页。
[2] 参见龙珍华：《"孤臣"与"黄神"——柳宗元〈游黄溪记〉考论》，《中南民族大学学报（人文社会科学版）》，2021年第12期。

精神追求。黄神自长安避难至永州黄溪，柳宗元被贬谪于永州；黄神使当地居民安居乐业并深受爱戴，柳宗元的精神追求与黄神契合；黄神逃难永州是人生过程中的逆境，柳宗元被贬谪至永州是仕宦历程中的逆境。因为黄神和柳宗元经历境遇、情感体验和志趣追求等方面的相似性，使得《游黄溪记》中黄神传说能够作为柳宗元逆境书写之载体。同理亦然，因为陈阿娇和班婕妤的婚姻悲剧与官员贬谪的异质同构性，使得诗人能够通过演绎她们的婚姻悲剧和情感体验来书写自己或他人仕宦逆境之情感。

第七章 叙事学视角下的唐诗牛郎织女书写

牛郎织女故事是我国流传时间最悠久、传播最广泛的婚恋故事之一，牛郎织女常常以不同形态出现在文学作品之中。牛郎织女故事在我国流传极为广泛，相关研究成果也非常丰硕。根据学者施爱东的考察，牛郎织女故事的研究主要侧重于四个方面：牛郎织女的起源与流变研究、牛郎织女的主题分析、牛郎织女的类型与比较研究、地方学者的知识考古。[①] 学界对牛郎织女的研究主要集中在前两个方面，后两个方面的研究也比较充分。赵逵夫先生在考察牛郎织女故事的研究方面取得了突出成就，《由秦简〈日书〉看牛女传说在先秦时代的面貌》[②]、《先秦历史与牵牛传说》[③]、《牛女传说在魏晋南北朝时期的传播

[①] 施爱东：《牛郎织女研究批评》，《文史哲》，2008年第4期。
[②] 赵逵夫：《由秦简〈日书〉看牛女传说在先秦时代的面貌》，《清华大学学报（哲学社会科学版）》，2012年第4期。
[③] 赵逵夫：《先秦历史与牵牛传说》，《人文杂志》，2009年第1期。

与分化》①、《论牛女传说在古代诗歌中的反映》②、《从广东七夕节的传播源流看其文化特征》③、《七夕节的历史与七夕文化的乞巧内容》④、《再论"牛郎织女"传说的孕育、形成与早期分化》⑤等文主要研究牛郎织女故事的发展演变及文化内涵。从七夕节日习俗维度研究牛郎织女故事，也是学者经常采用的研究角度。除了赵逵夫先生外，邢莉《民间制度视野下的〈牛郎织女〉传承——从织女形象与习俗谈起》⑥、韩雷《七夕：浪漫复制与婚姻短路》⑦、成明明《宋诗中的七夕书写》⑧等文从七夕节日书写角度对牛郎织女故事的研究也值得关注。尽管学界对牛郎织女故事的研究已经相当深入且取得了丰硕成果，但仍然存在一些研究较为薄弱的环节，如唐代诗人书写牛郎织女故事的基本特征和贡献。在唐代，牛郎织女成为夫妻离居的叙事符号。唐人叙写牛郎织女故事，在继承前代诗人书写传统的基础上有

---

① 赵逵夫：《传说在魏晋南北朝时期的传播与分化》，《长江学术》，2008年第1期。
② 赵逵夫：《论牛女传说在古代诗歌中的反映》，《文史哲》，2018年第4期。
③ 赵逵夫：《从广东七夕节的传播源流看其文化特征》，《文化遗产》，2011年第3期。
④ 赵逵夫：《七夕节的历史与七夕文化的乞巧内容》，《民俗研究》，2011年第3期。
⑤ 赵逵夫：《再论"牛郎织女"传说的孕育、形成与早期分化》，《中华文史论丛》，2009年第4期。
⑥ 邢莉：《民间制度视野下的〈牛郎织女〉传承——从织女形象与习俗谈起》，《民俗研究》，2008年第4期。
⑦ 韩雷：《七夕：浪漫复制与婚姻短路》，《兰州学刊》，2011年第8期。
⑧ 成明明：《宋诗中的七夕书写》，《安徽大学学报（哲学社会科学版）》，2017年第3期。

所创新：初唐诗人着意于形式要素层的突破，中晚唐诗人转向抒发性灵，将牛郎织女故事和人间夫妻离别巧妙地结合在一起，晚唐诗人又向追求辞采的方向转变。

一、牛郎织女：夫妻离居的叙事符号

牛郎织女最初只是星辰名称，《诗经·大东》："维天有汉，监亦有光。跂彼织女，终日七襄。虽则七襄，不成报章。睆彼牵牛，不以服箱。"汉代文献中有关于乌鹊搭桥的情节，《淮南子》云："乌鹊填河成桥而渡织女。"汉末《古诗十九首》中，文人将牛郎织女和人间夫妻离居关联在一起。其诗如下：

迢迢牵牛星，皎皎河汉女。纤纤擢素手，札札弄机杼。
终日不成章，泣涕零如雨。河汉清且浅，相去复几许？
盈盈一水间，脉脉不得语。

此诗用白描手法将织女塑造成一个被相思所困的少妇形象。诗人表面在说牛郎织女的故事，实际上是借此书写人间夫妇之间的相思之情。南朝梁宗懔《荆楚岁时记》："牵牛娶织女，借天帝两万下礼，久不还，被驱在营室中。"[①]虽然牵牛和织女分离的原因在不同文本系统的说法中有所不同，但夫妻分离的结果是一致的。"牛郎织女传说是四大民间传说中变化最大的。当今流行的七夕相会，采用的是王母干预牛郎与织女的爱情婚姻故事，王母以天河为界将他们分离，只允许在每年七月

---

① 〔南朝梁〕宗懔著、姜彦稚辑校：《荆楚岁时记》，岳麓书社，1986年，第42页。

七日相会。这种认知与新中国成立后的戏改黄梅戏作品《牛郎织女》有莫大关系。而从历史承传的维度看，牛郎与织女的故事在不同时期有不同情节，虽然天河分割的情节较为一致，但两人分离的原因却个个不同，或因为耽于情欲遭到天帝惩罚，或因为牛郎欠天帝的钱不还而导致分离，或因为牛郎与织女感情不和，牛郎休掉织女，不一而足。"①此言诚然。在《迢迢牵牛星》之后，曹丕《燕歌行》中将人间游子思妇与天上牛郎织女关联起来，但叙述的焦点转向人间游子思妇之间的离情别绪。其诗如下：

秋风萧瑟天气凉，草木摇落露为霜。群燕辞归鹄南翔，念君客游思断肠。慊慊思归恋故乡，君何淹留寄他方？贱妾茕茕守空房，忧来思君不敢忘，不觉泪下沾衣裳。援琴鸣弦发清商，短歌微吟不能长。明月皎皎照我床，星汉西流夜未央。牵牛织女遥相望，尔独何辜限河梁。

此诗采用内聚焦型叙述视角，叙事视角的承担者是思妇。《乐府题解》云："言时序迁换，行役不归，妇人怨旷无诉也。"由此可知，此时牛郎织女已作为夫妻离居的叙事符号。

日本学者池上嘉彦说："给予某种事物以某种意义，从某种事物中领会出某种意义。凡是人类所承认的'有意义'的事物均称为符号，从这里产生出了'符号现象'。"②星辰、动物、

---
① 郭玉华：《中国四大民间传说的戏剧传播研究》，中国电影出版社，2017年，第37页。
② ［日］池上嘉彦著、张晓云译：《符号入门》，国际文化出版公司，1985年，第3页。

植物在不同的文化系统内有不同的内涵意蕴。如月亮在中国传统中和"思乡"这个所指固定关联在一起。李白《静夜思》："床前明月光，疑是地上霜。举头望明月，低头思故乡。"张若虚《春江花月夜》："斜月沉沉藏海雾，碣石潇湘无限路。不知乘月几人归，落月摇情满江树。"这两首诗中诗人给月亮赋予思乡的意义。换句话说，月亮成为思乡的符号。

"原来人类的生存使之必须认识客观世界，必须使客观世界成为可以理解的有秩序、有规律的世界。对这种'秩序'和'规律'的认知过程，实际上是符号体系的形成过程；人类这种认识结果，也就是符号发挥认知功能的结果。世界既是物理的又是符号的，世界在符号中呈现，人们在符号中看世界。因为有了符号这一载体和认知的工具，人们不再把世界看成是互无关系的、凌乱的世界，而看成是相互关联的、整体的、统一的世界。"① 以上所述是符号的认知功能，牛郎织女由星辰名称到成为夫妻离居符号的过程和人们认识世界的过程同步。符号还有一个重要功能即交际功能。"人们在运用符号发挥其功能的同时，解决问题的思路拓宽了，创造能力增强了，从而推动了社会的进一步发展。"② 此言诚然。牛郎织女成为夫妻离居的符号，使得人们描述夫妻离居现象和相思之情的方式更为多元化，叙写自己情感体验的方式更为巧妙含蓄。牛郎织女由星辰名称到作为夫妻离居的符号被固定下来，经历了一个比较漫长的过程。根据现有的文献，牛郎织女作为夫妻离居

---

① 黄华新、陈宗明主编：《符号学导论》，东方出版中心，2016年，第34页。
② 黄华新、陈宗明主编：《符号学导论》，东方出版中心，2016年，第36页。

的符号，在《古诗十九首》创作时期已经固定了下来。现在比较通行的观点是梁启超提出的东汉时期的观点。①晋张华《博物志》中记载了汉人曾乘槎遇到牛郎织女的故事，其文如下：

> 旧说云，天河与海通。近世有人居海渚者，年年八月，有浮槎去来不失期。人有奇志，立飞阁于槎上，多赍粮，乘槎而去。十余日中，犹观星月日辰，自后茫茫忽忽，亦不觉昼夜。去十余日，奄至一处，有城郭状，屋舍甚严。遥望宫中，多织妇。见一丈夫，牵牛渚次饮之。牵牛人乃惊问曰："何由至此？"此人具说来意，并问此是何处。答曰："君还至蜀郡，访严君平则知之。"竟不上岸，因还如期。后至蜀，问君平，曰："某年月日有客星犯牵牛宿。"计年月，正此人到天河时也。

这个故事在后世流传很广。杜甫《秋兴八首》和李清照《行香子·七夕》中就关涉了八月浮槎的典故。严君平是西汉时蜀郡人，常在成都以卜筮为业，日得百钱则闭门研读《老子》。上述故事中见牛郎织女之人为严君平同时代之人，说明牛郎织女的故事在晋代以前已经传播很广。相传，牛郎织女每年七月初七可以渡过银河而短暂相会。

> 贵阳成武丁有仙道，谓其弟曰："七月七日，织女当渡河。"弟问曰："织女何事渡河？"答曰："织女暂诣牵牛。"人至今云织女嫁牵牛也。②

---

① 参见黄国年：《〈古诗十九首〉作者及创作年代述论——以中古为中心》，北京大学硕士论文，2008年。
② 司马光编、胡三省注：《资治通鉴》卷一三四《宋纪十六》，中华书局，

在唐代，七夕是一个非常重要的节日，这个节日的内涵主要和织女相关。"七夕仪式自汉魏至唐代均以拜星乞巧为主，但到了宋代，其形式却大为改观。其中最重要的变化便是在七夕当天流行一种叫'摩睺罗'的节物"[1]。《全唐诗》中收录了不少和七夕节日相关的诗歌，如李治《七夕宴悬圃二首》、许敬宗《奉和七夕宴悬圃应制二首》、李峤《奉和七夕两仪殿会宴应制》、杜审言《奉和七夕侍宴两仪殿应制》、刘宪《奉和七夕两仪殿会宴应制》、赵彦昭《奉和七夕两仪殿会宴应制》等。由此可见，七夕君臣有宴集活动。《开元天宝遗事》云："帝与贵妃，每至七月七日夜在华清宫游宴。时宫女辈陈瓜花酒馔列于庭中，求恩于牵牛、织女星也。又各捉蜘蛛闭于小合中，至晓开视蛛网稀密，以为得巧之候；密者言巧多，稀者言巧少。民间亦效之。"[2]笔记小说中所记载的唐玄宗和杨贵妃七月七日游宴事虽不一定属实，但反映的唐朝七月七日夜晚乞巧民俗应该可信。唐人林杰的《乞巧》："七夕今宵看碧霄，牵牛织女渡河桥。家家乞巧望秋月，穿尽红丝几万条。"权德舆《七夕见与诸孙题乞巧文》："外孙争乞巧，内子共题文。隐映花衮对，参差绮席分。鹊桥临片月，河鼓掩轻云。羡此婴儿辈，吹呼彻曙闻。"林杰和权德舆的诗说明七夕乞巧风俗是在唐朝各个阶层都比较流行的民俗。这是唐代诗人书写牛郎织女故事的文化

1956年，第4197页。
① 〔宋〕熊铁：《牵牛织女：星象视角下知识、传说与仪式的互动》，《史学月刊》，2021年，第10期。
② 〔五代〕王仁裕等撰、丁如月等校点：《开元天宝遗事》，上海古籍出版社，2012年，第19页。

语境。

唐代诗人对牛郎织女故事的书写继承了前代诗人的书写范式，并在此基础上有所创新。牛郎织女故事的本质是离别主题，不同时期的诗人对同一主题的演绎有不同的特征。刘勰《文心雕龙·通变》："文律运周，日新其业。变则其久，通则不乏。趋时必果，乘机无怯。望今制奇，参古定法。"[1]刘勰认为写作要有更新和变革，把继承和变革结合起来，才能创作出优秀的文学作品。此言甚是。具体而言，《古诗十九首·迢迢牵牛星》和曹丕《燕歌行》将牛郎织女故事和人间夫妻离居现象关联在一起。唐代诗人继承了牛郎织女作为夫妻离别叙事符号的文学传统，并运用不同的写作技巧去演绎牛郎织女的故事，使得这个故事在诗歌传播系统里走向经典化。正是因为唐代诗人在写作手法方面的创新，使得他们吟咏牛郎织女故事的诗歌具有了独特的艺术价值。

二、逞才竞艺的载体：初唐诗人笔下的牛郎织女

初唐诗人吟咏牛郎织女故事着力于形式要素层的突破。这一点主要和初唐时期诗歌写作风尚有关，"唐初的几代君主，不仅太宗如其自称喜'以万机之暇，游息艺文'（《帝京篇·序》），高宗、武后、中宗等，也都如此。为了炫耀大唐帝国的治世气象，他们又广引天下文士，编纂类书，赋诗唱酬。由此，在唐初先后出现了几个宫廷文人集团。其中最具代表性的诗人，有太宗朝虞世南、许敬宗，高宗朝的上官仪，武后时期的'文

---
[1] 王志彬译注：《文心雕龙》，中华书局，2012年，第354页。

章四友'（李峤、杜审言、苏味道、崔融），中宗时的宋之问、沈佺期等。这些宫廷文人，或位居显贵，或为帝王所奖掖，没有所倡，天下靡然成风"[1]。正因为上述宫廷诗人的巨大影响力，初唐诗歌呈现出繁缛绮错的装饰性风格。这种风格也体现在牛郎织女故事的诗歌叙写之中，如许敬宗《奉和七夕宴悬圃应制二首》：

牛闺临浅汉，鸾驷涉秋河。两怀萦别绪，一宿庆停梭。
星模铅里靥，月写黛中蛾。奈许今宵度，长婴离恨多。

婺闺期今夕，蛾轮泛浅潢。迎秋伴暮雨，待暝合神光。
荐寝低云鬓，呈态解霓裳。喜中愁漏促，别后怨天长。[2]

这两首诗采用外聚焦型叙述视角，"在外聚焦型视角中，叙述者严格地从外部呈现每一件事，只提供人物的行动、外表及客观环境，而不告诉人物的动机、目的、思维和情感"[3]。许敬宗《奉和七夕宴悬圃应制二首》其一叙写牛郎织女在七夕相会的情景，叙事清晰，但是抒情效果较弱。此诗胜在语言典雅、对仗工整。其二叙写牛郎织女聚会时织女的情态和心理体验。外聚焦型叙述视角中的主人公显得神秘、朦胧或不可接近。和曹丕的《燕歌行》相比，许敬宗这两首诗的抒情效果被严重削弱了。从叙事的角度看，这种差距形成的根本原因是诗人叙述

---

[1] 章培恒、骆玉明主编：《中国文学史》，复旦大学出版社，2005年，第22页。
[2]〔清〕彭定求等编：《全唐诗》卷三十，中华书局，1960年，第465页。
[3] 胡亚敏：《叙事学》，华中师范大学出版社，2004年，第32页。

视角的不同。曹丕《燕歌行》中所采用的内聚焦型叙述视角更有助于反映抒情主人公的思维和情感。那么从诗歌史演进的角度看,这是否是一种进步呢?答案是肯定的。初唐诗人的这种写作风尚受到永明体的影响,永明体以讲究声律、形式美为特征。追求内容美和形式美是诗歌演进过程中的两个维度,但在不同的时期,诗人们有不同的侧重点。《文心雕龙·情采》:"研味《孝》《老》,则文质附乎性情;详览庄、韩,则见华实过乎淫侈。若择源于泾渭之流,按辔于邪正之路,亦可以驭文采矣。夫铅黛所以饰容,而盼倩生于淑姿;文采所以饰言,而辩丽本于情性。故情者文之经,辞者理之纬;经正而后纬成,理定而后辞畅。此立文之本源也。"[①] 在刘勰看来,好的文章应该兼具内容美和形式美。但在实际创作的过程中,诗人能在两个方面都做到极致的情况并不常见,或者是在内容方面擅长,或者是在形式层面擅长。然而正是在一代又一代人合力的试错之后,文质彬彬的佳作在时代厚重肥沃的土壤中滋生、成长、成熟了。此外,宫廷诗人的生活环境和创作状态限制了诗歌内容的开拓,宫廷诗人生活较为单调,难以接触到更为广阔的时代生活,难以担负起诗歌歌唱人生的使命。

又如苏颋《奉和七夕宴两仪殿应制》:"灵媛乘秋发,仙装警夜催。月光窥欲渡,河色辨应来。机石天文写,针楼御赏开。窈观栖鸟至,疑向鹊桥回。"此诗采用外聚焦型叙述视角,叙写七夕之夜牛郎织女相聚之事和君臣集会的雅兴。这首诗前六句写织女七月七日渡河和牛郎团聚之事,"灵媛"即织女,先

[①] 王志彬译注:《文心雕龙》,中华书局,2012年,第368页。

写织女精心化妆到在银河边等待渡河，接着写人间乞巧风俗和君臣宴会的情形。此诗着力于炼字和对仗，"灵媛""仙装"强调了织女天上仙女的高贵身份，"御赏"回应题目，说明此诗创作的背景。君臣集会之时，宫廷诗人之间的诗歌创作既是娱乐助兴，又是才艺竞争。在极短时间之内，追求形式美的突破比追求内容深刻相对容易。这也是宫廷诗人的创作语言华美而思想性相对薄弱的缘故。《诗大序》："诗者，志之所之也。在心为志，发言为诗。情动于中而形于言。言之不足，故嗟叹之；嗟叹之不足，故永歌之；永歌之不足，不如手之舞之、足之蹈之。"引文强调了诗歌应该真实地反映人们内心的想法和真实情感。如果从这个角度看，苏颋此文并无太多客观。然而此诗声律和谐、对偶精工，文脉流畅，语言精练，从形式层角度看，无疑是一篇佳作。《文心雕龙·声律》云："练才洞鉴，剖字钻响，疏识阔略，随音所遇，若长风之过籁、南郭之吹竽耳。古之佩玉，左宫右宫徵，以节其步，声不失序。音以律文，岂可忽哉！"刘勰在此篇中强调了声律美的重要意义。初唐诗人在声律和谐、辞藻精妙方面的成就颇为突出。苏颋《奉和七夕宴两仪殿应制》就是这方面的代表。

再如杜审言《奉和七夕侍宴两仪殿应制》："一年衔别怨，七夕始言归。敛泪开星靥，微步动云衣。天回兔欲落，河旷鹊停飞。那堪尽此夜，复往弄残机。"[1]此诗采用外聚焦型叙述视角，叙述视角的承担者是诗人杜审言，叙写了织女渡河和牛郎聚会以及分别的情景。外聚焦型叙述视角的缺点是不能充分敞

---

[1]〔清〕彭定求等编：《全唐诗》卷六十二，中华书局，1960年，第732页。

开人物的内心世界。外聚焦型叙述视角下的人物显得神秘、朦胧。织女在结束一年分别之际,依靠鹊桥和牛郎相会。叙述声音也是杜审言,"视角研究谁看的问题,即谁在观察故事,声音观察谁说的问题,指叙述者传达给读者的语言,视角不是传达,只是传达的依据"[1]。织女的心理活动通过叙述者的意识活动所构建,织女的哀怨和不舍别离都是叙述者的一种推测。所以,织女的情感体验有一种类型化和浮泛化的特征。具体而言,怨是怎样一种怨,不舍是怎样一种不舍,诗人都没有给出生动丰富的细节。所以,这种叙述模式下的牛郎织女之间的相思之情,缺乏强烈的艺术感染力。《文心雕龙·明诗》:"人禀七情,应物斯感,感物吟志,莫非自然。昔葛天氏乐词,《玄鸟》在曲;黄帝《云门》,理不空弦。至尧有《大唐》之歌,舜造《南风》之诗,观其二文,辞达而已。及大禹成功,九序惟歌;太康败德,五子咸讽,顺美匡恶,其来久矣。自商至周,《雅》《颂》圆备,四始彪炳,六义环深。子夏监绚素之章,自贡悟琢磨之句,故商、赐二子可与言诗。"[2]刘勰认为诗歌中寄寓真实自然的情感很重要,并举出历史上经典的诗歌作品予以证明。辞采声律固然重要,但是缺乏真实情感,诗歌的艺术感染力毕竟受损。杜审言此诗中的别情是为文生情,和《古诗十九首·迢迢牵牛星》《燕歌行》中离情相比差在失真。

要言之,初唐诗人笔下的牛郎织女是为文生情的载体,其所关涉的情是夫妻离居的别情。然而诗人创作之际,并未融入

---

[1] 胡亚敏:《叙事学》,华中师范大学出版社,2004年,第20页。
[2] 王志彬译注:《文心雕龙》,中华书局,2012年,第59页。

真性情，而是着力于表现艺术技巧。从叙事学角度来看，因为采用外聚焦型叙述视角，所以不能淋漓尽致地展现人物的内心活动。如前所述，牛郎织女是夫妻离居的叙事符号，夫妻离居关涉别情和怨情，故情感抒发应该是着力点。然而，这种单纯叙写和渲染离情别绪的写法，已经被《迢迢牵牛星》的作者和曹丕发挥到了极致。初唐诗人另辟蹊径，通过叙写织女赴会的情形，着力从声律、对偶、炼字等方面形成突破。从诗歌史的角度来看，这也是一种非常有益的尝试。

三、转抒性灵：中晚唐诗人笔下的牛郎织女

如上所述，杜审言、许敬宗等诗人从形式层面做了一种有益的尝试。《论语·雍也》云："子曰：'质胜文则野，文胜质则史。文质彬彬，然后君子。'"① 孔子认为内容和形式都很重要，只有内容和文采配合适当，才能达到比较完美的境界，即所谓"尽善尽美"。但是在实际的创作实践过程中，大多数诗人只能在某方面成就突出。不但如此，诗歌演进的过程中，总是呈现出追求内容和追求形式的风尚不断迭代起伏的趋势。在初唐追求形式美的风尚之后，中晚唐诗人又开始在形式美之外，追求内容（情感自然真实），并且取得了不俗的成绩。

如王建《七夕曲》：

河边独自看星宿，夜织天丝难接续。抛梭振镊动明珰，为有

---

① 杨伯峻：《论语译注》，中华书局，1980年，第61页。

秋期眠不足。遥愁今夜河水隔，龙驾车辕鹊填石。流苏翠帐星渚间，环珮无声灯寂寂。两情缠绵忽如故，复畏秋风生晓路。幸回郎意且斯须，一年中别今始初。明星未出少停车。①

　　此诗采用内聚焦型叙述视角，叙述视角的承担者是织女。"在内聚焦视角中，每件事都严格按照一个或几个人物的感受和意识来呈现。它完全凭借一个或几个人物（主人公或见证人）的感官去看、去听，只转述这个人物从外部接收的信息和可能产生的内心活动，而对其他人物则像旁观者那样，仅凭接触去猜度、臆测其思想感情"②。诗中前两句写织女在银河边看星宿，为相思所困，难以顺畅织布，侧面反映织女内心复杂的活动。三、四句交代因为思念牛郎常难以入眠。五、六句写七夕当晚渡河情景，第七至第十句，写牛郎织女相会的幸福时光。第十一至第十三句写织女归天宫途中的心理活动。王建此诗虽然有雕琢辞藻的痕迹，但是对聚会前、聚会中、聚会后织女的动作和心理的描写生动具体。王建演绎牛郎织女故事最大的贡献是叙写过程加入了生活化的细节，使得夫妻聚合分别的故事血肉饱满。如"幸回郎意且斯须，一年中别今始初。明星未出少停车。"在聚会结束之后，织女恋恋不舍地离开，中途停车的细节描写，巧妙地表现了织女不愿离开又不得不离开的矛盾心理。王建《七夕曲》中的牛郎织女，有了真性情，虽然这种真性情和华丽辞藻的融合还没有达到"羚羊挂角，无迹可寻"的境界，但的确

---

① 〔清〕彭定求等编：《全唐诗》卷二百九十八，中华书局，1960年，第3383页。
② 胡亚敏：《叙事学》，华中师范大学出版社，中华书局，2004年，第27页。

是在初唐诗人尝试的基础上向前推进了一些。王建出身贫寒，曾任县丞、侍御史、陕州司马等职，对社会现实的了解比较深入。《唐才子传》："建才赡，有作皆工。盖尝跋涉畏途，甘分穷苦。"傅璇琮注曰："王建自有才华，之所以'有词皆工'，原因是'跋涉畏途，甘分穷苦'，于民间疾苦，深有了解。王建从青年时期离家出关辅，三十年作客，如前所笺证：东在山东，北抵幽燕，南征岭表，中寓荆南，复居漳岸十年，有丰富之生活阅历，故积之深而出之厚。"①此言诚然。正因为王建有丰富的生活阅历，才能对游子思妇的离情别绪有深刻的认识，所以在塑造织女形象时，才能加入恰当的细节描写，使得人物形象饱满自然。

又如杜牧《七夕》："云阶月地一相过，未抵经年别恨多。最恨明朝洗车雨，不教回脚渡天河。"此诗采用内聚焦型叙述视角，叙述视角的承担者是织女。"视角主要由感知视角和认知视角两大部分组成。感知视角指信息由人物或叙述者的眼、耳、鼻等感觉器官感知。……认知视角指人物和叙述者的各种意识活动，包括推测、回忆以及对人对事的态度和看法，它属于知觉性活动"②。此诗中感知视角和认知视角相结合，"云阶月地一相过"是通过眼睛获取的信息，属于感知视角；三、四句是织女对事的看法，属于认知视角。此诗抓取了织女生活的一个片段，表现了她和牛郎长期离居的怨情。和上述诗人不同，杜牧并没有描写织女的外貌和服饰，而是着力于描摹织女的别情怨恨。可以

---

① 傅璇琮主编：《唐才子传校笺》，中华书局，1987年，第161页。
② 胡亚敏：《叙事学》，华中师范大学出版社，2004年，第23页。

说，杜牧在王建的基础上再往前推进了一步，让牛郎织女从为文生情、追求形式美的桎梏中彻底解放出来，复归为情生情、追求内容的文学传统之中。杜牧此诗对宋代词人产生影响，如李清照《行香子·七夕》："草际鸣蛩，惊落梧桐，正天上、人间愁浓。云阶月地，关锁千重。纵浮槎去，不相逢。星桥鹊架，经年才见，想离情、别恨难穷。牵牛织女，莫是离中？甚霎儿晴，霎儿雨，霎儿风。"李清照吸收了杜牧《七夕》的部分内容，如"云阶月地，关锁千重"；并在演绎牛郎织女的过程中加入典故，增加了更多细节，将夫妻离居的别情写得更加动人心魄。

晚唐诗人之中，叙写牛郎织女故事成就最高的是李商隐和温庭筠。接下来我们逐一分析。如李商隐《辛未七夕》：

> 恐是仙家好别离，故教迢递作佳期。
> 由来碧落银河畔，可要金风玉露时。
> 清漏渐移相望久，微云未接过来迟。
> 岂能无意酬乌鹊，惟与蜘蛛乞巧丝。[1]

此诗采用内聚焦型叙述视角，叙述视角的承担者是诗人李商隐。前六句是感知视角，是诗人对牛郎织女故事的观点和态度。"恐是仙家好别离，故教迢递作佳期"，这两句反用牛郎织女故事为吟咏离别愁怨之情的写法，说仙人应当是爱好离别故将每年七月七日作为固定佳期。"牛女渡河，本属会合，此言别离，乃诗家翻案法。然又硬派不得，故自首迄尾皆作疑而问之

---

[1] 〔清〕彭定求等编：《全唐诗》卷五百三十九，中华书局，1960年，第6170页。

之辞"①。第三至第六句想象七夕之际，在碧落银河之畔，牛郎织女终于相会。"清漏渐移相望久"，是说牛郎织女等待相聚的时刻已经很久，可见他们在等待过程中经受的相思折磨。"微云未接过来迟"是说牛郎久等织女而不至。前两句对牛郎织女每年七夕方可一会之事产生怀疑，这种怀疑的前提是牛郎织女的仙家身份，以仙家之灵力为何会夫妻长期离居？暗含仙家和凡人的对比，说明夫妻离居是仙家和凡人都要面临的境遇。李商隐因为仕宦的缘故，经常面临和妻子异地而居的情形，因此对牛郎织女故事更有切身体会。"从大和三年踏入仕途到去世，三十年中二十年辗转各处幕府。远离家室，漂泊异地"②。作此诗时李商隐与妻子短暂相聚，结尾两句是戏谑之言。人间夫妻团聚不易，不应执着于乞巧活动，而应珍惜团聚的好时光。内聚焦型视角有利于展示叙述者的内心世界。李商隐从传说到现实、从仙家到自己，感慨团聚之艰难、相思之煎熬。将人间别情和牛郎织女故事巧妙糅合在一起，构思新颖，语言清新流利。

又如温庭筠《七夕》："鸣机札札停金梭，芙蓉澹荡生池波。神轩红粉陈香罗，凤低蝉薄愁双蛾。微光奕奕凌天河，鸾咽鹤唳飘飖歌。弯桥销尽愁奈何，天气骀荡云陂陁。平明花木有秋意，露湿彩盘蛛网多。"③此诗采用外聚焦型叙述视角，叙述视角的承担者是叙述者温庭筠。前六句写织女停止织布并赶去

---

① 吴慧著：《李商隐诗要注新笺》下，方志出版社，2010年，第871页。
② 李先秀：《对李商隐心灵世界的探寻》，《中南民族大学学报（人文社会科学版）》，2005年第3期。
③〔清〕彭定求等编：《全唐诗》卷五百七十七，中华书局，1960年，第6710页。

和牛郎聚会。温庭筠用华丽的辞藻营造出聚会隆重的氛围，着重渲染织女作为天上神仙的华贵生活和优雅动作，牛郎织女之间的相思离别之情不再作为叙写的重点。"金梭""香罗""鸾鸣""鹤唳"等词营造出织女生活空间的华贵特征。温庭筠此诗沿袭了初唐诗人追求形式美的写作传统，这种传统追根溯源是南朝文学传统。温诗又受到中晚唐诗人写作风尚的影响，具体体现在结尾两句从牛郎织女的传说转到现实生活中的七夕风俗。"平明花木有秋意，露湿彩盘蛛网多"，这两句叙述视角从天上到人间，描写人间七夕人们团聚在一起乞巧娱乐。中晚唐诗人叙写牛郎织女故事时，总是和人间夫妻别情、乞巧风俗联系在一起。此诗典丽雍容、意脉流畅，不过个性特征不太突出。葛兆光先生在《中国文学史》中指出："李商隐对爱情、对理想的追求是执着的，他心中的追求是执着的，他心中因此而深藏了痛苦，这种痛苦经过千回百转地咀嚼，写成诗歌，便已融入了诗的意象之中，因而显得深远悠长，感人至深；而温庭筠的诗则显得直露肤浅些，往往缺乏一种缠绕回荡的韵味，诗的语言比起李商隐来也清浅、疏朗一些，所用的意象也更偏于外在的具体描摹而不像李商隐的诗歌意象具有非常强的象征内蕴。"[1] 这个论断十分精辟，在演绎牛郎织女故事的诗歌创作中，这两位诗人的区别体现得很明显。

温庭筠还有一首同题诗，其诗云："鹊归燕去两悠悠，青琐西南月似钩。天上岁时星右转，世间离别水东流。金风入树

---

[1] 章培恒、骆玉明主编：《中国文学史》中，复旦大学出版社，1996年，第249页。

千门夜,银汉横空万象秋。苏小横塘通桂楫,未应清浅隔牵牛。"①此诗采用外聚焦型叙述视角,叙述视角的承担者是叙述者温庭筠。牛郎织女故事在此诗中已经完全成为符号,诗人构建了一个广阔的叙事空间,"鹊"关联鹊桥,和团聚相关;"燕"关联春天,和爱情相关。天上地下、金风银汉、千门万象,诗人的视野范围十分广阔。诗歌最后两句点题,用了苏小小和牛郎织女的典故。这两个典故都和等待爱人有关。南朝乐府《苏小小歌》:"妾乘油壁车,郎骑青骢马。何处结同心?西陵松柏下。"李贺也写了一首有关苏小小的诗,其诗云:"幽兰露,如啼眼。无物结同心,烟花不堪剪。草如茵,松如盖。风为裳,水为佩。油壁车,久相待。冷翠烛,劳光彩。西陵下,风吹雨。"南朝乐府写苏小小和情人约会,而李贺《苏小小墓》叙写苏小小即使化为鬼魂也要执着地守候爱人。牛郎织女是天上伴侣,苏小小和情人是人间恋人,两组人物的共同之处是别情和相思。最后两句点题,天上人间总有不少离居的夫妻爱侣,或许他们能在七夕之夜团聚吧。"每个社会都设法建立一个意义系统,人们通过它们来显示自己与外界的联系。这些意义规定了一套目的,它们或像神话和仪式那样,揭示了共同经验的特点。"②此言甚是。尽管苏小小故事也有等待爱人的象征意蕴,但苏小小是名妓,名妓的爱恨别离所引发的共情(共

---

① 〔清〕彭定求等编:《全唐诗》卷五百七十八,中华书局,1960年,第6724页。
② 〔美〕丹尼尔·贝尔,,赵一凡、蒲隆、任晓晋译:《资本主义文化矛盾》,生活·读书·新知三联书店,1989年,第197页。

同经验）的范围较为狭小，而牛郎织女在农耕社会中具有更大辐射范围，可以泛指世间大多数的男女。温庭筠此诗从表面看似乎在写牛郎织女的故事，实际上叙写普天之下不得不离居的夫妻爱侣，表达期望他们能够在七夕团聚的美好愿望。这首诗写得特别好的一点是，基于牛郎织女故事的框架，而又超越了前人的思维定式，不再是一味地写相思之苦和别离之难。外聚焦叙述视角，使得人物（牛郎织女）的相思离别和叙述者（温庭筠）之间保持了一定的距离，使诗歌呈现出一种哀而不伤的艺术风格。王国维在《人间词话》中说："诗人对于自然人生，须入乎其内，又须出乎其外。入乎其内，故能写之。出乎其外，故能观之。入乎其内，故有生气。出乎其外，故有高致。"[①]温庭筠此诗便是如此，叙写牛郎织女故事，能入其内关涉别情，又能出其外不为别情所束缚。

在温庭筠、李商隐之外，还有一些诗人写得也不错。如赵璜《七夕诗》："乌鹊桥头双扇开，年年一度过河来。莫嫌天上稀相见，犹胜人间去不回。欲减烟花饶俗世，暂烦云月掩楼台。别时旧路长清浅，岂肯离情似死灰。"[②]此诗采用内聚焦型叙述视角，叙述视角的承担者是牛郎织女，叙述声音是赵璜。内聚焦型视角的优点是"缩短了人物与读者距离，使读者获得一种亲切感"和"淋漓尽致地表现人物激烈的内心冲突和漫无边际的思绪"。[③]

[①] 张葆全、周满江选注：《历代诗话选注》，广西师范大学出版社，2020年，第316页。

[②] 〔清〕彭定求等编：《全唐诗》卷五百九十，中华书局，1960年，第6851页。

[③] 胡亚敏：《叙事学》，华中师范大学出版社，2004年，第27页。

诗中使用的认知性视角，具体就是牛郎织女对每年只有七夕才能团聚一天这种生活模式的态度和看法。叙述视角与叙述声音的区别是："视角研究谁看的问题，即谁在观察故事，声音研究谁说的问题，指叙述者传达给读者的语言，视角不是传达，只是传达的依据。"[1] 从具体表现形式来看，叙述视角和叙述声音的差异表现为"时间差异、智力差异、文化差异、道德差异"。就此诗而言，诗人认为牛郎织女长期分居但是每年还能有一日团聚，而人间夫妻有的时候分别即永别，因此牛郎织女的这种婚姻还是相对幸福的。叙述视角和叙述声音之间的互相区别和限制构成了复杂的叙述关系，其好处是"造成人物与叙述者的距离，构成叙述的层次或空白，促使语言的含混和丰富"[2]。就此诗而言，叙述视角和叙述声音的差异造就了叙述层次和故事意蕴内涵的丰富。

又如罗隐《七夕》："月帐星房次第开，两情惟恐曙光催。时人不用穿针待，没得心情送巧来。"[3] 此诗采用内聚焦型叙述视角，叙述视角的承担者是牛郎织女，叙述声音是叙述者罗隐。诗人选择牛郎织女相聚的一个时间片段展开叙述，前两句写久分团聚之甜蜜。后两句是认知性视角，叙述牛郎织女对乞巧风俗的看法，这个声音是叙述者的，视角与声音的差异，导致对同一事件不同看法的呈现，增加了牛郎织女故事的意蕴内涵。这些诗人在前代诗人只叙写牛郎织女故事和民间乞巧风俗的基

---

[1] 胡亚敏：《叙事学》，华中师范大学出版社，2004年，第20页。
[2] 胡亚敏：《叙事学》，华中师范大学出版社，2004年，第23页。
[3] 〔清〕彭定求等编：《全唐诗》卷六百六十三，中华书局，1960年，第7601页。

础上又推进了一步，传递了对乞巧风俗表示质疑的观点。

　　要之，中晚唐诗人在演绎牛郎织女故事时，多采用内聚焦型叙述视角，这种写法更容易展开人物的内心世界，对于抒发人物情感有益处。诗人又一次从为文生情转向为情生文，在叙写牛郎织女故事的同时融入其对世间夫妻聚散离合现象的思考。如果说初唐诗人将追求形式美作为演绎牛郎织女故事的核心问题，那么中晚唐诗人重新将挖掘牛郎织女故事的情感内涵作为核心问题，这是对初唐诗人极端追求形式美的一种历史反拨。清王夫之《姜斋诗话》云："无论诗歌与长行文字，俱以意为主。意犹帅也。无帅之兵，谓之乌合。李杜所以称大家者，无意之诗，十不得一二也。烟云泉石，花鸟苔林，金铺锦帐，寓意则灵。如齐、梁绮语，宋人抟合成句之出处，役心向彼掇索而不恤己情之所自发，此之谓小家数，总在圈缋中求活计也。"①此言诚然，诗歌中要有真性情，否则犹如"乌合之众"。中晚唐诗人演绎牛郎织女故事，既有文辞之美，又有性灵之美，趋近了"尽善尽美"的境界。明都穆《南濠诗话》云："东坡云：'诗须有为而作。'山谷云：'诗文惟不造空强作，待境而生，便自工耳。'予谓今日之诗，惟务应酬，真无为而强作者，无怪其语之不工。元遗山诗云：'纵横正有凌云笔，俯仰随人亦可怜。'知此病者也。"②都穆反对"无为而作"的应酬诗，

---

① 张葆全、周满江：《历代诗话选注》，广西师范大学出版社，2020年，第229页。
② 张葆全、周满江：《历代诗话选注》，广西师范大学出版社，2020年，第167页。

主张"有为而作"和"待境而生",这种观点很有见地。初唐吟咏牛郎织女的诗歌多是"无为而作",难免有造空强作之感。中晚唐诗人多有仕宦奔波之经历,此所谓能"待境而生"也,故其诗能工。

唐代之前吟咏牛郎织女的诗歌数量不是太多,唐代诗歌对牛郎织女故事的反复演绎,对于牛郎织女作为夫妻离居的叙事符号在文学传播系统中被经典化具有重要作用。宋词中也有不少借用牛郎织女故事叙写夫妻爱侣别情的优秀作品。前文所引李清照《行香子·七夕》,以及陈东《西江月》、朱淑真《鹊桥仙》、袁去华《鹊桥仙》、王炎《南柯子》、赵师侠《鹧鸪天》、刘克庄《满江红》、秦观《鹊桥仙》等,其叙写方式都有借鉴唐代吟咏牛郎织女故事诗歌的印记。在这些词作中最为知名的是秦观的《鹊桥仙》:"纤云弄巧,飞星传恨,银河迢迢暗度。金风玉露一相逢,便胜却人间无数。 柔情似水,佳期如梦,忍顾鹊桥归路。两情若是久长时,又岂在朝朝暮暮。"此词叙写牛郎织女的方式和晚唐诗人相似,为聚焦型叙述视角,叙述视角的承担者是牛郎织女,叙述声音是秦观。叙述视角承担者和叙述声音的错位,形成丰富的叙述层次。此外,词结尾两句反用典故,与罗隐《七夕》、李商隐《辛未七夕》构思方式有异曲同工之妙。《毛诗传》云:"诗者,志之所之也。在心为志,发言为诗。情动于中而形于言,言之不足,故嗟叹之,嗟叹之不足,故咏歌之,咏歌之不足,不知手之舞之,足之蹈之也。"真正打动人心的诗歌都是抒发性灵的作品,牛郎织女故事的广泛传播,离不开故事本身所包含信息和社会生活的高度契合性,也离不开历代文人的精彩演绎。

牛郎织女故事传播范围极广，传播时间极长，是中国文化史上影响最大的民间故事之一。在牛郎织女故事广泛传播的过程中，也会吸收其他故事的一些情节，继而逐渐走向文本内容的稳定。"牛郎织女故事的基本框架以及蕴含的文化意蕴并不仅仅是跟七夕风俗文化单线沟通这么简单，从星星婚恋到人仙婚恋，牛郎织女故事又吸收借鉴了一些其他故事情节，如董永故事、浴女故事、毛衣女故事等，在此基础上，牛郎织女故事情节逐渐成熟、渐趋稳定。民间故事作为口耳相传，极具生命力的文学形式，必然会走向世俗化，即使是人仙相恋也必然会打上世俗的烙印"[1]。牛郎织女故事在不同时代、不同地域、不同群体的读者接受、重造、传播的过程中呈现出明显的时代性、地域性和群体性特征。从历时的角度来考察，存在文人传播和民间传播两个基本的传播系统。文人通过诗歌演绎牛郎织女故事是文人传播系统的一个重要维度，唐代诗人对牛郎织女故事的重新演绎既是基于汉代以来将牛郎织女作为夫妻离居的叙事符号的继承，又是融入唐代社会生活中夫妻离居中的真实情感体验和诗人对婚姻关系中两性情爱的认知而重新创造的产物。初唐诗人叙写牛郎织女故事，注重辞采、声律而不注重对织女内心情感体验的挖掘，以外聚焦型叙述视角为主。中晚唐诗人叙写牛郎织女故事，注重挖掘织女内心情感体验，并将其和世俗社会夫妻分别而产生的情感体验

---

[1] 李若熙、丁淑梅：《汉族与少数民族'牛郎织女'故事母题的共同意识》，《民族学刊》，2021年第5期。

巧妙地扭合在一起。唐代诗人对牛郎织女故事的叙写，使得牛郎织女作为夫妻离居的叙事符号在文人传播系统内被固定并日益经典化，宋词接续唐诗将牛郎织女故事作为夫妻别离相思的叙事符号。

第八章 铜雀妓：唐人两性情爱关系维度下的生死阻隔书写

铜雀妓故事和曹操遗书有关，铜雀妓的诗歌书写起始于南朝，兴盛于唐朝。学者们通常将唐代铜雀妓诗归于宫怨类情爱诗，继而对其进行整体性研究。因此，铜雀妓故事的独特意蕴就容易被混淆。铜雀妓故事的核心情节是主人亡故后铜雀妓们惨淡的生活状态。唐代诗人对铜雀妓故事的不断演绎，其本质是对两性情爱关系维度下生死阻隔的思考和书写。

《乐府诗集》引《邺都故事》："魏武帝遗命诸子曰：'吾死之后，葬于邺之西岗上，与西门豹祠相近，无藏金玉珠宝。余香可分诸夫人，不命祭吾。妾与伎人，皆著铜雀台。台上施六尺床，下缌帐，朝上晡酒脯鈩鄉之属。每月朝十五，辄向帐前作伎。汝等时登台，望吾西陵墓田。'"[1]后因陆机《吊魏武帝文》中提及铜雀台及曹操遗令，对铜雀妓故事的传播起到

---

[1]〔宋〕郭茂倩：《乐府诗集》，上海古籍出版社，1998年，第365页。

关键性作用。据学者统计，《先秦汉魏晋南北朝诗》中唐前吟咏铜雀妓故事的诗歌有7首，[①]数量并不多。进入唐代，吟咏铜雀妓的诗歌创作进入兴盛期。前贤时彦对以铜雀妓故事为主要内容的诗歌已经做了很多研究但大多将此类诗歌置于宫怨类爱情诗的框架之下进行考察。本书拟从两性情爱关系维度对其进行研究，希望能开拓出研究此类诗歌的新视角。

一、铜雀妓：得宠乐妓悲剧命运的象征符号

如上所述，铜雀妓故事和曹操遗令有关，铜雀妓的命名和铜雀台有关。卢弼《三国志集解》中说曹操在建安十五年修建铜雀台，其后引《河南通志》："铜雀台在彰德府临漳县西，魏曹操筑，并金虎、冰井二台，相去各六十步，其上，复道楼阁相通，中央悬绝，著大铜雀，高一丈五尺，置之楼顶。"[②]曹丕和曹植的赋作中都有提及铜雀台。铜雀妓是曹操生前喜爱的乐妓，因为常常在铜雀台进行音乐表演，故以铜雀台之名命之。铜雀妓故事的第一个比较有影响力的文学传播者是陆机。

陆机《吊魏武帝文》：

> 元康八年，机始以台郎出补著作，游乎秘阁，而见魏武帝遗令，忾然叹息，伤怀者久之。客曰："夫始终者，万物之大归。死生者，性命之区域。是以临丧殡而后悲，睹陈根而绝哭。今乃伤心百年之际，兴哀无情之地，意者无乃知哀之可有，而未识情

---

① 参见吴雪伶：《唐代铜雀台诗的双重回忆模式与宫怨主题》，《湖北社会科学》，2006年第8期。
② 卢弼：《三国志集解》，中华书局，1982年，第39页。

之可无乎？"……

又云："吾在军中，持法是也。至于小愤怒，大过失，不当效也。"善乎达人之谠言矣。持姬女而指季豹以示四子曰："以累汝！"因泣下。伤哉！曩以天下自任，今以爱子托人。同乎尽者无馀，而得乎亡者无存。然而婉娈房闼之内，绸缪家人之务，则几乎密与！又曰："吾婕妤妓人，皆著铜爵台，于台堂上施八尺床、繐帐，朝晡上脯糒之属。月朝十五，辄向帐作妓，汝等时时登铜爵台，望吾西陵墓田。'"①

陆机《吊魏武帝文》是文学史上著名的吊文。陆机因偶见曹操遗令而心生哀悼故作此文。序文中作者罗列了几条遗令内容并予以评价。陆机在文中对曹操的功业评价颇高，感慨如此英雄人物在生死离别之际，和普通人一样对人生充满眷恋和不舍。"曹操以雄才大略，不可一世，执法无情，人所悉闻。而临终分香卖履之嘱，又何其软弱缠绵。罗隐所谓'英雄亦到分香处，能共常人较几多'（《邺城》），即讥其无异于常人。昔人所谓'奸雄末路，振古如兹，一世之雄，而今安在'，实自陆机此文发端"②。这个论点很精辟。陆机《吊魏武帝文》的广泛流传使得铜雀妓的故事也随之流传。张溥《汉魏六朝百三家集·陆平原集题辞》中说"士衡才冠当世"，又说"然冤结乱朝，文悬万载，吊魏武而老奸而掩袂，赋豪士而骄王丧魄。辨亡怀宗

---

① 上海辞书出版社文学鉴赏辞典编纂中心编：《古文鉴赏辞典》魏晋南北朝，2021年，上海辞书出版社，第548页。
② 上海辞书出版社文学鉴赏辞典编纂中心编：《古文鉴赏辞典》魏晋南北朝，2021年，上海辞书出版社，第548页。

国之忧，五等陈建候之利，北海之后，一人而已"。陆机创作此文，其目的是抒发吊古伤今盛衰存亡之感，其叙写的立足点是曹操，而后世文人以曹操遗令中提及的铜雀妓为叙写的立足点，因此主旨也就发生了改变。

如何逊《铜雀妓》："秋风木叶落，萧瑟管弦清。望陵歌对酒，向帐舞空城。寂寂檐宇旷，飘飘帷幕轻重。曲终相顾起，日暮松柏声。"① 此诗继承了陆机吊古伤今、抒发盛衰存亡之感的主旨。诗歌前两句描写铜雀台周围萧瑟冷寂的环境，三、四句写乐妓在铜雀台上表演，这两句应该是虚写。学界一般认为曹丕并没有严格执行曹操的遗令。② 其主要依据是《世说新语》"贤媛"第十九的记载，其文云："魏武帝崩，文帝悉取武帝宫人自侍。及帝病困，卞后出看疾。太后入户，见直侍并是昔日所爱幸者。太后问：'何时来邪？云：'正伏魄时过。'"③ 当然，这条证据并非铁证，然可备一说。何逊的叙写重点还是曹操，铜雀台上的歌舞依旧，但是曾经欣赏的一代英雄已经化为尘土，这的确是让人感慨"滚滚长江东逝水，浪花淘尽英雄""物是人非事事休，欲语泪先流"。铜雀妓的影响力一方面源于魏武帝这位英雄人物，一方面源于铜雀台这个宏大的地标性建筑。

《水经注》卷十《浊漳水》中对铜雀台的规模形制有详细的记载，其文云："建安十五年，魏武所起……铜雀台高十丈，

---

① 沈文凡编著：《汉魏六朝诗三百首译析》，吉林文史出版社，2005年，第186页。
② 参见刘术：《魏晋南北朝时期的铜雀文化》，《天中学刊》，2016年第2期。
③ 余嘉锡：《世说新语笺疏》，中华书局，2011年，第578页。

有屋百一间……石虎增二丈，立一层，连栋接榱，弥覆其上，盘回隔之，名曰命子窟。又于屋上起五层楼，高十五丈，去地二十七丈。又作铜雀于楼巅，舒翼若飞。南则金虎台，高八丈，有屋百四十间。"[1]由此可知，铜雀台宏大壮观，制作技艺高超。建安十七年铜雀台建成之后，曹操命其子作赋以咏此台，曹丕和曹植的赋文留存至今。我们通过曹丕和曹植的赋文亦可以窥见铜雀台的宏大气象和优越的地理位置。如曹丕《登台赋》："建安十七年春，游西园，登铜雀台，上命余兄弟并作。其词曰：登高台以骋望，好灵雀之丽娴。飞阁崛其特起，层楼俨以承天。步逍遥以容与，聊游目于西山。溪谷纡以交错，草木郁其相连。风飘飘而吹衣，鸟飞鸣而过前。申踌躇以周览，临城隅之通川[2]"。曹植《登台赋》既叙写铜雀台壮观的气象，又赞美了曹操的功德威名。当时曹操诸子都参与吟咏铜雀台的文艺活动，曹植《登台赋》因文辞华美和成文速度而受到曹操赞赏，《三国志·魏书·任城陈萧王传》中即有相关记载。[3]由此可知，当时铜雀台落成，也是曹魏集团的盛大事件。当此之时，铜雀台代表了曹魏集团的强大经济政治实力，而在铜雀台上表演的乐妓只是曹魏集团娱乐遣兴活动中的配角而已。因此，距离曹魏历史较近的诗人多通过吟咏铜雀台，感慨曹魏历史之兴衰之变。

铜雀台在永嘉三年（307）因"汲桑之乱"，邺城宫殿皆

---

[1]〔北魏〕郦道元：《水经注》，巴蜀书社，1985年，第213页。
[2]〔魏〕曹丕：《三曹集·魏文帝集》，岳麓书社，1992年，第122页。
[3]〔晋〕陈寿：《三国志》，中华书局，1982年，第557页。

被烧毁。十六国时期后赵石虎迁都邺城后，重修并扩建铜雀台，并将其改名为金凤台。《邺中记》记载，石虎重建铜雀台后，台上殿阁中有女监和女妓，正殿有华贵富丽的陈设，铜雀台有供石虎和其臣僚娱乐的功能。后铜雀台又因战乱被破坏，北齐帝高洋在天保七年（556）重修铜雀台，亦名其为金凤台。周静帝大象二年（580）相州总管尉迟迥因反对杨坚专权而在邺城起兵，韦孝宽率兵攻破邺城，邺城被焚毁，殃及铜雀台。自此之后，铜雀台彻底破败，至唐宋时期只有高台和残破宫殿。①因此可知，铜雀台在四百年内是局部的权力中心，铜雀台的主人虽然几经变迁，铜雀台上的乐妓们的音乐表演却持续了数百年。以此之故，铜雀台成为文士兴发盛衰之变的载体亦在情理之中。唐前有关铜雀台的诗歌中，也有吟咏铜雀妓情感体验的作品，只不过数量少，而且对铜雀妓情感挖掘的深度不如唐代诗人。如谢朓《铜雀悲》：

落日高城上，余光入繐帷。寂寂深松晚，宁知琴瑟悲。

此诗采用外聚焦型叙述视角，其"只提供人物的行动、外表及客观环境，而不告诉人物的动机、目的、思维和情感"②，这种叙述视角塑造出的人物往往显得神秘、朦胧和不可接近。此诗的叙述声音是叙述者，而非故事人物铜雀妓，因此对铜雀妓情感体验的叙写比较浮泛。诗歌叙写在黄昏的铜雀台上，乐妓的寂寞悲怨的心情。唐代诗人主要延续齐谢朓《铜雀悲》开

---

① 参见徐永清：《宫殿简史》，商务印书馆，2022年，第183页。
② 胡亚敏：《叙事学》，华中师范大学出版社，2004年，第32页。

创的写作思路来演绎铜雀妓的故事,其突破是对铜雀妓情感体验的深度挖掘。

吟咏铜雀妓故事的诗题主要有两种,一种是《铜雀台》,一种是《铜雀妓》。齐谢朓《铜雀妓》与梁何逊《铜雀妓》的叙述重点不同。何逊《铜雀妓》以感慨历史兴衰为叙述重点,而谢朓则以铜雀妓的情感体验为叙述重点。其诗如下:

歌扇向陵开,斋行奠玉杯。舞时飞燕列,梦里片云来。
月色空余恨,松声暮更哀。谁怜未死妾,掩袂下铜台。

此诗采用内聚焦型叙述视角,叙述视角的承担者是铜雀妓。这首诗叙写的铜雀妓故事,是基于曹操遗令所展开的文学想象。诗人叙写曹操死后,铜雀妓寂寞孤单的情感体验。曹操临死之际托付的必定是在心中非常重视的人和事。由此可知,铜雀妓是曹操宠爱的乐妓。根据现存材料,曹丕并未按照曹操的遗令执行对铜雀妓的安排。可见时移世易,新的君王即位,旧日乐妓大概率不能继续得宠。谢朓便是基于这种情理展开想象:在祭奠先主人曹操之后,像往常一样奏乐歌舞,歌舞还是以前的歌舞,但是观赏的人发生了变化。表演结束后,铜雀妓悲伤地走下了铜雀台。谢朓《铜雀妓》明确地写出了铜雀妓对故主人曹操的恋慕之情。固然,乐妓与主人之间有情爱关系在古代社会并不稀奇,但是在谢朓之前并没有人从这个角度演绎铜雀妓的故事。"谁怜未死妾,掩袂下铜台",点明了铜雀妓和曹操之间的关系。这句话是说曹操死亡之后,铜雀妓痛不欲生。言下之意,曹操是铜雀妓所爱之人。唐代大部分演绎铜雀妓故事的诗歌都是基于两人之间的情爱关系展开叙述。如王勃《铜雀妓》：

> 金凤邻铜雀，漳河望邺城。君王无处所，台榭若平生。
> 舞席纷何就，歌梁俨未倾。西陵松槚冷，谁见绮罗情。
>
> 妾本深宫妓，层城闭九重。君王欢爱尽，歌舞为谁容。
> 锦衾不复襞，罗衣谁再缝。高台西北望，流涕向青松。①

其一采用外聚焦型叙述视角，叙写曹操去世后，铜雀台周围的萧瑟景象。邺城依旧、漳河依旧、歌舞依旧，但是故主曹操已经不再。最后两句抒情，代言铜雀妓抒发对故主曹操的相思之情。其二采用内聚焦型叙述视角，叙述视角的承担者是铜雀妓。内聚焦型叙述视角"使读者获得一种亲切感。这种内聚型的最大特点是能充分敞开人物的内心世界，淋漓尽致地表现人物激烈的内心冲突和漫无边际的思绪"②。从抒情的角度来说，内聚焦型叙述视角能更精准地表现主人公的情感。"君王欢爱尽，歌舞为谁容。"故主曹操已经去世，而铜雀妓被桎梏在九重宫殿之内。前两句写铜雀妓被困在后宫之中的境遇，后六句叙写铜雀妓因所爱之人亡故而陷入无法自拔的痛苦之中。

又如沈佺期《铜雀妓》："昔年分鼎地，今日望陵台。一旦雄图尽，千秋遗令开。绮罗君不见，歌舞妾空来。恩共漳河水，东流无重回③。"此诗前四句写曹操之死，尽管当年挟天子以

---

① 〔清〕彭定求等编：《全唐诗》卷五十六，中华书局，1960年，第678页。
② 胡亚敏：《叙事学》，华中师范大学出版社，2004年，第27页。
③ 〔宋〕郭茂倩编：《乐府诗集》，中华书局，2017年，第669页。

令诸侯，形成三足鼎立的政治局面，但终究走向生命的尽头。后四句叙写曹操亡故后铜雀妓的孤寂和相思。再如刘长卿《铜雀台》：

娇爱更何日，高台空数层。含啼映双袖，不忍看西陵。漳河东流无复来，百花辇路为苍苔。青楼月夜长寂寞，碧云日暮空徘徊。君不见邺中万事非昔时，古人不在今人悲。春风不逐君王去，草色年年旧宫路。宫中歌舞已浮云，空指行人往来处。①

此诗采用外聚焦型叙述视角，前八句写曹操去世后铜雀妓孤苦的生活境遇和哀怨悲痛的情感体验。后六句吊古伤今，抒发对历史兴废之感：建立宏图伟业的英雄曹操去世了，铜雀妓的歌舞逝去了，铜雀台残破了，只有春风春草没有改变。刘长卿的《铜雀台》既有对曹操和铜雀妓情爱关系的描写，也有凭吊魏国历史和铜雀台兴废而抒发个人感慨的内容。

再如贾至《铜雀台》：

日暮铜台静，西陵鸟雀归。抚弦心断绝，听管泪霏微。灵几临朝奠，空床卷夜衣。苍苍川上月，应照妾魂飞。②

此诗采用内聚焦型叙述视角，叙述视角的承担者是铜雀妓，叙述声音也是铜雀妓。前两句写日暮时分铜雀台冷寂的景象，后六句写铜雀妓深夜辗转难眠和悲痛欲绝的心情。诗人选取了

---

① 〔清〕彭定求等编：《全唐诗》卷一百五十一，中华书局，1960年，第1578页。
② 〔清〕彭定求等编：《全唐诗》卷二百三十五，中华书局，1960年，第2594页。

四个细节来表现铜雀妓对曹操的深情，分别是抚弦垂泪、祭奠亡灵、空床卷衣、伤心断魂，这四个细节将铜雀妓的相思之情细腻地表现出来。从抒情角度来说，此诗是一篇佳作，使得铜雀妓的人物形象更加丰满充实。然而美中不足的一点是，贾至《铜雀台》中的铜雀妓和其他宫怨类情爱诗中的女性人物越来越相似。铜雀妓故事成为抒发后宫女性悲剧命运的载体。陈阿娇与长门宫、班婕妤与长信宫、铜雀妓与铜雀台，渐渐从相异往同质化方向发展。其唯一区别是，陈阿娇和班婕妤思念的君王还健在，而铜雀妓思念的君王已经亡故，所以说铜雀妓的悲伤更加深刻。

学界一般认为，唐代《铜雀妓》和《铜雀台》等以铜雀妓为抒情主人公的宫怨类情爱诗的主旨之一是对宫人命运的同情。从这个角度来说，陈阿娇和班婕妤的故事反映了君王的喜新厌旧，而铜雀妓故事反映了宫人至死都要被囚禁在这冰冷的后宫之中。葛立方《韵语阳秋》对曹操处置铜雀妓的遗令给予了严厉批评，其文云："魏武阴贼险狠，盗有神器，实窃英雄之名，而临死之日，乃遗令诸子，不忘于葬骨之地，又使伎人看铜雀台上以歌舞其魂，亦可谓愚矣。"①要之，葛立方对曹操的评价比较极端，这一点和他所处的时代有关，此处姑且不予置评。此外，葛立方对曹操临死处置铜雀妓的方式持批判态度，认为曹操临死之际都要思考死后的享乐显得很愚蠢。有学者指出唐代实行的奉陵宫人制度导致的许多宫人的悲剧和铜雀妓的悲剧

---

① 〔宋〕葛立方：《韵语阳秋》，上海古籍出版社，1976年，第262页。

相似，①这就说明唐人演绎铜雀妓故事具有现实意义。《资治通鉴·唐纪》"宣宗大中十二年"："凡诸帝升遐，宫人无子者悉遣诣山陵供奉朝夕，具盥栉，治衾枕，事死如事生。"②岑仲勉先生指出这种规定和殉葬制度有关，并对其演进过程做了历时性的梳理，其文如下：

依《诗经》及《史记》，则秦之先世武、穆二公，均用人殉葬，始皇死，以后宫为殉，《礼记·檀弓下》，陈子车死，其妻及宰以殉事请于子车之弟子亢，辞曰："夫子疾，莫养于下，请以殉葬。"皆我国本有人殉之证。唯周族已知生命、物类之可惜，始以陶俑等明器。及造纸术发明，更易以纸人、纸马之类，皆殉之遗意也。《孟子·梁惠王篇》引孔子，"始作俑者，其无后乎，为其象人而用之也"，大抵误会作俑而引起人殉，故有此语。又杜甫《桥陵》诗"宫女晚知曙"，《昌黎集》四《（顺宗）奉陵行》"设官置卫所嫔妓，供奉朝夕象平居"，宋白云："凡诸帝升遐，宫人无子者悉遣诣山陵供奉朝夕，具盥栉，治衾枕，事死如事生。"……

按《后汉书》一六刘昭注引《皇览》，汉制，后宫贵幸者皆守园陵，《会要》二一颜真卿引《后汉·礼仪志》，亲陵一所，宫人随鼓漏理被枕，则这种制度非创于唐，而实际同于突、蒙之习惯。③

由此可知，曹操对铜雀妓的安排并非独创，而是有制度依

---

① 但小玲：《唐乐府中铜雀台诗文化内涵发微》，《海南热带海洋学院学报》，2016年第6期。
② 〔宋〕司马光：《资治通鉴》卷二百四十九，中华书局，1976年，第8190页。
③ 岑仲勉著：《隋唐史》，商务印书馆，2015年，第2页。

据。曹操生前虽没有登基，但有等同于帝王的实际权力。帝王死后将所喜爱的嫔妃或乐妓殉葬的事例并不少见，将其安置陵园守灵或者发配入佛寺道观的例子亦很多。《旧唐书·德宗韦贤妃传》载："性敏惠，言无苟容，动必由礼，德宗深重之，六宫师其德行。及德宗崩，请於崇陵终丧纪，因侍于寝园。元和四年薨。"可知，唐代有得宠嫔妃在帝王驾崩后守陵的制度。杜牧《奉陵宫人》、白居易《陵园妾》和韩愈《丰陵行》都提及了宫女守陵的制度。唐代一部分以铜雀妓故事为主要内容的宫怨类情爱诗中强调铜雀妓对曹操的相思之情，似乎她们是心甘情愿守在铜雀台之上；还有一部分诗人对这种戕害人性的制度予以批判，如白居易、韩愈和杜牧三人所写关于守陵宫女生活的诗歌即是如此。但这些作品总有泛泛而谈、说服力不足的问题。

张祜《孟才人叹》叙写受唐武宗喜爱的乐妓被迫殉葬的故事，与铜雀妓的遭遇有相似之处。其诗云："偶因歌态咏娇嚬，传入宫中十二春。却为一声何满子，下泉须吊旧才人。"诗序云："武宗皇帝疾笃，迁便殿。孟才人，以歌笙获宠者，密侍其右。上目之曰：'吾当不讳，尔何为哉？'指笙囊泣曰：'请以此就缢。'上恻然。复曰：'妾当艺歌，请对上歌一曲，以泄其愤。'上以恳许之。乃歌一声《何满子》，气亟立殒。上令医候之，曰：'脉尚温而肠已绝。'及帝崩，柩重不可举。议者曰：'非俟才人乎？'爱命其櫬，櫬及至乃举……大中三年，遇高于由拳，哀话于余，聊为兴叹。"由此可知，孟才人因受宠爱而殉葬，其遭遇令人悲悯；铜雀妓因受宠而失去人身自由，两者之间，何其相似。因此,诗人吟咏铜雀妓诗的确有批评后宫制度对人性戕害的意蕴。铜雀妓的身份是得宠的宫廷乐妓,和陈阿娇、班婕妤得宠嫔妃的身份不同。所以说,铜雀妓的悲剧是宠妓的悲剧,唐代诗人不断演绎铜雀妓故事,不再囿于铜雀妓故事本身,而是将其作为宠妓(妾)的象征符号。

宠妓(妾)和主人之间有没有真正的情爱,此事不能一概而论。有的姬妾因为名利权势而依附主人,有的姬妾和主人之间存在真实的情爱。所以说,铜雀妓悲剧的另一层意涵是两性情爱之生死阻隔。

二、两性情爱遭遇生死阻隔:铜雀妓故事的本质

如上所述,以《铜雀台》和《铜雀妓》为题的诗歌,以历史兴衰之变和铜雀妓故事为主要内容。有的叙写曹操死后铜雀妓孤苦冷清的境遇,有的叙写铜雀妓对曹操的相思之情。叙写铜雀妓对曹操相思之情的这类诗歌,受到《长门怨》《班婕妤》《婕妤怨》等宫怨类情爱诗的影响,人物(铜雀妓)向娇弱悲怨的方向演进。可惜铜雀妓故事有独特的情节,其特殊的悲剧内涵,还没有得到学界的足够重视。学者们在研究唐代吟咏铜雀妓的故事时,大多将其作为宫怨类情爱诗的小分支,他们更重视大类的共性特征,而对其个体特征的挖掘尚有不足之处。如果说陈阿娇和班婕妤是失宠嫔妃的悲剧,那么铜雀妓故事的本质是两性情爱遭遇生死阻隔的悲剧。铜雀台在接近四百年的历史之中几度兴废,留给唐代诗人的只有残破的宫殿高台。三国争霸的历史远去了,曹操的英雄业绩远去了,缠绵悱恻的爱情悲欢

也散落在历史的尘埃之中。

铜雀妓因铜雀台和曹操而闻名,曹操和铜雀妓之间的故事因陆机《吊魏武帝文》而传世。《文心雕龙·哀吊》云:"吊者,至也。《诗》云,'神之吊矣',言神之至也。君子令终定谥,事极理哀,故宾之慰主,以至到为言也,压溺乖道,所以不吊。"又云:"辞之所哀,在彼弱弄。苗而不秀,自古斯恸。虽有通才,迷方失控。千载可伤,寓言以送。"[1] 吊一般用于对历史人物和事件的追忆和纪念。魏武帝曹操是一代雄主,陈寿《三国志·武帝纪》云:"汉末,天下大乱,雄豪并起,而袁绍虎视四州,强盛莫敌。太祖运筹演谋,鞭挞宇内,揽申、商之法术,该韩、白之奇策,官方授材,各因其器,矫情任算,不念旧恶,终能总御皇机,克成洪业者,惟其明略最优也。抑可谓非常之人,超世之杰矣。"陈寿《三国志》对曹操的评价比较公允。陆机凭吊铜雀台及曹操功业与其身世有一定关系。陆机家族是东吴大族,祖父陆逊是东吴丞相,父亲陆抗是东吴大司命。东吴被灭之后,陆机离开家乡入洛阳为官。然朝廷中有人将其视为"亡国之余",其在洛阳任职期间备受鄙视和忌恨。《世说新语·简傲》:"陆士衡初入洛,咨张公所宜诣,刘道真是其一。陆既往,刘尚在哀制中。性嗜酒,礼毕,初无他言,惟问:'东吴有长柄壶卢,卿得种来不?'陆兄弟殊失望,乃悔往。"尽管陆机才华横溢,但仍被刘道真轻视,这种境遇对曾为东吴大族才俊的陆机来说确实很难堪。东吴的灭亡给他和他的家族造成了毁灭性的打击,因此凭吊曹魏集团未尝不是凭吊逝去的故国东吴。

---

[1] 王志彬译注:《文心雕龙》,中华书局,2012年,第150、154页。

陆机借凭吊曹魏抒发历史兴废之感，兼论曹操之不能忘情，其文曰："悲夫！爱有大而必失，恶有甚而必得。智惠不能去其恶，威力不能全其爱，故前识所不用心，而圣人罕言焉。若乃系情累于外物，留曲念于闺房，亦贤俊之所宜废乎？"（《吊魏武帝文》）陆机对一代英雄曹操临死不能忘情的行为颇有微词，"雄心摧于弱情，壮图终于哀志；长算屈于短日，远迹顿于促路。"从中我们可以提炼出两个关键词：生死和情感。谢朓在陆机吊文的基础上，做了创造性改变，将客体铜雀妓转变为主体，继而由曹操的不能忘情变为铜雀妓的不能忘情，叙述背景是生死阻隔。铜雀妓悲剧的本质是困于往日之情不能自拔，而生死阻隔使她的爱情自然中止。就这一点而言，无论是功业还是情爱，在生死阻隔之下，人力都是无法把控的，故哀伤和悲情随之发生。

　　曹操在《龟虽寿》中曾感慨生死阻隔和理想功业之间的矛盾，其诗云："神龟虽寿，犹有竟时。腾蛇乘雾，终为土灰。老骥伏枥，志在千里。烈士暮年，壮心不已。盈缩之期，不但在天。养怡之福，可得永年。"生命终有尽头，人生可以建功立业的时间也有上限。"老骥伏枥"和"烈士暮年"是人生必然经历的阶段，所以要及时勉励。铜雀妓的故事反映了生死阻隔和情爱之间的矛盾。由曹操遗令可知，铜雀妓是得宠乐妓，如果曹操不死，铜雀妓恩宠不变，她的情感悲剧也就不会发生。铜雀妓的痛苦、悲伤和哀怨主要源于生死阻隔所带来的无常之感。苏轼《西江月·平山堂》云：

　　三过平山堂下，半生弹指声中。十年不见老仙翁，壁上龙蛇飞动。　　欲吊文章太守，仍歌杨柳春风。休言万事转头空，未转头时皆梦。

苏轼写此诗感慨世事无常，经历丧父丧母、恩师欧阳修离世、自己被贬出京城等多重打击，回想十年之前拜见恩师时意气风发之情状，不由生出"休言万事转头空，未转头时皆梦"之感慨。苏轼在《前赤壁赋》中说："寄蜉蝣于天地，渺沧海之一粟，哀吾生之须臾，羡长江之无穷。"这也是对理想抱负和生死阻隔之间矛盾关系的思考。面对生死阻隔、生命无常，男性和女性所思考、焦虑的问题有所不同。男性一般感慨功业未建而年老体衰，女性一般感慨情爱落空而红颜不再。如《牡丹亭》中杜丽娘感慨"原来姹紫嫣红开遍，似这般都付与断井颓垣"。《红楼梦》中《葬花吟》是林黛玉对于情爱落空的哀叹，其诗云："花谢花飞花满天，红消香断有谁怜？游丝软系飘春榭，落絮轻沾扑绣帘。闺中女儿惜春暮，愁绪满怀无释处。……试看春残花渐落，便是红颜老死时。一朝春尽红颜落，花落人亡两不知。"林黛玉的爱情悲剧和当时的婚姻制度有关，铜雀妓的爱情悲剧和生死阻隔有关，对于个体而言，这两种悲剧都是无法被改变的。

关于悲剧，鲍鹏山在《中国人的心灵——三千年理智与情感》中说："如果我们理解悲剧乃是由于人类自身意志与历史的矛盾并最终招致必然失败，是人类自身激情与命运的较量，是人性的弱点或优点在人生历程中的必然体现，而西方的悲剧形式是《俄狄浦斯》，是《安提戈涅》，是《李尔王》《罗密欧与朱丽叶》《麦克白》,那么,我们的悲剧不是一种文体,不是一个事件,而是一种弥漫于作品中的情绪:伤感。是的,伤感是中国文学的最高境界,最深意蕴,是中国人体认命运的独特方式。"① 这个观点很中肯。诚然,中国文学的悲剧常常以伤感的形式体现出来。铜雀妓的伤感,班婕妤的伤感,陈阿娇的伤感和无名守陵宫女的伤感,从本质上来讲就是命运的悲剧。但是从更深层去挖掘,铜雀妓的悲剧何尝不是"人类自身的激情与命运的较量",是人类对永恒爱情追求与命运无常的较量。在曹操死亡之前,铜雀妓处于受宠的顺境之中;在曹操死亡之后,铜雀妓处于无宠的逆境之中。生死阻隔将铜雀妓的生活割裂,构成了前期的志得意满和后期的悲伤绝望。禅宗说"破除我执",即是指人和命运和解,放弃"人类激情与命运的较量"。生死阻隔是不可用人力改易的外在力量和必然规律,无论宏图大志还是两情情爱。曹雪芹《好了歌》对此有深刻揭示,其文云:

世人都晓神仙好,惟有功名忘不了。古今将相在何方?荒冢一堆草没了。

世人都晓神仙好,只有金银忘不了。终朝只恨聚无多,及到多时眼闭了。

世人都晓神仙好,只有娇妻忘不了!君生日日说恩情,君死又随人去了。

世人都晓神仙好,只有儿孙忘不了!痴心父母古来多,孝顺

---

① 鲍鹏山:《中国人的心灵——三千年理智与情感》,复旦大学出版社,2009年,第472页。

儿孙谁见了。

王国维说《红楼梦》是彻底的悲剧，此言诚然。《好了歌》中指出，人类对功名、财富、爱情、亲情的执着追求，在生死阻隔之下，都是虚妄而不可实现的。对于生死阻隔问题，看得最透彻的是庄子，《庄子·知北游》：

> 人之生，气之聚也。聚则为生，散则为死。若死生为徒，吾又何患！故万物一也，是其所美者为神奇，其所恶者为臭腐；臭腐复化为神奇，神奇复化为臭腐。故曰"通天下一气耳"。①

在庄子看来，生死本来是同一的，并不需要因生死之变而痛苦悲伤。这不仅是他的个人观点，在具体生活中他也是这样践行的。《庄子·至乐》记载庄子看待妻子死亡的态度，其文如下：

> 庄子妻死，惠子吊之，庄子则方箕踞鼓盆而歌。惠子曰："与人居，长子老身，死不哭亦足矣，又鼓盆而歌，不亦甚乎！"庄子曰："不然。是其始死也，我独何能无慨然！察其始而本无生，非徒无生而本无形，非徒无形而本无气。杂乎芒芴之间，变而有气，气变而有形，形变而有生，今又变而之死，是相与为春秋夏冬四时行也。人且偃然寝于巨室，而我噭噭然随而哭之，自以为不通乎命，故止也。"

庄子对妻子去世所持的豁达态度是一般人难以具备的，惠

---

① 〔清〕郭庆藩：《庄子集释》，中华书局，2013年，第647页。

子的态度则是一般大众所保持的态度：因挚爱之人离世而产生痛彻心扉的情感体验和久久难以释怀的心理状态。铜雀妓痛苦的重要原因是君恩不在，所爱之人与世永隔。这种情感在文学作品中还表现为悼亡主题的情爱诗。如《诗经·绿衣》："绿兮衣兮，绿衣黄里。心之忧矣，曷维其已！绿兮衣兮，绿衣黄裳。心之忧矣，曷维其亡！绿兮丝兮，女所治兮。我思古人，俾无訧兮。絺兮绤兮，凄其以风。我思古人，实获我心！"此诗为悼念亡妻之作，诗人目睹亡妻留下的"绿衣"生发相思之情。

又如潘岳《悼亡诗》其一："荏苒冬春谢，寒暑忽流易。之子归穷泉，重壤永幽隔。私怀谁克从，淹留亦何益。僶俛恭朝命，回心反初役。望庐思其人，入室想所历。帏屏无仿佛，翰墨有余迹。流芳未及歇，遗挂犹在壁。怅恍如或存，回惶忡惊惕。如彼翰林鸟，双栖一朝只。如彼游川鱼，比目中路析。春风缘隙来，晨霤承檐滴。寝息何时忘，沉忧日盈积。庶几有时衰，庄缶犹可击。"[①]此诗写妻子死后自己孤单悲伤的境遇，无论白天黑夜，自己的心情总被失去妻子的悲伤所攻陷，妻子离世之后，所有的时光都是晦暗无光、孤苦难熬的。潘岳将失去爱人的情感体验叙写得入木三分，无怪乎陈祚明给其极高评价，其文云："安仁情深之子，每一涉笔，淋漓倾注，宛转侧折，旁写曲诉，刺刺不能休。夫诗以道情，未有情深而语不佳者。"（《采菽堂古诗选》）此言诚然。《绿衣》《悼亡诗》其一是悼亡主题情爱诗中的杰作，因为诗人本身有刻骨铭心的情感经

[①] 逯钦立辑校：《先秦汉魏晋南北朝诗》，中华书局，1983年，第635页。

历，所以能够将生死阻隔和追求永恒爱情两者之间产生的对抗体验叙写得细致深刻。铜雀妓故事则不同，大部分诗歌属于对他人情感经历和情感经验的揣摩和想象，因此抒情性和艺术感染力相对逊色。但是无论如何，它们所表现的悲剧内涵是一致的，都在揭示个体在生死阻隔之下的无力感。诗人通过对铜雀妓悲剧的审美观照，可以获得一种惊奇感和赞叹之情。朱光潜在《悲剧心理学》中说："观赏一部伟大悲剧就好像观看一场大风暴。我们先是感到面对某种压倒一切的力量那种恐惧，然后令人畏惧的力量却又将我们带到下一个新的高度，在那里我们体会到平时在现实生活中很少体会到的活力。简言之，悲剧在征服我们和使我们生畏之后，又会使我们振奋鼓舞。在悲剧观赏之中，随着感到人的渺小之后，会突然有一种自我扩张感，在一阵恐惧之后，会有惊奇和赞叹的感情。"[①]唐代诗人不断演绎铜雀妓故事，一方面通过生死阻隔中止爱情，继而揭示处在永恒爱情与生死阻隔对抗之中的人类力量的渺小；一方面通过对铜雀妓悲剧故事的叙写，使读者产生悲剧快感、惊奇以及赞叹的感情。

如前所述，铜雀妓的故事和悼亡主题情爱诗中抒情主人公的爱情经历具有相似的悲剧本质。其悲剧本质都是生死阻隔（命运无常）和人类追求永恒爱情之间的矛盾。两者之间的不同点是悼亡主题情爱诗直接抒发真实的情感，属于为情生文的范畴；而诗人叙写铜雀妓故事是对他人爱情故事的审美观照，属于为文生情的范畴。作者和读者可以通过对铜雀妓爱情故事

[①] 朱光潜：《悲剧心理学》，中华书局，2012年，第86页。

的审美观照获得悲剧快感、惊奇以及赞叹的感情。具体而言，铜雀妓真实的情感体验我们无法得知，而诗人通过艺术想象，设置铜雀妓的生存空间（铜雀台）的特征和叙写铜雀妓的行为动作，将个体追求永恒爱情和生死阻隔之间的矛盾具体而微地呈现出来。对铜雀妓命运的同情，对个体追求永恒爱情虽然不可得但不止息的行为引发出惊奇感和赞叹感。除了铜雀妓，班婕妤、陈阿娇、牛郎织女、王昭君的故事都属于这种类型，诗人通过叙写她们的爱情经历和情感体验，以及对她们爱情悲剧的审美观照，传递对终极问题的思考，并帮助读者获得悲剧快感和惊奇赞叹的情感。正如朱光潜先生所说："悲剧人物一般都有非凡的力量、坚强的意志和不屈不挠的精神，他们常常代表某种力量或理想，并以超人的坚决和毅力把它们坚持到底。我们通过与他们的接触和同情地模仿他们，也受到激励和鼓舞。"① 经过岁月迁转和生死阻隔，铜雀妓仍执着于过往的爱情而不做改变的行为方式，显示出了一种非凡的力量和坚强的意志，故而能够给读者审美同情和惊奇、赞叹的感情。

三、唐人书写铜雀妓故事的基本范式

铜雀妓故事的本质是两性情爱因遭遇生死阻隔而产生的悲剧，这个故事经过唐代诗人的不断演绎日益经典化。那么唐代诗人是如何书写这个悲剧的呢？

首先是萧瑟冷寂的铜雀台空间。铜雀妓故事的演绎在唐代已经形成了基本范式，如前所述，铜雀妓故事的本质是追求永

---

① 朱光潜：《悲剧心理学》，中华书局，2012年，第247页。

恒爱情和生死阻隔之间不可调和矛盾所形成的悲剧，铜雀妓是悲剧主人公，诗歌侧重表现的是曹操死后铜雀妓痛苦悲伤的情感体验。除了直接抒发铜雀妓的痛苦悲怨情感外，诗人通常借助描摹铜雀妓生活空间的物理特征间接表现铜雀妓的情感。如王勃《铜雀妓二首》：

> 金凤邻铜雀，漳河望邺城。君王无处所，台榭若平生。
> 舞席纷何就，歌梁俨未倾。西陵松槚冷，谁见绮罗情。
>
> 妾本深宫妓，层城闭九重。君王欢爱尽，歌舞为谁容。
> 锦衾不复襞，罗衣谁再缝。高台西北望，流涕向青松。[1]

王勃《铜雀妓二首》其一以叙写铜雀台的空间特征为主要内容，诗人主要从阔大和冷僻两个角度构建铜雀台空间。"金凤邻铜雀，漳河望邺城"，视野扩展到整个邺城的范围之内，伸展到整个漳河，这两句显示了铜雀台空间的阔大。"西陵松槚冷"，西陵即魏武帝曹操的陵墓，视野从铜雀台转向曹操陵墓和陵墓周围的树木，营造出的氛围是清冷荒僻的。铜雀台空间的阔大特征和铜雀妓的孤单，铜雀台空间的冷僻特征和铜雀妓的悲怨能很好地契合。换句话说，诗人对铜雀台空间的设置，为铜雀妓情感抒发起了铺垫作用。明徐桢卿《谈艺录》中说："情者，心之精也。情无定位，触感而兴。"因为人们心中的情感常常是被特定景物触动而生发，因此诗人在创作中常常采取借景抒情的技法。对于诗歌创作中景与情的关系，王夫之在

---

[1]〔清〕彭定求等编：《全唐诗》卷五十六，中华书局，1960年，第678页。

《姜斋诗话》卷下中有一段精彩的评论，其文云："不能作景语，又何能作情语耶？古人绝唱句多景语，如'高台多悲风''蝴蝶飞南园''池塘生春草''亭皋木叶下''芙蓉露下落'皆是也，而情寓其中矣。以写景之心理言情，则身心独喻之微，轻安拈出。"此言诚然。优秀的诗歌作品中情和景的配合是十分和谐的。铜雀台空间即诗中之景，铜雀台空间特征受抒情主人公铜雀妓情感基调制约。又如郑愔《铜雀妓》：

日斜漳浦望，风起邺台寒。玉座平生晚，金尊妓吹阑。
舞馀依帐泣，歌罢向陵看。萧索松风暮，愁烟入井阑。①

郑愔《铜雀妓》中铜雀台的空间特征是阔大和寒冷，而且以描摹铜雀台的寒冷为重点。"日斜漳浦望，风起邺台寒"，"日斜"说明是傍晚，从一天的气温变化趋势来看，应该是由热变冷。除了时间暗示的"冷"之外，"风起"又加重了冷的程度。"萧索松风暮，愁烟入井阑"，这两句也在渲染铜雀台空间的清冷特征。这棵松树应是王勃诗中所提的西陵即曹操陵墓周围的松树，陵墓周围一般人迹罕至，再加上是日暮时分，又有大风吹拂，就更加冷寂了。傍晚和相思在诗歌中经常形成固定关联。如《诗经·君子于役》："君子于役，不知其期，曷至哉？鸡栖于埘，日之夕矣，牛羊下来。君子于役，如之何勿思！君子于役，不日不月，曷其有佸？鸡栖于桀，日之夕矣，羊牛下括。君子于役，苟无饥渴！"此诗主要反映一个农妇对外出服役丈夫的相思之情。诗人选择特定时间是傍晚

---

① 〔清〕彭定求等编：《全唐诗》卷一百六，中华书局，1960年，第1106页。

（日暮），此时鸡群栖息、牛羊归家，只有丈夫还没有回来。傍晚各种家禽、家畜的回归与丈夫的不归形成鲜明对比，因此这个日暮与归家团聚之间有隐藏的意义链接。崔颢《黄鹤楼》："昔人已乘黄鹤去，此地空余黄鹤楼。黄鹤一去不复返，白云千载空悠悠。晴川历历汉阳树，芳草萋萋鹦鹉洲。日暮乡关何处是？烟波江上使人愁。"诗中崔颢看见日暮之景触发思乡之情，其实也是日暮与归家的固定链接。郑愔诗中，除了寒冷之外，诗人也强调了铜雀台的空间阔大，这种阔大的特征通过视野的广阔体现出来。尽管铜雀妓的活动应在铜雀台之上，但是诗人将视野扩大到整个邺城：从漳河到邺城，从邺城到铜雀台，从铜雀台到西陵，从西陵又回到邺城。这种阔大的空间和抒情主人公铜雀妓的孤单形成鲜明的对比，对抒发铜雀妓的哀怨悲伤大有裨益。

再如刘商《铜雀妓》：

魏主矜蛾眉，美人美于玉。高台无昼夜，歌舞竟未足。
盛色如转圜，夕阳落深谷。仍令身殁后，尚纵平生欲。
红粉泪纵横，调弦向空屋。举头君不在，惟见西陵木。
玉辇岂再来，娇鬟为谁绿。那堪秋风里，更舞阳春曲。
曲罢情不胜，凭阑向西哭。台边生野草，来去罥罗縠。
况复陵寝间，双双见麋鹿。①

刘商《铜雀妓》中的铜雀台的空间特征是荒芜，这种荒芜是通过前后期的对比来体现的。诗人将曹操健在之时铜雀台的

---

① 〔清〕彭定求等编：《全唐诗》卷三百三，中华书局，1960年，第3447页。

热闹景象与曹操亡故之后铜雀台的荒芜景象作对比，突出人去楼空的悲伤氛围。"红粉泪纵横，调弦向空屋。举头君不在，惟见西陵木。"这四句写铜雀台的空旷，这种"空"是移情入境的结果，因为故主离世，所乐见之人不归，铜雀妓觉得"空"。"台边生野草，来去罥罗縠"，通过野草繁茂来写铜雀台的荒芜，野草蔓延生长是因为来人稀少，最喜欢欣赏铜雀妓音乐表演的魏武帝亡故，即位之人和随从对铜雀妓的表演并不热衷，铜雀台下的道路自然青草茂盛以致车轮被青草所挂扯。此外，诗人特地选择铜雀台秋季的景色，更能体现曹操原诗中铜雀台的荒芜萧瑟。这种写法在宫怨类情爱诗中非常普遍。唐代宫怨类情爱诗中，秋季总是和相思关联在一起。如李白《长门怨二首》其二："桂殿长愁不记春，黄金四屋起秋尘。夜悬明镜青天上，独照长门宫里人。"此诗写陈阿娇在秋天深夜思念汉武帝。李白《玉阶怨》："玉阶生白露，夜久侵罗袜。却下水晶帘，玲珑望秋月。"此诗写一个无宠宫女在秋夜无法入眠，她难以入眠的原因是思君王而不可得。此诗移情入景的手法备受历代学者肯定。沈德潜《唐诗别裁》云："妙在不明说怨。"俞陛云《诗境浅说续编》云："题为《玉阶怨》，其写怨意，不在表面，而在空际。第二句云露侵罗袜，则空庭之久立可知。第三句云却下晶帘，则羊车之绝望可知。第四句云隔帘望月，则虚帷之孤影可知，不言怨，而怨自深矣。"张籍《秋思》："洛阳城里见秋风，欲作家书意万重。复恐匆匆说不尽，行人临发又开封。"此诗写思家之情，思念妻子儿女，诗人选择的季节也是秋天。此类例子很多，不再赘述。秋天不仅和相思有关，而且关联着愁怨，这是中国文学中的传统之一。其源头是宋玉《九辨》，其文云，"悲哉秋之为气也！萧瑟兮草木摇落而变衰。憭栗兮若远行；登山临水兮送将归。泬寥兮天高而气清，寂寥兮收潦而水清。憯凄增欷兮薄寒之中人。怆怳懭悢兮去故而就新。坎廪兮，贫士失职而志不平。廓落兮羁旅而无友生；惆怅兮而私自怜。……悲忧穷戚兮独处廓，有美一人兮心不绎。去乡离家兮徕远客，超逍遥兮今焉薄？专思君兮不可化，君不知兮可奈何！蓄怨兮积思，心烦憺兮忘食事。愿一见兮道余意，君之心兮与余异。车既驾兮朅而归，不得见兮心伤悲。倚结軨兮长太息，涕潺湲兮下沾轼。"宋玉在《九辨》中写了送别亲友、贫士不遇和美人相思等多种在秋天发生的悲伤之事。这种秋天和悲愁的关联，与上古先民"观风"之习俗有关，《逸周书·时训解》云："立秋之日，凉风至；又五日，白露降；又五日，寒蝉鸣。"[1]秋天既代表收获，也代表万物衰败。《吕氏春秋·义赏》云："春气至则草木产，秋气至则草木落，产与落或使之，非自然也。"[2]由此可见，秋与衰败、寒冷有关，于人的感受而言，都是消极沉痛的情感导向。

其次是悲伤恋主的铜雀妓。如上所述，阔大和冷僻是铜雀台的主要空间特征，诗人还通过选择日暮、秋季等特定的时间区段，来渲染清冷和萧瑟的空间氛围。这一切的设置，都为塑造抒情主人公铜雀妓作铺垫。从表层来看，铜雀妓是哀怨

---

[1] 黄怀信、张懋镕、田旭东：《逸周书汇校集注》，上海古籍出版社，1995年，第640页。
[2] 陈奇猷：《吕氏春秋新校释》，上海古籍出版社，2002年，第786页。

孤独的乐妓。从深层来看，铜雀妓是执着于爱情的女性。她的悲伤和对故主的相思直接相关。如果她可以放弃对爱情（过去恩宠）的执着，她的悲伤孤寂自然就消失了。历史上真正的铜雀妓是否沉溺于过去的恩宠不能自拔呢？这一点现在无可靠资料考证。当然，唐诗中的铜雀妓更多是诗人文学想象中的女性，是一种特定的象征符号。悲伤恋主是唐代诗人为铜雀妓设定的核心特征。如刘方平《铜雀妓》："遗令奉君王，颦蛾强一妆。岁移陵树色，恩在舞衣香。玉座生秋气，铜台下夕阳。泪痕沾井干，舞袖为谁长。"[1]唐诗中对铜雀妓悲伤恋主的叙写呈现出类型化的特点。诗人一般用哭泣流泪、不愿歌舞、不愿梳妆和不断追忆往事等方式塑造铜雀妓的个体特征。就此诗而言，"泪痕沾井干，舞袖为谁长"写铜雀妓哭泣流泪和不愿再为其他人舞蹈的行为。"颦蛾强一妆"写铜雀妓不愿梳妆打扮的心理。所谓"士为知己者死，女为悦己者容"，所爱之人远离，女子不愿修饰妆容，表达内心的思念和悲痛。这种意义关联的建立，可以溯源到《诗经·伯兮》，其诗如下：

> 伯兮朅兮，邦之桀兮。伯也执殳，为王前驱。
> 自伯之东，首如飞蓬。岂无膏沐，谁适为容？
> 其雨其雨，杲杲出日。愿言思伯，甘心首疾。
> 焉得谖草，言树之背。愿言思伯，使我心痗。[2]

---

[1]〔清〕彭定求等编：《全唐诗》卷二百五十一，中华书局，1960年，第2837页。
[2] 程俊英、蒋见元著：《诗经注析》，中华书局，2017年，第200页。

这是一首描写女子思念服役不归的丈夫的诗歌。"自伯之东，首如飞蓬。岂无膏沐，谁适为容？"自从丈夫离开之后，妻子便不愿意梳妆打扮。此诗中出现女子相思与梳妆之间的意义关联。除了哭泣和不愿梳妆之外，铜雀妓与其他宫怨类情爱诗中抒情主人公相比，独特的行为特征是不愿舞蹈。从身份角度来看，铜雀妓是宫廷乐伎，其工作就是音乐表演，而她却因为所爱之人离世，厌倦音乐表演。与此相似的历史人物是虞姬，当项羽在垓下之围时歌曰："力拔山兮气盖世，时不利兮骓不逝。骓不逝兮可奈何，虞兮虞兮奈若何？"据西汉陆贾《楚汉春秋》记载，虞姬当时和项羽歌云："汉兵已略地，四方楚歌声。大王意气尽，贱妾何聊生。"项羽兵败临死之际，心中挂念虞姬，虞姬的回复是愿同项羽共进退，最后自刎。诗人所设计的铜雀妓对曹操的感情和虞姬对项羽的感情相类似，其目的是强化抒情主人公对爱情的坚定态度。

又如罗隐《铜雀台》："强歌强舞竟难胜，花落花开泪满膺。只合当年伴君死，免交憔悴望西陵。"[①]诗人通过不愿歌舞、流泪和眺望西陵表现铜雀妓对曹操的思恋。不愿意为除曹操之外的人做音乐表演，所以说"强歌强舞竟难胜"。无论春夏秋冬，都不能从失去所爱的悲痛中脱身，所以说"花落花开泪满膺"。再如前文所引刘长卿《铜雀台》，诗人通过哭泣、夜深难眠和不忍看西陵，塑造铜雀妓情深恋主的形象。夜深难眠和相思煎熬的意义关联由来已久，如《诗经·关雎》："求之不得，寤

[①] 〔清〕彭定求等编：《全唐诗》卷六百五十六，中华书局，1960年，第7545页。

寐思服。悠哉悠哉，辗转反侧。"诗中写男子对"窈窕淑女"的相思，就是通过难以入眠来表现。铜雀妓不忍看西陵，即无法接受故主曹操死亡的现实，生怕触景生情。西陵即曹操陵墓，经常出现在吟咏铜雀妓的唐诗里，它关联着曹操的死亡，也关联着铜雀妓的情感，正因为铜雀妓恋主，因而才会目睹西陵而悲伤憔悴。

再如朱放《铜雀妓》："恨唱歌声咽，愁翻舞袖迟。西陵日欲暮，是妾断肠时。"①此诗采用内聚焦叙述视角，叙述视角的承担者是铜雀妓。这种叙述视角，有利于反映人物的内心活动。诗人用唱歌含恨、跳舞带愁和断肠西陵来塑造铜雀妓的形象。唱歌含恨和跳舞带愁与前文所引诗歌中所提之不愿歌舞的意涵相近。日暮眺望西陵则悲伤欲断肠，说明铜雀妓触景伤情，也是情深恋主的表征。

再次是生死阻隔与情爱不移的冲突。铜雀妓故事的题旨是生死阻隔与情爱不移之间的矛盾冲突。铜雀妓痛苦的根源是生死阻隔引发的，而生死阻隔是人力不可改易的客观存在。从主观方面来看，铜雀妓情爱不移是导致其深陷痛苦不能自拔的重要原因。有一个问题值得关注，宫怨类情爱诗中抒情主人公都是痴情、重情的女性，铜雀妓也不例外。铜雀妓从本质上来说，是一个抽象的人物符号。铜雀妓的故事，和《列女传》中对某些女性的纪实性叙写并不相同，她属于融合了历史原型和文学想象的人物形象，这种人物形象包含了诗人的某种人生观和价

---

① 〔清〕彭定求等编：《全唐诗》卷三百十五，中华书局，1960年，第3541页。

值观。德国学者卡西尔说："符号化的思维和符号化的行为是人类最富于代表性的特征。"①美国学者苏珊·朗格在《情感与形式》中说："艺术是人类情感符号形式的创造。"②结合唐代以铜雀妓故事为抒情主人公的情爱诗，铜雀妓从本质上成为一种符号，象征两性情爱和生死阻隔之间的冲突，歌咏人们追求永恒爱情的执着精神。铜雀妓象征女性对爱情的执着态度。女性对爱情的执着与男性对政治理想的执着常因其异质同构而形成比兴关系，这是中国古代的重要诗学传统之一。《离骚》："惟草木之零落兮，恐美人之迟暮。"美人迟暮并不是因为衰老，而是因为爱情理想没有实现。曹植《美女篇》中"容华耀朝日"的美女"盛年处房室"不是因为无人可嫁，而是因为"求贤良"而不得。铜雀妓悲痛并不是因为濒临绝境，而是因为思故主而不可见。这三个人物都属于文人艺术想象的产物，其共同之处是对爱情执着的态度。陆游把铜雀妓的痛苦阐释得很具体，"武王在时教歌舞，那知泪洒西陵土。君已去兮妾独生，生何乐兮死何苦。亦知从死非君意，偷生自是惭天地。长夜昏昏死实难，孰知妾死心所安"（《铜雀妓》）。由此可知，诗人塑造铜雀妓形象、演绎铜雀妓故事，就是为了表现生死阻隔与情爱不移之间的对抗和冲突。扬雄《法言·君子》："有生者必有死，有始者必有终，自然之道也。"他认为生死是不可抗拒的自

---

①［德］恩德斯特·卡西尔著、甘阳译：《人论》，上海译文出版社，1985年，第35页。
②［美］苏珊·朗格著、刘大基等译：《情感与形式》，中国社会科学出版社，1986年，第51页。

然之道。王充《论衡·道虚篇》:"有血脉之类,无有不生,生无不死。以其生,故知其死也。天地不生,故不死;阴阳不生,故不死。死者,生之效;生者,死之验也。夫有始者必有终,有终者必有死。唯无始终者,乃长生不死。"王充对生死的必然性论述得更加具体。由此可知,生死阻隔是不可抗拒的外力,而唯一可变的是人对事物的取舍。铜雀妓坚持追求情爱不移,必然要面对生死阻隔所带来的悲剧体验。唐传奇《离魂记》也讨论了两性情爱和外力阻隔的问题,其文云:

> 天授三年,清河张镒,因官家于衡州。性简静,寡知友。无子,有女两人。其长早亡,幼女倩娘,端妍绝伦。镒外甥太原王宙,幼聪悟,美容范。镒常器重,每曰:"他时当以倩娘妻之。"后各长成,宙与倩娘常私感于寤寐,家人莫知其状。后有宾寮之选者求之,镒许焉。女闻而郁抑;宙亦深恚恨,托以当调,请赴京,止之不可,遂厚遣之。宙阴恨悲恸,诀别上船。[①]

在王宙离开之后,张倩女魂魄追随王宙离开衡州。张倩女对自己私自离家的行为做了一番解释:"君厚意如此,寝梦相感。今将夺我此志,又知君深情不易,思将杀身奉报,是以亡命来奔。"其实,当时追随王宙的是张倩女的魂魄,因为被深情所激发而脱离躯壳。而当五年后王宙回衡州时,张倩女的身体和魂魄才合二为一。这篇小说的情节是出于赞颂情爱的重要价值而虚构的,通过塑造张倩女的形象表达至深的两性情感可以超越现实环境中的条件限制。这个小说对明朝汤显祖的《牡丹亭》

[①] 鲁迅:《唐宋传奇》,上海古籍出版社,2010年,第23页。

中杜丽娘因为深情而超越生死的戏剧情节设置有启示。汤显祖在《牡丹亭》题词中所说："情不知所起，一往而深。生者可以死，死可以生。生而不可与死，死而不可复生者，皆非情之至也。梦中之情，何必非真；天下岂少梦中之人耶？"正如杜丽娘为情而死而生是汤显祖传递至情论的符号，铜雀妓的故事虽然没有杜丽娘故事经典，但同样在讨论生死与爱情的关系问题。古代诗歌对情爱和生命阻隔之间冲突思考可以溯源到《诗经·葛生》，其诗云：

> 葛生蒙楚，蔹蔓于野。予美亡此，谁与独处。
> 葛生蒙棘，蔹蔓于域。予美亡此，谁与独息。
> 角枕粲兮，锦衾烂兮。予美亡此，谁与独旦。
> 夏之日，冬之夜。百岁之后，归于其居！
> 冬之夜，夏之日。百岁之后，归于其室！

此诗写女子在丈夫死后痛苦的心情。前三章写女子在丈夫去世后孤独无依的情感体验。第四、五章表达死后和丈夫同穴而居的心愿。诗中女子痛苦的根源是两性情爱与生死阻隔之间的冲突，而这种冲突又是不可规避的。潘岳《悼亡诗三首》也是叙写两性情爱与生死阻隔之间的冲突的名篇，如《悼亡诗三首》其一：

> 荏苒冬春谢，寒暑忽流易。之子归穷泉，重壤永幽隔。
> 私怀谁克从，淹留亦何益。僶俛恭朝命，回心反初役。
> 望庐思其人，入室想所历。帏屏无仿佛，翰墨有馀迹。
> 流芳未及歇，遗挂犹在壁。怅恍如或存，回惶忡惊惕。

如彼翰林鸟，双栖一朝只。如彼游川鱼，比目中路析。
春风缘隙来，晨霤承檐滴。寝息何时忘，沉忧日盈积。
庶几有时衰，庄缶犹可击。

此诗为西晋文学家潘岳悼念妻子杨容姬的诗歌，这首诗将痛失爱妻的情感写得真挚感人。家中的物品触发诗人对妻子的思念，"望庐思其人，入室想所历，帏屏无仿佛，翰墨有馀迹。流芳未及歇，遗挂犹在壁"。孤独痛楚的情感体验贯穿在妻子去世后所有日夜，"春风缘隙来，晨霤承檐滴。寝息何时忘，沉忧日盈积"。妻子的去世似乎使诗人坠入一个充满痛苦煎熬而无法超越的恒定时空环境。就这一点来说，诗人的痛苦与铜雀妓因于铜雀台和对曹操的思念中不能自拔是极为相似的状态。韦应物和妻子元苹的感情很好，元苹去世后韦应物用墓志和诗歌的方式叙写自己的悲痛哀伤。如《伤逝》云：

染白一为黑，焚木尽成灰。念我室中人，逝去亦不回。
结发二十载，宾敬如始来。提携属时屯，契阔忧惠灾。
柔素亮为表，礼章夙所该。仕公不及私，百事委令才。
一旦入闺门，四屋满尘埃。斯人既已矣，触物但伤摧。
单居移时节，泣涕抚婴孩。知妾谓当遣，临感要难裁。
梦想忽如睹，惊起复徘徊。此心良无已，绕屋生蒿莱。

此诗主要通过叙写妻子去世后自己生活环境的巨大改变来反映两性情爱和生死阻隔之间的冲突。诗歌前十句只书写对妻子的怀念，而诗歌绝大部分内容在叙写妻子离世给诗人生活环境和心理带来的改变。屋内布满灰尘、婴孩无母可依、屋外野草蔓生、孤独如影随形。无论哭泣流涕，或是梦中惊醒，都是因为生死阻隔对两性情爱造成了冲击。以上所述诗歌讨论两性情爱和生死阻隔之间的冲突，因诗人所叙写的是自己和所爱之人的情爱经历和情感体验，故诗歌内容具有个性化和具象化的特征。而唐代文人在叙写铜雀妓的情爱故事时，因为历史文献中关于铜雀妓的记载不多，所以文人只能基于有限的文献记载进行想象和构建。或许有人要质疑铜雀妓对曹操的恋慕情感是否客观存在，然而这种质疑并无必要，因为唐代文人演绎铜雀妓的情爱故事更主要的是承载自己对两性情爱和生死阻隔之间冲突思考的结论，而非对铜雀妓情爱体验的纪实叙写。况且，男子和姬妾（乐妓）之间亦有真挚情爱发生的事例，故而铜雀妓痴情恋主的人物形象也是建立在现实基础之上的艺术加工。《古今词话》中记载了韦庄和其姬妾之间的情爱故事，其文云："韦庄字端己……以才名寓蜀，蜀主建羁留之。庄有宠人，资质艳丽，兼善词翰。建闻之，托以教内人为词，强夺去。庄追念悒怏，作荷叶杯、小重山。词情意凄怨，人相传播，盛行于时。"[①]韦庄和姬妾之间的情爱十分深厚，故姬妾被夺后其凄怨难解。《全唐诗》卷八〇二诗注中记载了张建封和姬妾之间的情爱故事。其文曰："关盼盼，徐州妓也，张建封纳之。张殁，独居彭城故燕子楼，历十余年。白居易赠诗讽其死，盼盼得诗，泣曰：'妾非不能死，恐我公有从死之妾，玷清范耳。'乃和白诗，旬日不食而卒。"[②]关盼盼在燕子楼独居数十年，最终以身殉主，

[①]《文渊阁四库全书》第1493册，上海古籍出版社，1987年，第1493—315页。
[②]〔清〕彭定求等编：《全唐诗》卷八百二十，中华书局，1960年，第9023页。

皆因为对故主的深挚情感。韦庄曾写多首诗歌追忆亡姬，亦可作为姬妾和主人两性情感深挚的表征。如《悔恨》：

> 六七年来春又秋，也同欢笑也同愁。
> 才闻及第心先喜，试说求婚泪便流。
> 几为妒来频敛黛，每思闲事不梳头。
> 如今悔恨将何益，肠断千休与万休。

此诗通过叙述他和亡姬共同经历的时光来抒发对过往情爱的不舍之情。"几为妒来频敛黛，每思闲事不梳头"，两人相处的过程中有欢喜亦有悔恨，诗人懊恼自己过去因为没有考虑到所爱姬妾的感受，令她妒忌伤心。这首诗也探讨了两性情爱和生死阻隔之间冲突的问题。悔恨源于对对方的挚爱，源于生死阻碍将相爱之人永远分离的残酷现实。杨虞卿悼念姬妾的诗歌写得真挚感人，《过小妓英英墓》云："萧晨骑马出皇都，闻说埋冤在路隅。别我已为泉下土，思君犹似掌中珠。四弦品柱声初绝，三尺孤坟草已枯。兰质蕙心何所在，焉知过者是狂夫。"此诗为诗人路过所爱姬妾英英墓而作，诗人感慨生死阻隔将两人永远地分离，追忆英英过人的音乐才能和"兰质蕙心"，而如此珍贵美好的爱人已经归于黄泉，不可重见。刘禹锡曾写诗赞誉杨虞卿对其姬妾的深情挚爱，其诗《和杨师皋给事伤小姬英英》："见学胡琴见艺成，今朝追想几伤情。撚弦花下呈新曲。放拨灯前谢改名。但是好花皆易落，从来尤物不长生。鸾台夜直衣衾冷，云雨无因入禁城。"刘禹锡是杨虞卿和英英情爱经历的见证者，也为友人永失爱侣而惋惜。"鸾台夜直衣袭冷,云雨无因入禁城",叙写英英去世后杨虞卿孤寂无依的生活,"云雨"借用了巫山神女和楚王遇合的典故,这个典故也在说明两人虽然有情但并无长相厮守的缘分。铜雀妓的情爱故事,和唐代社会中男性和姬妾特别是乐妓之间的情爱经历较为相似。尽管男性和姬妾的情爱关系不如夫妻之间的情爱关系平等稳固,但仍然存在一些真挚深厚的两性情爱故事。关于两性情爱和生死阻隔的思考和书写既是源于现实生活中男性和姬妾之间真挚情爱的事例,也与《诗大序》中诗教传统理论的导向有关。

《诗大序》:"《关雎》,后妃之德也,风之始也,所以风天下而正夫妇也。故用之邦国焉。风,风也,教也。风以动之,教以化之。……情发于声,声成文谓之音。治世之音安以乐,其政和;乱世之音怨以怒,其政乖;亡国之音哀以思,其民困。故正得失,动天地,感鬼神,莫近于诗。先王以是经夫妇,成孝敬,厚人伦,美教化,移风俗。"[1]唐代文人演绎铜雀妓的情爱故事,塑造铜雀妓情深恋主的形象,与"经夫妇,成孝敬,厚人伦,美教化,移风俗"的政治伦理考量有关。用生死阻隔彰显世人追求真爱的赤诚精神,在唐代诗歌中常见,其中影响最为广泛的是白居易的《长恨歌》,"唯将旧物表深情,钿合金钗寄将去。钗留一股合一扇,钗擘黄金合分钿。但教心似金钿坚,天上人间会相见。临别殷勤重寄词,词中有誓两心知。七月七日长生殿,夜半无人私语时。在天愿作比翼鸟,在地愿为连理枝。天长地久有时尽,此恨绵绵无绝期。"历史中的杨贵妃被玄宗在马嵬

---

[1]〔汉〕毛亨传、郑玄笺:《毛诗传笺》,中华书局,2018年,第1页。

坡赐死，马嵬坡是两人情爱的终结之地。然而白居易则虚构杨贵妃羽化成仙的情节，而且杨贵妃成仙之后都不曾忘却和玄宗的誓约，并借道人向玄宗表明自己忠于旧情的信念。如果生死都无法阻碍和消解两人之间的真情爱意，那世俗的其他限制和阻隔都不能消解至真至深的两性情爱。铜雀妓困于铜雀台，并沉溺在对故主曹操的情爱之中难以自拔，这一点和杨贵妃羽化成仙在仙境生活，并在最后寄去誓言的情节设计是异曲同工的。固然，铜雀妓故事没有《长恨歌》中杨贵妃和玄宗的情爱故事叙写得那般细腻感人，这与铜雀妓故事本身所提供的细节有限，以及类型化诗歌创作的固有缺陷有关，但就其赞誉痴情重情的人性优点和思考两性情爱和生死阻隔之间冲突的内核而言，确实有极为相似的诗歌创作理念。总之，唐代诗人通过对铜雀妓情深恋主的人物设定，来传递对女性执着爱情行为的褒奖和赞誉。唐代诗人对铜雀妓故事的反复演绎使得铜雀妓形象经典化，并且寄寓了诗人对两性情爱和生死阻隔之间冲突的深度思考结论，尽管这些诗歌并没有摆脱类型化创作的弊病，但在了解唐人情爱观和女性观方面具有重要的文献价值。

第九章 湘妃：唐人夫妻关系维度下的生死恋书写

湘妃是唐代诗歌中经常出现的传说人物，学界一般认为湘妃具有湘水女神和帝尧之女两重身份。唐代诗人在演绎湘妃故事的过程中，不断强调湘妃追求爱情至死不渝的精神。这种书写方式既符合"经夫妇、成孝敬、厚人伦、美教化"的政治伦理要求，又承载了唐代诗人对潇湘文化和屈原精神的认同和缅怀之意。

一、湘妃形象的演变轨迹与经典化

湘妃是中国历史传说中的重要的女性人物，学界一般认为湘妃具有湘水女神和帝尧之女两重身份。唐代诗人对湘妃故事的不断演绎，是湘妃形象走向经典化的重要推力。湘妃形象的产生、发展和演变过程，已有不少前贤时彦做了深入的考察和论证。叶修成、梁葆莉在《论湘灵神话的流传与嬗变》一文中分析湘灵神话的形成过程，他们指出湘灵神话最初出自《楚辞·远游》，后又糅混湘夫人、舜二妃的神灵形象和云和降神、伏羲作瑟、湘君遗佩等神话与传说，至唐代而基本定型。①赵逵夫、杨潇泝《论湘君、湘夫人形象演化及其文化意蕴》梳理了湘夫人形象的演化过程和背后的文化意蕴；②潘啸龙《关于〈九歌〉二湘的神灵问题》一文辨析了秦初洞庭一带所祭祀湘神与舜之二妃之间的关系；③张京华《湘妃事迹可能出自上古〈佚书〉——〈列女传·有虞二妃传〉的文献源流》通过搜检南朝、唐、宋时期的十一种文本，并将其与《孟子》《史记》进行比勘，分析其文献来源。④唐代诗人在湘妃形象经典化过程中的具体作用的研究，还存在薄弱之处。湘妃的源头可以追溯到《九歌·湘夫人》："帝子降兮北渚，目眇眇兮愁予。嫋嫋兮秋风，洞庭伯兮木叶下。登白薠兮骋望，与佳期兮夕张。鸟何萃兮蘋中，罾何为兮木上？沅有芷兮醴有兰，思公子兮未敢言。荒忽兮远望，观流水兮潺湲。麋何食兮庭中？蛟何为兮水裔？朝驰余马兮江皋，夕济兮西澨。……捐余袂兮江中，遗余褋兮醴浦。搴汀州兮杜若，将以遗兮远者，时不可骤得，聊逍遥兮容与。"⑤

---

① 叶修成、梁葆莉：《论湘灵神话的流传与嬗变》，《中国文学研究》，2007年第1期。
② 赵逵夫、杨潇泝：《论湘君、湘夫人形象演化及其文化意蕴》，《湖南科技大学学报（社会科学版）》，2015年第1期。
③ 潘啸龙：《关于〈九歌〉二湘的神灵问题》，《安徽师范大学学报（人文社会科学版）》，2008年第6期。
④ 张京华：《湘妃事迹可能出自上古〈佚书〉——〈列女传·有虞二妃传〉的文献源流》，《船山学刊》，2011年第3期。
⑤〔汉〕王逸撰、黄灵庚点校：《楚辞章句》，上海古籍出版社，2017年，第51页。

《九歌》中湘夫人与湘君是一对配偶神。关于《九歌·湘夫人》与《九歌·湘君》的内容和表演形式，赵逵夫先生说："屈原结合沅湘一带的传说故事，为湘君、湘夫人谱写了一组曲折哀婉的恋歌。《湘君》《湘夫人》两篇内容相关联，祭湘君时女巫以湘夫人的口吻表现其思念之情，祭湘夫人时候男巫以湘君的口吻表现对湘夫人的思念与追求。"[①] 屈原笔下的湘夫人只是一位美丽动人、敢于追求爱情的湘江女神，和帝尧二女（娥皇、女英）尚无关系。但是湘夫人执着爱情的性格特征一直被保留，并在后期和娥皇、女英故事融合的过程中作为核心特征被渲染和强调。

湘妃在唐代之前已经完成人神合一的融合过程，而在此融合过程中刘向起了关键性作用。刘向《列女传·有虞二妃》：

有虞二妃者，帝尧之二女也。长娥皇，次女英。舜父顽母嚚，父号瞽瞍，弟曰象。……四岳荐之于尧，尧乃妻以二女，以观阙内。二女承事舜畎亩之中，不以天子之女故而骄盈怠嫚，犹谦谦恭俭，思尽妇道。……舜即嗣位为天子，娥皇为后，女英为妃，封象于有庳，事瞽瞍犹若初焉，天下称二妃聪明贞仁。舜陟方，死于苍梧，号曰重华，二妃死于江湘之间，俗谓之湘君。君子曰：二妃德纯而行笃。

关于娥皇女英的事迹在先秦以前并无文献可证，刘向《列女传》中娥皇、女英都是为构建圣主贤妃的政治伦理体系而杜

[①] 赵逵夫、杨潇沂：《论湘君、湘夫人形象演化及其文化意蕴》，《湖南科技大学学报（社会科学版）》，2015年第1期。

撰的。① 此文中湘君是贤妃典范，其行为符合儒家所要求的女德规范。在刘向之前，司马迁《史记·秦始皇本纪》中也有湘君与尧女舜妻关系的传说，但只是粗略的传闻，而无具体的故事情节。学者们认为，湘君与尧女舜妻关系的建立，与《山海经》中记载的舜与湘水的内容有关。因为这些论证已经非常翔实，此处不再赘述。至此，娥皇、女英与湘君建立联系，而非湘夫人。魏晋南北朝时期，湘夫人和娥皇、女英之间的关联正式确立。晋张华《博物志》卷八："尧之二女，舜之二妃，曰'湘夫人'。舜崩，二妃啼，以涕挥竹，竹尽斑。"南朝任昉《述异记》在张华《博物志》的基础上扩充了内容，"昔舜南巡而葬于苍梧之野，尧之二女娥皇、女英追之不及，相与恸哭，泪下沾竹，竹文上为之斑斑然"。此时，娥皇、女英和湘夫人、湘妃竹的关联被固化。唐代诗歌中的湘妃（湘夫人）的形象是基于张华《博物志》和任昉《述异记》基础上的文学想象的产物。唐代诗人演绎湘妃故事围绕苍梧追舜和泪化斑竹这两个主要情节展开叙写。

湘妃的最初形象是湘水女神，其名为湘夫人，叙写湘夫人故事的文学作品始于屈原《九歌·湘夫人》。关于《九歌》的创作缘起，汉王逸《楚辞章句·九歌序》云："《九歌》者，屈原之所作也。昔楚国南郢之邑，沅湘之间，其俗信鬼而好祠。其祠必作歌乐，鼓舞以乐诸神。屈原放逐，窜伏其域，怀忧苦毒，愁思沸郁，出见俗人祭祀之礼，歌舞之乐，其次鄙陋，因为作《九歌》之曲。上陈事神之敬，下以见己之冤结，托之以

---

① 参见赵逵夫、杨潇沂：《论湘君、湘夫人形象演化及其文化意蕴》，《湖南科技大学学报（社会科学版）》，2015年第1期。

风谏，故其文意不同，章句杂错，而广异义焉。"① 由此可知，《九歌》原初的功能就是娱神，后来经过屈原润色修改，其中加入了讽谏意涵。"从《九歌》的内容和形式看，似已具祀神歌舞剧的雏形。《九歌》中扮神的巫、觋，在宗教仪式、人神关系的纱幕下，表演着人世间男女恋爱的活剧。这种男女感情的抒发，是很复杂曲折的：有思慕，有欢乐，有悲痛，有哀怨"②这种说法有一定道理，《九歌》以恋爱为主要叙写内容。马茂元在《楚辞选》中说："像《九歌》这一类型的祭神乐歌之流行于楚国，并非偶然，实质上它标志着南方的文化传统，是楚国人民宗教形式的一种巫风的具体表现。所谓巫风，是远古人神不分的意念的残余，指以女巫主持的祭祀降神的风气。《说文》：'巫，祝也。女能事无形（神）异舞降神者也。'那就是说，巫的职业是以歌舞娱神降神，为人祈福的。"③ 由此可知，《九歌》受巫风影响很大，与南方的宗教文化有很深的关系。《九歌·湘夫人》叙写湘君和湘夫人之间的爱慕相思之情，其最终目的是娱神祈福。清朝陈本礼说："我以为《九歌》这种乐歌，有男巫歌的，有女巫歌的，有巫觋并舞而歌的。有一巫唱而众巫和的。激楚杨阿，声音凄楚，所以能感人动神。"（《屈辞精义》）此言诚然。《九歌》以缠绵悱恻、哀婉动人的恋歌达到感人动神的目的。《九歌》中的抒情主人公痴情重情，楚

---

① 〔汉〕王逸撰、黄灵庚点校：《楚辞章句》，上海古籍出版社，2017年，第42页。
② 〔战国〕屈原著、潘尧注译：《楚辞》，天地出版社，2019年，第33页。
③ 马茂元选注：《楚辞选》，人民文学出版社，1998年，第115页。

人正是以这样的方式表达对神祇的敬仰和依恋，从而希望得到神祇的青睐和庇佑。《九歌》中的湘君和湘夫人都是湘水之神，此处的湘夫人是一个抽象人物。

刘向《列女传》将湘君和舜的妻子联系在一起，开始出现湘君和湘夫人混淆的情况，二者都可以被认为是湘水之神的名称。班固在《汉书》中揭示了刘向编《列女传》的目的，其文如下：

> 向睹俗弥奢淫，而赵、卫之属起微贱，逾礼制。向以为王教由内及外，自近者始。故采取《诗》《书》所载贤妃贞妇，兴国显家可法则，及孽嬖乱亡者，序次为《列女传》，凡八篇，以戒天子。①

由此可知，刘向编《列女传》有很明显的政治伦理导向，通过传播贤妃贞妇的故事起到兴国睦族的目的。全书以女德作为分类标准，其中包括母仪、贤明、仁智、贞顺、节义、辩通、孽嬖等。汉代前期有吕后乱政专权，汉成帝时期有赵飞燕姐妹祸乱后宫，这些是刘向编《列女传》的历史语境。就《汉书·楚先王传》和《外戚传》有关刘向的记载来看，刘向以皇室宗亲自居，鉴于前朝吕、霍故事，一向特别警惕外戚势力通过皇帝后宫宠幸来左右朝政。刘向上呈《列女传》明确用于"戒天子"，直接针对的是"赵卫之属"，刘向的预期读者是当时的汉成帝及其后妃，所以《列女传》作为刘向著书的重要成果，同时又

---

① 〔汉〕班固撰、〔唐〕颜师古注，《汉书》卷三十六，中华书局，2013年，第1957页。

寄托着刘向本人针砭时弊的特别意义。①所以说《列女传》中娥皇女英的故事有政治伦理意涵。《列女传》中说娥皇、女英是尧的女儿，尧为了考察舜将女儿嫁给他，娥皇女英嫁给舜之后非常贤德。后来舜南巡途中死在苍梧，娥皇、女英死在江湘之间，被称为湘君。此处湘君和《九歌》中湘君所指已经不同。刘向《列女传》中的湘君（娥皇、女英）已经具象化了，尽管帝舜和娥皇、女英是传说中的人物，但她们身上所承载的德行已经是现实社会的标识，换句话说，此处的湘君已经人化了，从充满神力、为情所困的江水神变成了儒家伦理规范的贤妃。

刘向《列女传》之后，对湘妃形象演进起了关键性作用的两个人是张华和任昉。首先，晋张华的《博物志》是志怪小说。关于《博物志》的内容和流传情况，刘鹏在《清代藏书史论稿》中有详细说明，其文曰："《博物志》十卷，旧题晋张华撰。分卷记载世间奇物、掌故逸闻及神仙方术，其言史事，亦多玄怪。王嘉《拾遗记》云其原为四百卷，书成奏进，晋武以'记事采言，亦多浮妄''恐惑乱后生，繁芜于耳目'，特命芟截，厘为十卷，则时人以荒诞不经视之矣。故四库馆臣以其入小说家类、琐记之属。"②由此可知，《博物志》中记载的故事多荒诞不经、怪异琐细。因此，《博物志》中所记载的湘妃的故事情节应该是杜撰而成。但是，其中记载的追寻到苍梧和泪落染成斑竹的情节在唐代诗歌中频繁出现。《述异记》中湘妃故事情节和《博物志》相近，只是更加具体详细。

---

① 刘塞:《刘向〈列女传〉及其文本考论》，复旦大学博士学位论文，2010年，。
② 刘鹏:《清代藏书史论稿》，知识产权出版社，2018年，第298页。

关于魏晋南北朝志怪小说兴盛的原因，鲁迅先生说："中国本信巫，秦汉以来，神仙之说盛行，汉末又大畅巫风，而鬼道愈炽；会小乘佛教亦入中土，渐见流传。凡此，皆张皇鬼神，称道灵异，故自晋迄隋，特多鬼神灵异之书。"（《中国小说史略》第五编《六朝鬼神志怪书》）袁行霈等人夯实了这个观点，袁说："志怪小说的兴盛与当时的社会背景有很大关系，宗教迷信思想的盛行是其兴盛的土壤。古人迷信天帝，大事要向天帝请示，所以常有祈祷、占卜、占梦等活动，巫觋就是从事这类活动的人。社会上流传的许多巫术灵验的故事，就成为志怪小说的素材。方士是战国后期从巫觋中分化出来的，他们鼓吹神仙之说，寻求不死之药。秦汉以来方术盛行，关于神仙的故事层出不穷，这也成为志怪小说的素材。此外，东汉晚期建立的道教和东汉传入中国的佛教，在魏晋以后广泛传播，产生了许多神仙方术、佛法灵异的故事，也成为志怪小说的素材。"由此可知，志怪小说中各种怪异神奇的故事和宗教思想、神仙方术之间的兴盛直接相关。正是在这样的时代背景下，湘妃又从人间贤妃转向充满神力又多情哀怨的女神。而唐代诗人眼中湘妃（湘夫人）的核心特征就是多情哀怨。

唐代诗人吟咏湘妃故事的篇目很多，因为诗人们根据自己对湘妃故事的认知和独特的审美观、道德观，演绎出众多缠绵悱恻的生死恋歌。"一部文学作品并不是独立自在的、对每个时代每一位读者都提供同样图景的客体。它并不是一座独白式的宣告其超时代性质的纪念碑，而更像是一本管弦乐谱，不断地在它的读者中激起新的回响，并将作品本身从语词材料中解放出来，赋予其以现实的存在。"① 此言诚然，一个故事在传播的过程中不断地被解读，并加入属于不同时代、不同阅读者的再创造，然后这个故事的生命力日益增强。同理亦然，湘妃从多情的江水之神转为人间贤妃，再转变为多情的江水之神，也是不同读者从各种角度阐释，又进行创造性的艺术加工的结果。

"文学经典是一个包括文本及不断展开的历史过程中的各种理解的对象性存在。文学经典的生成，必然是以创作主体的创作为起点，以读者对文本的阐释与理解为中心的交流过程。其中创作主体、文本和接受主体是本体性的因素。它们在文学经典的生成中各自承担着不同的功能，共同参与文学经典的建构"。文学作品或文学形象经典化的过程中，创作主体的功能至关重要。"作者的创造，是文学作品生成的第一步，也是经典生成中的首要环节。除了创造出一个实在的文化遗留物之外，作品的经典性依赖于创造性劳动。创作主体的气质、个性和人生经历是经典生成机制中最重要的因素之一"②。唐代以后，湘妃多情哀怨的形象就固定了下来。如孟郊《湘妃怨》：

南巡竟不返，二妃怨逾积。万里丧蛾眉，潇湘水空碧。
冥冥荒山下，古庙收贞魄。乔木深青春，清光满瑶席。
搴芳徒有荐，灵意殊脉脉。玉珮不可亲，徘徊烟波夕。③

---
① [德]H.R.姚斯、R.C.霍拉勃著，周宁、金元浦译：《接受美学与接受理论》，辽宁人民出版社，1987年，第26页。
② 郁玉英：《试论文学经典化的动力机制》，《兰州学刊》，2017年第1期。
③ 〔清〕彭定求等编：《全唐诗》卷三百七十二，中华书局，1960年，第4183页。

此诗采用外聚焦型叙述视角，叙写娥皇、女英在舜帝南巡死后悲痛而死的故事。诗人想象娥皇女英化为湘水女神之后，仍无法从对舜帝的思念之中超脱出来。诗歌前半部分是对张华《博物志》中故事情节的继承，诗歌后半部分属于诗人的创造性改写。孟郊延长了叙述时间，张华《博物志》中湘妃故事的叙述时间比较短，将其定格在娥皇、女英哭泣流泪，以泪染斑竹作为结束。孟郊延长了娥皇、女英相思的时间长度，从追寻舜的音讯开始，发展到殉情而死，再到成为湘水女神之后仍然陷入相思之中。又如李贺《湘妃》：

> 筠竹千年老不死，长伴秦娥盖湘水。
> 蛮娘吟弄满寒空，九山静绿泪花红。
> 离鸾别凤烟梧中，巫云蜀雨遥相通。
> 幽愁秋气上青枫，凉夜波间吟古龙。①

此诗中的湘妃是屈原《九歌·湘夫人》和张华《博物志》中情节融合之后的产物，其中包含了斑竹、湘水、舜和娥皇、女英等叙事要素。但是，李贺并没有满足于只是用诗体形式对原来的故事进行简单的糅合和演绎，而是将原故事泛化，将娥皇、女英和舜作为普天之下重情、痴情之爱侣的典范。"筠竹"即斑竹，九山即"九嶷山"，"离鸾别凤"即指舜和娥皇、女英。李贺对湘妃故事的创造性改写主要有两点：其一是对湘妃故事的泛化处理；其二是延长叙述时间，这一点和上引孟郊《湘妃怨》中孟郊处理湘妃故事的手法一致。有一点需要注意，唐代

---

① 〔清〕彭定求等编：《全唐诗》卷三百九十，中华书局，1960年，第4401页。

诗人在演绎湘妃故事的过程中，一般将湘妃作为叙事的焦点，诗歌中即使出现舜的形象，也只是作为辅助性角色，为完成塑造痴情、重情的神女形象服务。相比之下，《九歌》中的湘夫人和湘君作为一对配偶神，处于同等重要的地位。刘向《列女传》中，舜作为叙述的重点，娥皇、女英作为舜的辅助性角色出现，这一点和舜在中国历史文化中的位置有关。舜是华夏族的五帝之一，随着中原华夏文化居于中华文明的核心地位，包括舜帝在内的五帝就成为中原王朝帝系的"先帝""圣王"。①因此，用舜和妻子（娥皇、女英）的故事阐释圣君贤妃的政治伦理是十分恰当的。关于舜的事迹基本上都来源于传说，到了春秋战国时期，其事迹在文献中基本定型。②司马迁《史记·五帝本纪》中有舜南巡而死于苍梧的记载，其文云："践帝位三十九年，南巡狩，崩于苍梧之野。葬于江南九嶷，是为零陵。舜之践帝位，载天子旗，往朝父瞽叟，夔夔唯谨，如子道。封弟象为诸侯。舜子商均亦不肖，舜乃豫荐禹于天。"由此可知，舜是一个勤勉而贤能的帝王。《史记》又云："帝尧者，放勋。其仁如天，其知如神；就之如日，望之如云；富而不骄，贵而不舒。黄收纯衣，彤车乘白马。能明驯德，以亲九族。九族既睦，便章百姓。百姓昭明，合和万国。"《史记》中的舜，不仅善于治国，而且是德行的典范。舜的父亲和后母多次想要谋害舜，但是舜总是既往不咎、以德报怨。所以说，舜和娥皇、女英是贤明帝妃的典范。刘向《列女传》继承了舜作为贤德帝王典范的叙述模式，

---

① 朱汉民：《舜文化与湖湘文化建构》，《湖南社会科学》，2012年第5期。
② 朱汉民：《舜文化与湖湘文化建构》，《湖南社会科学》，2012年第5期。

又加入了娥皇、女英的贤德事迹，从而建构了贤明帝妃的并行叙述结构。舜和娥皇、女英在《列女传》中已经完全符号化了，是刘向为了宣扬君贤妃德、和睦亲族、天下清明的政治伦理而创造的。舜作为贤君，娥皇、女英作为贤妃，在《列女传》之后逐渐在越来越大的范围内被体认，而舜的祭祀活动从汉代到明清时期都很盛行，清刘作霖曾作《游九嶷山记》论及舜和娥皇、女英的影响力，其文如下：

此山盖从舜得名也，故舜源从舜主之，而娥皇、女英诸峰，亦皆因舜以命名，以故历代遣祭诸臣，洎高人韵士，往往穷搜博览，历幽探奇，扢扬标榜，从古相传，于今称绝云。……周道耶？崎岖耶？中原耶？异域耶？虞帝之教化至今声施不绝耶？是耶？非耶？今而后有事于兹者，不可无此一往。（《湖湘文库》甲编《九嶷山志（两种）》卷三）

由此可知，舜在中国历史文化传统中的重要性。正如班固在《汉书·艺术志》中所言，儒家学派"祖述尧舜，宪章文武，宗室仲尼，以重其言，于道为最高"。从孔子、孟子到韩愈、朱熹皆是如此，这是我们解读唐代诗人演绎湘妃故事的重要语境。唐代诗人写湘妃对帝舜缠绵悱恻的爱恋，也寄寓着他们对贤君的渴望和赞颂。李贺《湘妃》不仅写两人之间的传奇爱情，"离鸾别凤烟梧中，巫云蜀雨遥相通"，用了巫山神女的典故，比附叙写舜和湘妃之间的深情；而且写了九嶷山因舜帝崩而伤悲，"蛮娘吟弄满寒空，九山静绿泪花红"。通过移情入景的方式，抒发诗人对舜和湘妃（娥皇女英）的缅怀之情。

再如李白《远别离》："远别离，古有皇英之二女，乃在洞庭之南，潇湘之浦。海水直下万里深，谁人不言此离苦。日惨惨兮云冥冥，猩猩啼烟兮鬼啸雨。我纵言之将何补？皇穹窃恐不照余之忠诚，雷凭凭兮欲吼怒。尧舜当之亦禅禹。君失臣兮龙为鱼，权归臣兮鼠变虎。或云尧幽囚，舜野死，九疑联绵皆相似，重瞳孤坟竟何是。帝子泣兮绿云间，随风波兮去无还。恸哭兮远望，见苍梧之深山。苍梧山崩湘水绝，竹上之泪乃可灭。"①此诗叙写舜南巡而崩于苍梧之事。李白此诗属于湘妃故事的变体，李白在叙写舜死而湘妃悲痛欲绝的故事之外，还在诗中提出了对帝舜死因的质疑，"尧舜当之亦禅禹。君失臣兮龙为鱼，权归臣兮鼠变虎"。尧、舜、禹禅让本来是历史佳话，大部分的历史典籍都是如此叙写上古的政治权力传递中举贤不举亲。然而，《竹书纪年》中对尧和舜之间的权力交接过程有不同的说法，即尧没有禅让给舜，而是舜囚禁了尧。《国语·鲁语》中说"舜勤民而野死"。李白《远别离》的叙述分为三个层次，首先是对湘妃和舜生死别离之苦的叙写；其次是对尧、舜死因的叙写，继而认为尧、舜之所以非正常退位并死亡皆因贤臣失位；再次是叙写诗人对舜和湘妃的缅怀之情。所以，李白对湘妃故事有更加深入的挖掘，他既继承了湘妃故事中追舜苍梧和泪落染竹的主要情节，又不拘泥于对原有情节的重复演绎，引出了历史上关于舜帝死亡的另外一种说法，并且在认同这种说法的基础上分析了产生这种结果的原因。在以上表层叙述之下，蕴藏着的是李白对当时朝政的担忧。"这'龙为鱼'

---

①〔清〕彭定求等编：《全唐诗》卷二十六，中华书局，1960年，第356页。

的比喻岂非言玄宗贪图享乐、荒废朝政、大权旁落么？这'鼠'为虎的比喻难道不是暗示李林甫、杨国忠把持朝政，安禄山、史思明掌握着重镇军事大权么？"[1]玄宗晚期怠政误国，因此朝廷中出现种种乱象，所以引文中的这个判断也是有现实依据的。《唐宋诗醇》卷二："此忧天宝之将乱，欲抒其忠诚而不可得也。"此言诚然。《唐宋诗醇》又引高棅之言："此太白伤时，君子失位，小人用事，以致丧乱。身在江湖之上，欲救而不可，哀忠谏之无从，舒愤疾而作也。"要之，古今学者对此诗中所蕴含的忠君忧国之情都持认同态度。除了李白之外的大部分唐代诗人都将湘妃故事演绎成了娥皇、女英和舜的生死之恋。

如刘长卿《湘妃》：

帝子不可见，秋风来暮思。婵娟湘江月，千载空蛾眉。[2]

此诗叙写湘妃（娥皇、女英）对舜的思念之情，其特点是延长的叙述时间。《九歌·湘夫人》中也写湘妃之恋情，但是叙述时间比较短。《列女传》《博物志》和《述异记》中写湘妃恋情故事的叙述时间也比较短。然而，刘长卿将叙述时间拉长到千年之内。刘长卿有多首诗歌演绎湘妃故事，如《斑竹》："苍梧千载后，斑竹对湘沅。欲识湘妃怨，枝枝满泪痕。"这首诗借咏斑竹来赞颂湘妃的痴情、重情。斑竹是湘妃故事中的

---

[1] 曾凡玉编著：《唐诗译注鉴赏辞典》，崇文书局，2017年，第334页。
[2]〔清〕彭定求等编：《全唐诗》卷一百四十七，中华书局，1960年，第1480页。

重要叙述要素之一，娥皇、女英泪落成为斑竹是其挚爱情深的表征。又如许浑《过湘妃庙》："古木苍山掩翠娥，月明南浦起微波。九疑望断几千载，斑竹泪痕今更多。"① 此诗也是通过斑竹形成的传说叙写湘妃和舜之间超越生死的深厚情感。

唐代诗歌中有时称娥皇、女英为湘妃，也有一些篇目称呼娥皇、女英为湘夫人。尽管称呼上有微小差异，但是叙写方式和叙写内容基本相同。如郎士元《湘夫人》："娥眉对湘水，遥哭苍梧间。万乘既已殁，孤舟谁忍还。至今楚山上，犹有泪痕斑。南有浔阳路，渺渺多新愁。昔神降回时，风波江上秋。彩云忽无处，碧水空安流。"② 此诗前四句写舜死于苍梧之后，湘妃悲痛哭泣的情形。后半句写诗人对舜和湘妃生死之恋的缅怀之情。又如杜甫《湘夫人祠》："肃肃湘妃庙，空墙碧水春。虫书玉佩藓，燕舞翠帷尘。晚泊登汀树，微馨借渚蘋。苍梧恨不尽，染泪在丛筠。"③ 此诗作于大历四年，杜甫经过湘夫人（湘妃）祠而写。杜甫见祠堂破败，追忆千年之前舜和湘妃的传奇爱情故事感慨万端。宋郭知达在《九家集注杜诗》中说："屈原《九歌》有'湘夫人'，韩愈黄陵之碑云：湘旁有庙曰黄陵，自前古立，以祠尧之二女，舜之二妃者，庭有石碑断裂分散地，其文剥缺。"明王嗣奭《杜臆》："臣望君，不减妻望夫，苍梧之恨，不为夫人发也。"由此可知，湘夫人和湘妃在唐宋都

---

① 〔清〕彭定求等编：《全唐诗》卷五百三十八，中华书局，1960年，第6139页。
② 〔清〕彭定求等编：《全唐诗》卷二十三，中华书局，1960年，第292页。
③ 〔清〕彭定求等编：《全唐诗》卷二百三十三，中华书局，1960年，第2567页。

指娥皇、女英，而且诗人写娥皇、女英思念舜应该有所寄托，并非单纯咏叹他们之间的传奇恋情。而唐人对湘妃和舜之间的生死之恋的反复演绎使得湘妃故事逐渐经典化，湘妃故事经典化既是历代创作者不断演绎湘妃故事的结果，也有读者众多以及历史文化语境的助推作用。"经典化的过程，是经典不断被阅读的过程。在这个过程中每一位接受主体（读者）内心都有自己的期待视野。期待视野中包含着读者的世界观、审美趣味、文化素养等个体心理机制。个体心理机制实际上又是读者所承受的文化传统、时代气候、社会心理等外部因素和个体的个性气质相融合的产物。在期待视野和作品这一开放性结构相互交汇的过程中，读者对作品结构进行完形。文学经典生成的外部因素就在这个过程中介入，影响经典化过程"[1]。湘妃故事在唐代的广泛传播，与唐代诗人对儒家思想和楚辞的接受有密不可分的关系。湘妃是贤妃的典范，她们和舜之间的传奇爱情故事以及舜在儒家文化中的崇高地位，是唐代诗人演绎湘妃故事以抒发爱情理想和政治理想的物质基础。唐代诗人对贤明帝妃和政通人和的期待是湘妃故事经典化过程中的外部推动力量。

二、至情痴情：唐代诗歌中湘妃形象的核心特征

如上所述，唐代诗歌中湘妃形象的核心特征是至情痴情。汤显祖《牡丹亭》题词云："天下女子有情，宁有如杜丽娘者乎！梦其人即病，病即弥连，至于手画形容传于世而后死。死三年矣，复能溟莫中求得其所梦者而生。如丽娘者，乃可谓有情人耳。

---

[1] 郁玉英：《诗论文学经典化的动力机制》，《兰州学刊》，2017年第1期。

情不知所起，一往而深，生者可以死，死可以生。生而不可与死，死而不可复生者，皆非情之至也。"在汤显祖看来，真正伟大的爱情可以超越生死。唐代诗歌中湘妃对舜的爱恋相思就是如此，超越了生死的界限。唐代诗人主要通过什么方式塑造至情痴情的湘妃呢？这是一个值得关注的问题。

首先，反复强调湘妃对舜的思念之刻骨铭心。湘妃对舜的思念最直接的表征是苍梧追舜和泪染斑竹。与唐代情爱诗中的大多数女主人公不同，湘妃对待所爱之人的态度更加主动。陈阿娇、班婕妤、铜雀妓和王昭君，她们哀怨地守在固定的空间消耗着生命。湘妃去苍梧追寻帝舜，帝舜崩而伤心欲绝，泪能染竹生斑。在整个故事之中，湘妃的行为是勇敢积极的，她们的爱情故事是悲壮而非哀怨。

其次，延长湘妃思念帝舜的时间。《九歌》中湘夫人对湘君的思念体现在比较短的时间区间，《列女传》中主要强调湘妃的贤德，而并没有刻意去强调她们的至情痴情，《博物志》和《述异记》中叙写湘妃至情痴情的要素和唐代诗人基本相同，但是并没有特别渲染湘妃对帝舜思念的漫长时间。如刘长卿《湘妃》："帝子不可见，秋风来暮思。婵娟湘江月，千载空蛾眉。"这里的时间长度是"千载"。李贺《湘妃》："筠竹千年老不死，长伴秦娥盖湘水。"这里的时间长度是"千年"。李涉《湘妃庙》："斑竹林边有古祠，鸟啼花发尽堪悲。当时惆怅同今日，南北行人可得知。"此诗中虽然没有明言时间，但从舜死苍梧到唐代，其时长也是千年以上。唐代诗人用延长相思时间来强调抒情主人公痴情的写作方法，不仅被用于演绎湘妃故事，也被用在巫山神女、望夫石故事的叙写过程之中。如唐彦谦《望夫石》："江上见危矶，人形立翠微。妾来终日望，夫去几时归。明月空悬镜，苍苔漫补衣。可怜双泪眼，千古断斜晖。"诗人将望夫石（思妇）思念丈夫的时间长度设定为千年，也是为了强调其痴情重情的个性特征。

再次，增加叙述层次。唐代诗人在叙写湘妃故事时，增加了叙述层次，尽管并不是所有的诗人都使用这种写作技巧，但这种技巧对强化湘妃至情痴情的个性特征很有助益。如李涉《湘妃庙》："斑竹林边有古祠，鸟啼花发尽堪悲。当时惆怅同今日，南北行人可得知。"与用外聚焦型叙述视角叙写湘妃的故事不同，此诗增加了叙述者对湘妃故事的感知视角，即在叙述故事之外，提出作者对湘妃和舜生死之恋的推测和追忆，这样就增加了故事的叙述层次。"当时惆怅同今日"，第一层是舜崩后湘妃的无尽相思和惆怅；第二层是以诗人的视角，去叙写他对湘妃和舜爱情故事的推测和理解。如李贺《湘妃》："筠竹千年老不死，长伴秦娥盖湘水。蛮娘吟弄满寒空，九山静绿泪花红。离鸾别凤烟梧中，巫云蜀雨遥相通。幽愁秋气上青枫，凉夜波间吟古龙。"后四句是诗人对湘妃和舜故事的推测和想象，想象千年之后湘妃仍没有放下对舜的刻骨思念，那种因为和所爱之人死别而形成的幽怨之气穿过枫树林直上云霄。再如李白《远别离》既有对湘妃和舜爱情故事的叙述，还有诗人对舜和湘妃死别原因的质疑和深度思考。"重瞳孤坟竟何是。帝子泣兮绿云间，随风波兮去无还"这三句是诗人对舜死后踪迹难寻和湘妃生死相恋的感慨。李白通过对湘妃至情痴情的咏叹，将第一个叙述层次的故事本体和第二个叙述层次的诗人的感知性视角所提供的信息，巧妙地衔接在一起。这种叙述结构增加了诗歌的意涵和深度，对塑造湘妃至情痴情的核心特征作用很大。

三、湘妃书写：唐人对湘文化和屈原精神的接受

如上所述，唐代诗人对湘妃故事的经典化起到了关键性作用，唐代诗歌中湘妃的核心特征是至情痴情。究其原因，唐代诗歌的湘妃书写受到了湘文化和屈原精神的影响。《九歌》中的"湘夫人"和"湘君"都是湘水神，《九歌·湘夫人》《九歌·湘君》都和宗教祭祀有关。因为湘水是楚国境内非常重要的河流，故代表湘水的湘君和湘夫人在楚国也有非常重要的作用。对湘夫人、湘君的祭祀是湘文化的重要内容之一，舜和湘妃的爱情故事也和湘文化有关。"湘妃和虞舜的感情传说是我国最早的一个爱情故事。虞舜勤政而死，葬九嶷山，娥皇、女英姐妹二人追寻而至，死于湘江，受封为湘江之神。湘妃和虞舜的感情传说，随同虞舜一代的史事载入经典，历代传咏，备载不绝"①。湘妃也和湘江有重要关系。只不过此时的湘妃故事中，舜为主、湘妃为副。《博物志》和《述异记》中的湘妃故事也是以湘水为重要的叙事空间。总之，湘妃故事的产生和发展与湘江以及湘地（学术界常用潇湘、湖湘、沅湘的称谓，和本书中所指湘地是同一概念，湘地是广义概念）文化之间关系非常紧密。此外，湘水流域是屈原流放和投水之地，故很多敬仰屈原的唐代文人对湘地和湘文化非常喜爱和关注，特别是被贬谪到湖湘一带的

---

① 张京华：《"潇湘意象"的文化基因》，《古典文学知识》，2012年第6期。

官员，对屈原及其作品的学习和借鉴更多。唐代文士对舜帝的缅怀和追思也成了湘文化的重要组成部分。唐代文士或因屈原，抑或因舜而情恋湘地，最终常常表现为对湘妃故事的吟咏和赞叹。屈原代表着楚地文学传统和儒家学派所标举的忠君爱国的精神，舜代表着儒家所倡导的圣君治世，两者因为湘妃（湘夫人）建立链接并形成固定的关联，成为湘地文化的两大要素。

李白一生多次去湘地，且许多诗歌关涉湘地。如《古风》其四十九："美人出南国，灼灼芙蓉姿。皓齿终不发，芳心空自持。由来紫宫女，共妒青娥眉。归去潇湘沚，沉吟何足悲。"南国美人应归"潇湘"，可见李白对湘地情感之深。李白《上安州裴长史书》："乃仗剑去国，辞亲远游。南穷苍梧，东涉溟海。"苍梧是舜崩之地。郁贤皓在《李白的潇湘之情探微》一文中说："所谓'南穷苍梧'就是指到潇湘一带，亦即到达今天湖南九嶷山地区。"[①]可见，李白曾到湘地凭吊舜。李白《答高山人兼呈权顾二侯》有"明晨去潇湘，共谒苍梧帝"，此诗写李白对离开朝廷后生活的规划，不论是实际计划，还是意气之言，都能说明他对舜的敬仰和依恋之情。李白对湘地和舜的情结延续时间非常持久，"李白从青年时代往苍梧凭吊舜帝，中年时代写到舜和二妃的故事，晚年时代又一次到零陵"[②]，这些都是他对湘地文化和舜寄寓深情的证据。

湘地不仅是文人墨客心驰神往之地，也是唐代不少官员的贬谪之地，湘地和逐臣文化之间有很深的关联。中国历史上最

---

① 郁贤皓：《李白的潇湘之情探微》，《中国文学研究》，2001年第2期。
② 郁贤皓：《李白的潇湘之情探微》，《中国文学研究》，2001年第2期。

早最有影响的逐臣屈原就被贬于此地,唐代不少官员也被贬谪到湘地。永贞革新失败以后,刘禹锡被贬朗州(今湖南常德),柳宗元被贬永州(今湖南零陵),都在广义湘地的范围之内。莫砺锋说潇湘有两大地域文化特征,"一是地方僻远,蛮荒色彩比较浓,往往成为朝廷流放官员之地,屈原的流放沅湘和贾谊的贬谪长沙便是先唐最著名的事例。到了唐代,'潇湘'成为朝廷流放逐臣的首选之地,以至于晚唐杜牧不胜感慨地说:'楚国大夫憔悴日,应寻此路去潇湘!'二是山川秀丽,环境清幽。屈赋中就曾展示湘、沅一带的瑰丽景色,故刘勰认为'屈平所以能洞监风骚之情者,抑亦江山之助乎!'"①此言诚然。唐代贬谪诗人无论是否到过湘地,大多会在作品中提及屈原和湘地。《新唐书》:"禹锡谓屈原居沅湘间,使楚人以迎送神,乃倚其声作《竹枝词》十余篇。"②柳宗元在永州时撰《吊屈原文》,其文曰:"后先生盖千祀兮,余再逐而浮湘。……穷与达固不渝兮,夫唯服道以守义。"③柳宗元不仅钦佩屈原崇高精神,而且在文学创作方面受屈原影响很大。王逸《楚辞补注》中总结了屈原文章的特点:"依法取兴,引类譬谕,故善鸟香草,以配忠贞;恶禽臭物,以比谗佞;灵修美人,以媲于君;宓妃佚女,以譬贤臣;虬龙鸾凤,以托君子;飘风云霓,以为小人。"④刘禹锡的《百舌吟》《聚蚊谣》和《飞鸢操》等作品都受到了屈原比兴手法的

---

① 莫砺锋:《"刘柳"与潇湘》,《复旦学报(社会科学版)》,2018年第5期。
② 《新唐书》卷一百六十八,中华书局,1975年,第5129页。
③ 《柳河东集》卷十九,上海古籍出版社,2008年,第333页。
④ 〔汉〕王逸:《楚辞补注》卷一,上海古籍出版社,1989年,第584、585页。

影响。刘禹锡《潇湘神》：

> 湘水流，湘水流，九疑云物至今愁。若问二妃何处所，零陵芳草露中秋。

> 斑竹枝，斑竹枝，泪痕点点寄相思。楚客欲听瑶瑟怨，潇湘深夜月明时。①

第一首词中叙写了湘妃和舜的爱情故事，第二首词中以"楚客"自喻，抒发了贬谪蛮荒之地的痛苦心情。楚客原指屈原，因其自身贬谪去国离京之遭遇和屈原相似，故以楚客自喻，寄寓自己忠君爱国之志和去国离京之愁苦。"一方面，贬谪文人们因不同原因走到了湖湘地区，楚文化的氛围、迥别于中原的奇异湖湘山水突然给他们带来一种全新的感受。他们纷纷追寻或效仿屈贾的哀怨情怀和悲剧精神，结合个人遭际和感发或直抒胸臆，或相互酬唱，创作了大量的描绘湖湘山水或反映社会现实的佳作，湖湘文学创作也因此出现了离骚以来的又一个高潮期，张说、王昌龄、张九龄、贾玉等都在湖湘期间创作出了具有重要影响的诗篇。柳宗元、刘禹锡、元结等由于在湖湘地区贬谪或滞留时间很长，他们的很多名篇佳作都是在此创作的"②。唐代诗人来到湘地，感受了当地独特的自然景观和人文景观，又因为经历和追求的相似性，自觉或不自觉地接受了屈原的影响。而书写湘妃的爱情故事就是受湖湘文化和屈原影响的表

---

① 〔清〕彭定求等编：《全唐诗》卷二十八，中华书局，1960年，第404页。
② 戴金波：《唐代贬谪文人与湖湘文化的相互影响》，《武汉理工大学学报（社会科学版）》，2014年第4期。

征之一。娥皇、女英之所以被称为湘妃，是因为最终亡故于湘水，被封为湘水神，并建立祠堂。娥皇、女英的传说以及相关祭祀活动都是湘地文化的重要组成部分。而比兴手法和忠君爱国、怀念京都的思想体现了对屈原精神和写作范式的接受。屈原《涉江》：

> 余幼好此奇服兮，年既老而不衰。带长铗之陆离兮，冠切云之崔嵬，被明月兮佩宝璐。世溷浊而莫余知兮，吾方高驰而不顾。驾青虬兮骖白螭，吾与重华游兮瑶之圃。登昆仑兮食玉英，与天地兮同寿，与日月兮同光。哀南夷之莫吾知兮，旦余济乎江湘。乘鄂渚而反顾兮，欸秋冬之绪风。步余马兮山皋，邸余车兮方林。乘舲船余上沅兮，齐吴榜以击汰。船容与而不进兮，淹回水而凝滞。

这首诗是屈原被贬谪时而作，其中表达了三个要点：第一，不随波逐流的精神追求，他通过"好此奇服"比喻自己不和奸佞之徒同流合污的选择；第二，对圣君舜帝的敬仰之情，"重华"即舜，"吾与重华游兮瑶之圃"说明对圣君的向往之情；第三，不愿离开京都的哀伤情绪，"船容雨而不进兮，淹回水而凝滞"，他用船停滞不动来曲折地抒发自己不愿离开楚国京都的心情。这几点在韩愈《左迁至蓝关示侄孙湘》中可以看到："一封朝奏九重天，夕贬潮州路八千。欲为圣明除弊事，肯将衰朽惜残年！云横秦岭家何在，雪拥蓝关马不前。知汝远来应有意，好收吾骨瘴江边。"[1]第三、四句反映了诗人不随波逐流而胸怀国家

---

① 〔清〕彭定求等编：《全唐诗》卷三百四十四，中华书局，1960年，第3859页。

的精神追求,第五、六句表现了诗人不愿意离开长安的悲痛心情。宋之问《晚泊湘江》:"五岭恓惶客,三湘憔悴颜。况复秋雨霁,表里见衡山。路逐鹏南转,心依雁北还。唯馀望乡泪,更染竹成斑。"①这首诗是宋之问被贬谪途中的作品,当时诗人在湘江,用到了斑竹的典故,而这个典故和湘妃有关。诗歌最后两句借用"斑竹"典故,表达了自己对君王的忠诚以及不愿离开京都的痛苦心情。刘禹锡《望赋》:"望如何其望最伤! 俟环玦兮思帝乡。龙门不见兮,云雾苍苍。乔木何许兮,山高水长。春之气兮悦万族,独含嚬兮千里目。秋之景兮悬清光,偏结愤兮九回肠。"此诗也是作于被贬期间,赋文中"俟环玦兮思帝乡"也反映了诗人对君王和长安的思念之情。他在《上杜司徒书》中再一次叙写了被贬湘地的痛苦心情,"湘、沅之滨,寒暑一候。阳雁才到,华言罕闻。猿哀鸟思,喁啾响异。暮夜之后,并来愁肠。怀乡倦越吟之苦,举目多似人之喜。……悲愁惕栗,常集方寸。"②气候的不适应和无法施展才干的苦闷之情,都让刘禹锡对长安的怀念日渐深沉。元稹《同州刺史谢上表》:"自离京国,目断魂销,每至五更朝谒之时,臣实制泪不得,若余生未死,他时万一归还,不敢更望得见天颜,但得再闻京城钟鼓之音,臣虽黄土覆面,无恨九原。"③此文也是元稹被贬谪时而作,表达了诗人想要回到京都长安并面圣的迫切心情。

---

① 〔清〕彭定求等编:《全唐诗》卷五十二,中华书局,1960年,第639页。
② 〔唐〕刘禹锡著、瞿蜕园笺证:《刘禹锡集笺证》,上海古籍出版社,1989年,第237页。
③ 〔唐〕元稹著,冀勤点校:《元稹集》,中华书局,2010年,第442页。

美国学者司马德琳《贬谪文学与韩柳的山水之作》说到贬谪对文学创作的影响，其文云："对于某些人来说，流亡是一种解放，一种批评的距离，一个更新的自我，一种文化甚或是一种语言的再生。这些都可以视作创造性作品的先决条件。没有流亡，这些作品就无所取源。但对另一些人来说，流亡又无异于与现实世界的隔绝，无尽的痛苦，甚至是生命的终结。"①的确，贬谪生活对文人的文学创作所产生的影响因人而异，但贬谪经历和贬谪地的文化习俗对唐代文人的诗歌创作的影响在湘妃故事的叙写过程中体现得很明显。湘地神祀传说、屈原的湘地贬谪经历和相关文学创作，是唐代贬谪文人特别是贬谪到湘地的文人能够自然接触到的文化资源，加之他们本身对舜和娥皇、女英圣君贤妃形象的认同心理，使他们以湘妃故事为载体寄寓爱情观和政治伦理观成为一种现实可能。

唐代文人的湘妃故事书写中体现了"君臣遇合"思想，《吕氏春秋·遇合》云："凡遇，合也。时不合，必待合而后行。故比翼之鸟死乎木，比目之鱼死乎海。孔子周流海内，再干世主，如齐至卫，所见八十余君。委质为弟子者三千人，达徒七十人者，万乘之主得一人用可为师，不为无人。以此游，仅至于鲁司寇。此天子之所以时绝也，诸侯之所以大乱也。"②君臣遇合是众多怀抱宏大政治抱负的文人士子所期待的事情，然而君臣遇合毕竟是可遇而不可求之事，故而许多文人士子在诗歌中感慨君臣遇合之困难。所谓君臣遇合，"是君主下交贤士或寒士反转

---

① 司马德琳：《贬谪文学与韩柳的山水之作》，《文学遗产》，1994年第4期。
② 张玉春等译注：《吕氏春秋译注》，黑龙江人民出版社，2003年，第368页。

成为卿相'贤臣'，以及君臣互为知己、彼此投契的理想型君臣关系状态"①。君臣遇合的思想源于战国时期，但是这种思想对唐代文人的影响也很大。君臣遇合思想产生的现实基础是在仕宦生活中怀才不遇的文人士子的期待，那些在各种典籍中传播的君臣遇合的佳话，在文人士子渴望建功立业的社会语境中最能广泛传播。李斯曾说："诟莫大于卑贱，而悲莫甚于穷困。久处卑贱之位，困苦之地，非世而恶利，自托于无为，此非士之情也。"②文士对穷困终身的忧虑和对君臣遇合的期待是一体两面的存在。湘妃和舜的情爱故事既可以作为君臣遇合叙事的变体，也可以作为承载文士君臣观的载体。湘妃对舜至死不渝的爱情象征了臣子对君王的忠诚。"齐景公问政于孔子。孔子对曰：君君、臣臣、父父、子子"（《论语》）。《六臣注文选》卷四七《圣主得贤臣颂》云："故圣主必待贤臣而弘功业，俊士俟明主以显其德，上下俱欲，欢然交欣，千载一会。论说无疑，翼乎如鸿毛遇顺风，沛乎若巨鱼纵大壑。……张铣注曰：'言君臣道合如鸿鹄遇风，一举千里；如大鱼游纵于大川，得其性也。'"诚然，君臣遇合对于臣子实现政治理想是非常重要的外在条件。臣子贤能且能够得到君王的赏识是实现政治理想的两项必备条件。因此，以对君王（舜）忠贞的湘妃作为忠诚臣子的象征符号是非常适合的。

综上所述，湘地文化和屈原对唐代文人的影响非常大，唐

---

① 程修平：《"君臣遇合"思想的来源研究》，南昌大学硕士学位论文，2020年，第62页。
② 〔汉〕司马迁：《史记》，中华书局，1959年，第2539页。

诗的湘妃书写就是一个显证。具体而言，湘妃对爱情的执着精神源于湘文化（祭祀文化），娥皇、女英和舜的传奇爱情故事和湘地也有很深的渊源。忠君爱国和眷恋京都的精神追求受到了屈原及其文学作品的影响。唐代诗人在歌咏湘妃故事的时候，既感慨他们之间旷世绝俗的生死之恋，也常常寄寓了对圣君治世的向往之情，或者渴望回到长安、辅佐君王建立伟大功业的焦灼心情。

参考文献

古籍

〔三国〕曹植著，赵幼文校注．曹植集校注[M]．北京：中华书局，2016.

〔晋〕张华著，范宁校证．博物志校证[M]．北京：中华书局，1980.

〔晋〕陆机著，杨明校笺．陆机集校笺[M]．上海：上海古籍出版社，2016.

〔南朝梁〕萧统选编．昭明文选[M]．北京：中华书局，1977.

〔汉〕司马迁．史记[M]．北京：中华书局，2014.

〔汉〕班固．汉书[M]．北京：中华书局，1962.

〔唐〕李延寿．南史[M]．北京：中华书局，1975.

〔唐〕刘知几著，〔清〕浦起龙通释．史通通释[M]．上海：上海书店，1988.

〔唐〕柳宗元著，王国安笺释．柳宗元诗笺释[M]．上海：上海古籍出版社，2020.

〔后晋〕刘昫 等撰．旧唐书[M]．北京：中华书局，2017.

〔宋〕欧阳修，宋祁．新唐书[M]．北京：中华书局，2017.

〔宋〕曾敏求编.唐大诏令集[M].北京：中华书局，2008.

〔宋〕郭茂倩.乐府诗集[M].北京：中华书局，1979.

〔清〕董诰等编.全唐文[M].北京：中华书局，1983.

〔清〕何文焕辑.历代诗话[M].北京：中华书局，1981.

〔清〕彭定求等编.全唐诗[M].北京：中华书局，1960.

专著

卞孝萱.唐传奇新探[M].南京：江苏教育出版社，2001.

曾大兴.文学地理学研究[M].北京：商务印书馆，2012.

陈建宪.神话解读[M].武汉：湖北教育出版社，1997.

陈勤建.文艺民俗学[M].上海：上海文化出版社，2009.

陈寅恪.元白诗笺证稿[M].上海：上海古籍出版社，1978.

陈子展.楚辞直解[M].上海：复旦大学出版社，1996.

褚斌杰.楚辞要论[M].北京：北京大学出版社，2003.

戴燕.文学史的权利[M].北京：北京大学出版社，2002.

丁毅华.湖北通史·秦汉卷[M].武汉：华中师范大学出版社，1999.

葛剑雄.中国移民史[M].福州：福建人民出版社，1997.

顾颉刚.古史辨序[M].北京：商务印书馆，2011.

郭沫若.中国古代社会研究[M].北京：商务印书馆，2011.

郭声波.中国行政区划通史（唐代卷）[M].上海：复旦大学出版社，2012.

过常宝.楚辞与原始宗教[M].北京：中国人民大学出版社，2014.

胡经之等.文艺学美学方法论[M].北京：北京大学出版社，1995.

金开诚.文艺心理学论稿[M].北京：北京大学出版社，1982.

李炳海.部族文化与先秦文学[M].北京：高等教育出版社，1995.

林慧祥.文化人类学[M].北京：商务印书馆，2017.

刘守华.中国民间故事史[M].武汉：湖北教育出版社，1999.

刘毓庆.神话与历史论稿[M].北京：商务印书馆，2017.

鲁歌等编注.历代歌咏昭君诗词选注[M].武汉：长江文艺出版社，1982.

罗刚.叙事学导论[M].昆明：云南人民出版社，1999.

吕振羽.中国社会史纲[M].上海：上海书店，1989.

马积高.赋史[M].上海：上海古籍出版社，1998.

孟祥才.大舜文化与夏商西周历史[M].济南：山东人民出版社，2013.

尚永亮.唐五代逐臣与贬谪文学研究[M].武汉：武汉大学出版社，2007.

孙昌武.柳宗元评传[M].南京：南京大学出版社，1998.

闻一多.高唐神女之分析[A]//闻一多全集（第1册）[M].上海：三联书店，1982.

闻一多.神话与诗[M].上海：上海人民出版社，2006.

闻一多.唐诗杂论[M].武汉：武汉大学出版社，2008.

叶舒宪.高唐神女与维纳斯[M].北京：中国社会科学出版

社，1997.

游国恩．楚辞概论[M].北京：商务印书馆，1939.

余恕诚．唐诗风貌[M].北京：中华书局，2010.

袁珂．中国神话史[M].上海：上海译文出版社，1988.

张岱年，方克立主编[M].中国文化概论，北京：北京师范大学出版社，1994.

周相录．《长恨歌》研究[M].成都：巴蜀书社，2003.

周勋初．唐人轶事汇编[M].上海：上海古籍出版社，1995.

周贻白．中国戏剧史长编[M].上海：上海书店出版社，2004.

朱金城笺校．白居易集笺校[M].上海：上海古籍出版社，1988.

[美]哈里斯．文化人类学[M].北京：东方出版社，1987.

[日]渡边龙策．杨贵妃复活秘史[M].阎肃译．石家庄：河北人民出版社，1987.

[瑞士]荣格著．心理学与文学[M].冯川、苏克译．上海：三联书店，1987.

期刊论文

毕庶春．《长门》《自悼》考论[J].四川师范大学学报：社会科学版，2004（5）.

卜兴蕾．论王勃《采莲赋》与六朝文学传统[J].新疆大学学报，2021（1）.

董乃斌．唐人七夕诗文论略[J].文学评论，1993（3）.

方立．娥皇女英——鲧禹神话与儒家思想的渗透[J].内蒙古大学学报：人文社会科学版，2015（6）.

邓小军，马吉兆.铜雀台诗"官怨"主题的确立及其中晚唐新变[J].北方论丛，2009（4）.

何易展.论《三国演义》中《铜雀台赋》的隐喻叙事空间[J].明清小说研究，2022（4）.

蒋秀英.细说中国古代的妇女节：七夕乞巧民俗事象论[J].北方论丛，1999（5）.

李芳民.空间营构、创作场景与柳宗元的贬谪文学世界：以谪居永州时期的生活与创作为中心[J].清华大学学报：哲学社会科学版，2019（1）.

李荣华.汉魏六朝南方环境的改造与华夏社会的地域认同[J].广西社会科学，2016（7）.

连振波.论虞舜与湘妃之爱情[J].宁夏大学学报：人文社会科学版，2015（6）.

连镇标.神女故事的起源及其演变[J].世界宗教研究，2001（4）.

刘红麟.从非我化到情感化：论宫体诗与宫怨诗抒情范式之差异[J].江汉论坛，2004（2）.

刘洁.《列女传·有虞二妃》故事考论[J].鲁东大学学报：哲学社会科学版，2011（5）.

刘锡诚.石敢当：灵石崇拜的遗俗[J].东岳论丛，1993（4）.

孟修祥.论中国古代文学中的"石头"意象[J].荆州师专学报，1996（6）.

潘链钰.汉唐精神的另一侧面："男悲女怨"的文化解读

及其经学关照[J].北京社会科学,2014(4).

尚永亮.湖湘贬谪文学的地域特点[J].求索,2001(6).

王国维.水经注校[J].上海:上海人民出版社,1984.

王鹤.平淡与深邃:班婕妤的人生观管窥[J].山西师大学报:社会科学版,2013(3).

吴天明.七夕五考[J].中南民族大学学报,2003(3).

徐传武.漫话牛女神话的起源和演变[J].文学遗产,1989(8).

许云和.梁武帝《江南弄》七曲研究[J].武汉大学学报:人文科学版,2010(4).

杨健敏.论中唐贬谪文学的生态环境[J].文艺评论,2013(3).

诸葛忆兵."采莲"杂考:兼谈"采莲"类题材唐宋诗词的阅读理解[J].文学遗产,2003(5).

学位论文

柴春椿.舜帝传说与信仰研究[D].太原:山西大学,2021.

王悦.牛郎织女故事的过去与现在:民间传说的话语重构与记忆变迁[D].合肥:安徽大学,2019.

辛欣.1644—1949《楚辞·九歌》研究[D].哈尔滨:哈尔滨师范大学,2021.

徐磊.面向民间与主流的文化内在整合:论"牛郎织女"的历史文化隐喻[D].济南:山东大学,2010.

张文德.王昭君故事传承与嬗变[D].南京:南京师范大学,2004.

2022年8月，外婆王应珍女士仙逝于甘肃老家，她的关爱和支持一直是我不断前行的动力，谨以此书献给坚毅乐观、宽容豁达的外婆。